三國志
演義
삼국지연의

7

김구용 옮김 나관중 지음

완역 결정본 《삼국지 연의》

三國志演義

솔

三國志 演義 ⑦ 차례

제71회 │ 황충은 맞은편 산에서 적이 지치기를 편안히 기다리며 … 17
　　　　한수에 웅거한 조자룡은 적은 수로 많은 적군을 이기다

제72회 │ 제갈양은 지혜를 써서 한중을 차지하고 … 41
　　　　조조는 군사를 거느리고 사곡으로 후퇴하다

제73회 │ 유현덕은 한중왕의 위에 오르고 … 61
　　　　관운장은 양양군을 쳐서 점령하다

제74회 │ 방덕은 등에 관棺을 지고 분연히 싸우고 … 81
　　　　관운장은 강물을 밀어내어 7군軍을 휩쓸다

제75회 │ 화타는 관운장의 뼈를 긁어 상처를 치료하고 … 99
　　　　여몽은 흰 옷을 입고 강을 건너다

제76회 │ 서공명은 면수에서 크게 싸우고 … 116
　　　　관운장은 패하여 맥성으로 달아나다

제77회 │ 옥천산에서 관운장의 영혼이 나타나고 … 136
　　　　낙양성에서 조조는 신을 느끼다

제78회 | 명의는 풍병을 치료하다가 죽고   … 156
         간웅은 유언을 남기고서 끝나다

제79회 | 형은 동생에게 시를 짓도록 위협하고   … 175
         한중왕은 양아들을 참하다

제80회 | 조비는 황제를 폐위하여 한나라 유씨 자리를 빼앗고   … 193
         한중왕은 위位를 바로잡아 대통을 계승하다

제81회 | 형의 원수를 갚으려고 서두르다가 장비는 살해되고   … 211
         아우의 원한을 갚고자 선주는 군사를 일으키다

제82회 | 손권은 위에 항복하고 벼슬을 받는가 하면   … 228
         선주는 오를 치고 6군軍에게 상을 주다

제83회 | 선주는 효정에서 싸워 원수를 갚고   … 246
         강구를 지키던 서생은 대장이 되다

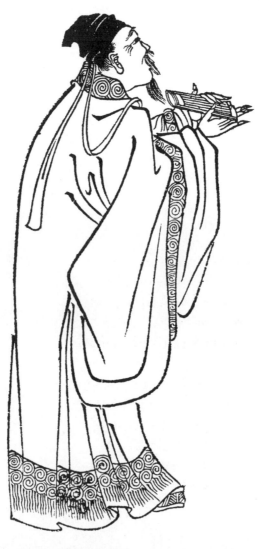

清言四座美酒三升苗明
談易最上上乘　范經

관노管輅

神威振奮世儒雅更知文
天日心如鏡春秋義薄雲

古吳雙松館主人謹摹

관우關羽

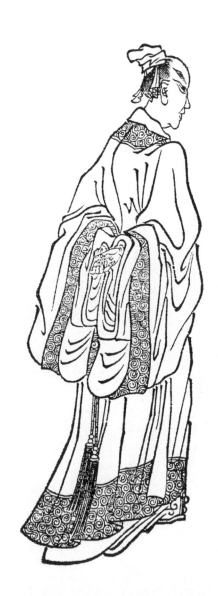

육손陸遜

開言崇聖典用武若通神三國英雄士四
朝経濟臣屯兵驅虓豹養子得麒麟諸
葛常稱家能廻天地春

裘緑室主

사마의司馬懿

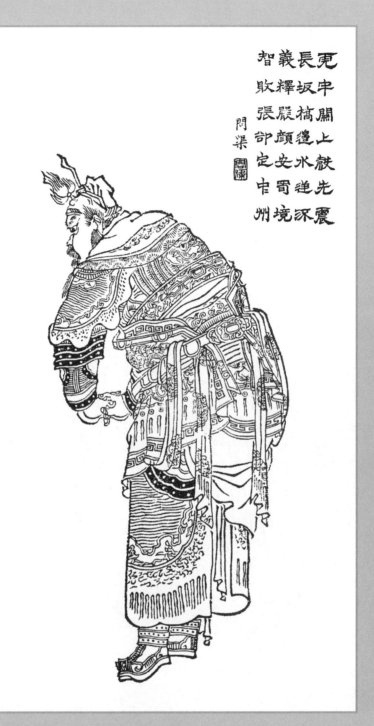

兒中關上獻先震
長坂橋德水逆深
義釋嚴顏安蜀境
智敗張郃定宝州

閬渠 周熸

장비張飛

장포張苞

撥亂扶危主殷勤託孤契
才過管樂妙策勝孫吳
懍二凶師表堂二八陳圖如
公全盛德應歎古今無

浯溪釣徒

제갈양諸葛亮

將軍雄武絶人寰
力戰沙場誓不還
勞逸相縣悲失利
英魂常繞定軍山

하후연夏侯淵

【삼국시대 지도】

鮮卑
烏丸
昌黎   瀋陽
玄菟   丸都
遼東   高句麗
幽州   北京   遼西 ▲碣石山
燕國   天津
代郡 范陽   渤海   平壤
雁門   渤海   樂浪
中山國
石家莊   冀州   青州   東萊
太原   鉅鹿   平原   馬韓
鄴   濟南國   齊國
魏   魏郡   北海國   弁韓
東郡   城陽
河內 白馬   兗州   琅邪國
官渡   濟陰   沛國
洛陽 鄭州 陳留國   下邳 徐州
許 潁川   譙   徐州
陳郡   淮水
新野 豫州   揚州   南京   東中國海
襄陽 汝南 (壽春)   吳郡 ◆上海
江夏 廬江   建業
荊州 武昌   廬江 長江   杭州
南郡 武漢   江夏   會稽
赤壁   臨海
長沙   豫章 鄱陽
廬陵   臨川 建安
湘東   桂陽
吳   福州
交州 廣州
◆香港

南中國海

0 100 200 300km

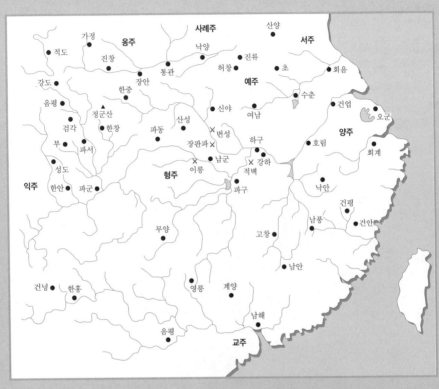

203~223년   형주를 중심으로 조조, 유비, 손권의 세력 다툼이 치열했던 시기의 지도

제71회

황충은 맞은편 산에서 적이 지치기를 편안히 기다리며
한수에 웅거한 조자룡은 적은 수로 많은 적군을 이기다

공명이 황충에게 분부한다.

"그대가 꼭 가겠다면 법정을 딸려 보낼 테니, 매사를 서로 의논해서 하시오. 나도 또한 군사를 거느리고 뒤따라가서 후원하리다."

황충은 응낙하고, 법정과 함께 본부 군사를 거느리고 떠나갔다.

공명이 유현덕에게,

"저 노인을 격동시키지 않으면 가도 성공하기 어렵겠기에, 여러 말을 했습니다. 이제 황충이 떠났으니 곧 후원군을 보내야 합니다."

하고 조자룡을 불러 분부한다.

"일지군을 거느리고 작은 길로 가서 후원하되, 황충이 이기거든 나가서 싸울 것 없고, 만일 그가 실수하거든 즉시 돕도록 하여라."

또 유봉과 맹달에게 분부한다.

"그대들은 군사 3천 명을 거느리고 가서 산속의 요긴하고 험한 곳에 많은 정기旌旗를 세우라. 우리 군사가 엄청나게 많은 것처럼 꾸미고서, 적군을 놀라게 하여라."

그들 세 사람은 각기 군사를 거느리고 계속 떠나갔다.

공명은 또 사람을 하변 땅으로 보내어 마초馬超에게 이러이러히 하라
는 계책을 내렸다.

그리고 또 엄안을 파서 땅 낭중으로 보내어 지키게 하고, 그 대신 장
비와 위연을 소환하여 함께 한중을 치라 했다.

한편, 장합은 하후상과 함께 도망쳐 하후연에게 갔다.

"이미 천탕산을 잃었고, 하후덕과 한호도 전사했소. 이리로 오면서 들
으니 유비가 친히 군사들을 거느리고 우리 한중을 치러 온다 하니, 속히
이 사태를 위왕께 보고하여 씩씩한 군사와 용맹한 장수를 보내달라고
청하시오."

하후연이 즉시 사람을 보내어 조홍에게 긴급한 사태를 보고하자, 조
홍은 밤낮을 가리지 않고 허도許都로 말을 달린다. 허도에 당도한 즉시
로 조홍은 한중의 사태를 조조에게 아뢰었다. 조조는 크게 놀라, 즉시
문무 중신重臣들을 모아 상의하고 군사를 보내어 한중을 구하려 하는
데, 장사長史 유엽劉曄이 청한다.

"한중을 잃는 날이면 우리 중원中原도 진동할 것이니, 대왕은 모든 수
고를 마다하시지 말고 친히 한중을 도우러 가셔야 합니다."

조조가 후회한다.

"그 당시 그대의 말대로 서촉西蜀을 쳤던들, 오늘날 이런 일은 없었으
리라."

바삐 명령을 내려 40만 대군을 일으키고 친히 한중을 향하여 떠나니,
때는 건안建安 23년 가을 7월이었다.

조조는 대군을 셋으로 나누어 3로로 전진하니, 전부前部 선봉은 하후
돈이요, 조조는 친히 중군中軍을 거느리고, 조휴는 후군을 거느리고 계

속 뒤따라 나아간다.

조조는 황금 안장을 얹은 흰말을 타고 옥띠를 두르고 비단옷을 입었으며, 무사들은 손에 홍라초금일산紅羅銷金日傘을 들고 좌우로는 황금철퇴와 은으로 만든 월鉞과 등봉䉰棒, 과모戈矛(이상은 다 무기의 일종이다)를 잡았다. 조조는 천자처럼 일월 용봉日月龍鳳의 정기를 휘날리니, 호위하는 용호관군龍虎官軍만도 2만 5천 명인데다가, 5천 명씩 청 · 황 · 적 · 백 · 흑 오색으로 5대隊를 나누고, 기와 번幡(기의 일종)과 갑옷과 말도 소속한 대의 빛깔대로 꾸몄으니, 광채가 찬란하여 그 웅장함을 비할 바가 없었다.

대군이 동관潼關 땅으로 접어들자, 조조는 말 위에서 숲이 울창한 저편을 바라보며, 좌우 사람에게 묻는다.

"저곳의 지명은 뭐라 하느냐?"

"저기는 남전藍田이란 곳입니다. 저 숲 속에 바로 채옹蔡邕의 장원이 있으니, 지금은 채옹의 딸 채염蔡琰이 그 남편 동사董祀와 함께 살고 있습니다."

원래 조조는 그 옛날에 채옹과 친한 사이였다.

지난날 채옹의 딸 채염은 위도개衛道鷲의 아내였는데, 그 후 그녀는 북쪽 오랑캐 흉노匈奴에게 붙들려가서 오랑캐의 아들 둘을 낳았고, 호가胡笳(오랑캐의 악기) 곡조 18곡을 지었다. 그 음악이 중원中原으로 들어와 유행하자, 조조는 그 구슬픈 곡조를 듣고서 채염의 신세를 매우 불쌍히 생각했다.

그래서 조조는 사람을 시켜 천금을 북쪽 오랑캐에게 보내고, 채염을 중원으로 돌려달라 교섭했다. 오랑캐의 두목 좌현왕左賢王은 조조의 위세에 겁이 나서 순순히 채염을 한나라로 돌려보냈다. 이에 조조는 외로운 채염을 동사와 결혼시켜 함께 살게 해줬던 것이다.

이날 조조는 남전에 이르자 지난날 친했던 채옹이 생각나서, 군사들을 먼저 가게 하고, 좌우 시종 백여 명만 거느리고 장원 문 앞에 가서 말에서 내렸다.

이때 동사는 외방에 가서 벼슬을 살던 중이라, 집안에는 채염만이 남아 있었다. 채염은 은인인 조조가 오셨다는 말을 듣자 황망히 나가서 영접하여 방안으로 모시고, 깍듯이 절한 후 그 곁에 시립한다.

조조가 우연히 보니, 벽에는 비문을 탁본한 족자 하나가 걸려 있었다. 조조가 일어서서 보다가 묻는다.

"이것은 무슨 비碑의 글을 찍은 것이냐?"

채염이 대답한다.

"이는 바로 조아曹娥라는 여자에 관한 비입니다. 옛날 화제和帝(후한後漢 제4대 천자) 때 상우上虞 땅에 이름을 조우曹盱라고 하는 한 박수 무당이 있었는데, 그는 파사婆娑(고대 춤) 춤을 잘 추어 신神을 섬겼더랍니다. 어느 해 5월 5일에 술에 취한 조우는 배 위에서 춤을 추다가, 그만 실족하여 강물에 빠져 죽었습니다. 그때 조우의 딸은 나이 14세였는데, 7일 동안 밤낮없이 강변을 거닐며 죽은 아버지를 부르고 통곡하다가, 마침내 강물 속으로 뛰어들어갔더랍니다. 그런데 그 후에 놀라운 일이 생겼습니다. 물에 뛰어들어간 지 닷새 만에 죽은 그 딸이 아버지의 시체를 등에 업고 강 위로 떠올라왔다니 말입니다. 동네 사람들은 그들 부녀의 시체를 강가에 잘 장사지내줬습니다. 이에 상우 땅 현감縣監인 도상度尚은 이 사실을 조정에 아뢰어 그 딸을 효녀로 천거하고, 한단순邯鄲淳에게 이 사실을 비문으로 쓰라 하였습니다. 그때 한단순은 겨우 13세의 어린 나이였는데도 다시 고쳐 쓰는 글씨 하나 없이 단숨에 비문을 지었고, 마침내 부녀의 무덤 곁에 비가 서자, 그 당시 인사들은 모두 기이한 일이라고 감탄했답니다. 첩의 부친(채옹)께서 이 옛 사실을 듣고, 그 비석을 보러 갔을 때는 마침 해가 저문 때여서 손으로 비를 더듬어 비문을 판단하여 읽고, 붓을 가지고 오라고 하여 비석 뒷면에다 크게 여덟 글자를 써두고 오셨는데, 그 후 사람들이 그대로 새겨넣었습니다. 이 족자가 바로 그 비석을 찍은 것입니다."

조조가 보니, 그 여덟 글자란 다음과 같았다.

黃絹幼婦

外孫雨臼

조조가 묻는다.

"너는 이 글 뜻을 아느냐?"

"비록 선친께서 남기신 필적이며 글이지만 첩은 그 뜻을 알 수 없습니다."

조조가 모든 모사들을 돌아보고 묻는다.

"너희들은 이 글 뜻을 알겠느냐?"

아무도 대답을 못하는데, 그들 중에서 한 사람이 나서며 말한다.

"제가 그 뜻을 알겠나이다."

조조가 보니 그는 바로 주부主簿 벼슬에 있는 양수楊修였다.

조조는 손을 들어,

"경은 말하지 마라. 나도 내 나름대로 풀이해보리라."

하고 마침내 채염에게 잘살라 말하고, 말을 타고서 장원을 떠났다.

한 30리쯤 갔을 때였다.

조조는 문득 깨달은 바가 있어 웃으며 양수에게 분부한다.

"경은 아까 구경한 채옹의 글을 한번 풀이해보라."

양수가 풀이한다.

"그것은 은어입니다. 황견黃絹이란 빛깔을 물들인 실이니, 빛 색色 자 곁에다 실 사絲 자를 붙이면 이는 끊을 절絶 자가 됩니다. 또 다음 유부幼婦는 젊은[少] 여자[女]니 여女 자 곁에다 젊을 소少 자를 붙이면 이는 묘할 묘妙 자가 됩니다. 또 외손外孫이란 딸[女]의 아들[子]이니 여자 여女 자 곁에 아들 자子를 붙이면 이는 좋을 호好 자가 됩니다. 다음에 제구雨臼는 오신五辛(매운 것, 짠 것, 신 것, 쓰린 것, 아린 것, 이상 다섯 가지 음식을 말한다)을 받아[受]두는 그릇이니, 신辛 자 곁에다 받을 수受 자를 붙이면 이는 말씀 사辤(辭의 고자古字) 자가 됩니다. 그러므로 황견유부黃絹幼婦는 절묘絶妙가 되며 외손제구外孫雨臼는 호사好辤가 됩니다. 즉, 그 뜻을 합쳐보면 절묘호사絶妙好辤, 참 좋은 글이라는 찬사입니다."

조조는 크게 놀란다.

"바로 내가 생각한 것과 같구나."

모든 사람들은 양수의 재주와 식견을 부러워했다.

하루가 지나기 전에 대군이 남정南鄭 땅에 당도하니, 조홍이 나와서 조조를 영접하고, 그간 장합이 패한 사실을 소상히 고했다.

조조가 말한다.

"그건 장합의 죄가 아니다. 이기기도 하고 지기도 하는 것은 언제나 병가兵家에 따르는 일이다."

조홍이 계속 고한다.

"지금 유비가 황충을 시켜 정군산定軍山을 공격 중인데, 대왕께서 군사를 거느리고 오신 것을 하후연이 알면 굳게 지키고 나가서 싸우지 않을 것입니다."

"적군이 왔는데도 나가서 싸우지 않으면, 이는 겁쟁이가 되고 만다."

하고, 조조는 사자에게 절節(신물信物)을 주어 정군산으로 보내서 하후연으로 하여금 나아가 싸우게 하려 하는데, 유엽이 간한다.

"하후연은 성미가 너무 강해서 혹 적의 간특한 계책에 빠질까 두렵습니다."

이에 조조는 친히 서신을 써서 사자에게 절과 함께 내주어 정군산으로 보냈다.

사자가 절을 가지고 영채에 당도하니, 하후연은 나와서 영접했다. 하후연이 뜯어보니,

대저 장수가 된 자는 강하고 부드러움을 함께 써야 하나니, 결코 용기만 믿어서는 안 된다. 만일 용기만 믿는다면 이는 한 필부의 적수밖에 안 된다. 내 이제 남정 땅에 대군을 주둔하고 경의 묘재妙才(묘한 재주)를 보고자 하나니, 이 묘재라는 두 글자를 욕되지 않게 하여라.

묘재란 또한 하후연의 자字이기도 하였다.

하후연은 크게 기뻐하며, 사자를 돌려보내고 장합과 상의한다.

"이제 위왕이 대군을 거느리고 와서 남정 땅에 주둔하여 유비를 치려는데, 내 그대와 함께 이곳만 오래도록 지키고 있으면 언제 능히 공을 세우리요. 내일 나가 싸워서 황충을 사로잡도록 힘쓰리라."

장합이 대답한다.

"황충은 꾀와 용기를 겸비한데다가 법정이 곁에서 돕고 있으니 경솔히 대적해서는 안 되오. 이곳 서쪽 길이 매우 험악하니, 그저 굳게 지키는 것만 못하오."

"이 좋은 기회에 다른 사람이 큰 공을 세우면 나와 그대는 무슨 면목으로 위왕을 뵙겠는가. 그대는 산이나 지키고 있으라. 나는 나가서 싸우리라."

하고 하후연은 마침내 명령을 내린다.

"누가 감히 나가서 적군을 유인할 테냐?"

하후상이 나선다.

"내가 가겠소이다."

하후연이 말한다.

"네가 나갔다가 황충과 접전하게 되거든, 반드시 지고 결코 이기지 말라. 내게 묘한 계책이 있으니 이러이러히 하리라."

하후상은 명령을 받고 군사 3천 명을 거느리고 정군산 대채를 떠났다.

한편, 황충은 법정과 함께 정군산 입구에다 군사를 주둔시키고 여러 번 싸움을 걸었으나, 하후연은 굳게 지키기만 할 뿐 나오지 않았다. 쳐들어갈 생각도 없진 않았으나 산길이 워낙 험해서 이롭지 못할 것만 같아 그냥 머물러 있었다.

그런데 이날,

"산 위에서 조조의 군사가 싸움을 걸러 내려온다."

하는 보고가 들어왔다.

황충은 곧 군사를 거느리고 적군을 맞이해서 싸울 채비를 하는데, 부장 진식陳式이 청한다.

"장군은 가만 계시오. 내가 적을 맞이하여 싸우리다."

황충은 크게 기뻐하고, 진식에게 군사 천 명을 주어 산밑에다 진을 벌였다.

진식이 하후상의 군사를 맞이하여 싸운 지 불과 몇 합이 못 되어 하후상은 패한 체하고 달아난다. 진식이 그 뒤를 쫓아가다가 양쪽 산 위에서 나무 덩어리와 포석砲石이 마구 떨어져서, 더 나아갈 수가 없어 돌아오려 하는데, 그때 등뒤에서 하후연이 군사를 거느리고 내달아 나온다. 진식은 능히 대적하지를 못하고 그만 하후연에게 사로잡혀 적의 영채로 끌려가고, 부졸도 많이 항복했다.

겨우 탈출한 패잔병이 돌아와서 황충에게 보고한다.

"진식이 사로잡혔습니다."

황충은 황망히 법정과 의논한다.

법정이 말한다.

"하후연은 천성이 경솔하고 조급하여 용기만 믿고 꾀가 모자라는 위인이라. 우리는 군사를 격동시켜 영채를 뽑고 나아가되 조금씩 가다가는 영채를 하나씩 세워서, 하후연이 싸우러 나오도록 꾀어내어 사로잡읍시다. 이 계책은 손님이 도리어 주인이 된다는 계책이오."

황충은 그 계책대로 삼군에게 남은 물건을 몽땅 흘어 상을 주니, 환호성이 산골을 진동하고, 모두 죽기를 각오하고 싸우겠노라며 나섰다. 이에 황충은 그날로 영채를 뽑고 전진하여 조금씩 가다가는 영채를 세우고, 며칠씩 머물다가는 다시 나아간다.

하후연은 이 보고를 듣고 욕심이 나서 나아가 싸우려 하는데, 장합이 곁에서 충고한다.

"적군은 손님이 도리어 주인이 된다는 계책을 쓰고 있으니 우리가 나가서 싸워서는 안 되오. 싸우면 실패하오."

그러나 하후연은 듣지 않고 하후상에게 군사 수천 명을 주어 나가서 싸우라 했다. 이에 하후상이 촉군 영채 앞에 당도하니, 황충은 칼을 들고 말을 달려 나와 어우러져 싸운 지 단 1합에 하후상을 냉큼 사로잡아 영채로 돌아간다.

그 나머지 군사들은 다 달아나 하후연에게 돌아가서 하후상이 잡혀간 사실을 보고했다. 하후연은 즉시 황충의 영채로 사람을 보내어 진식과 하후상을 서로 교환하자고 교섭했다. 황충은 내일 진영 앞에서 서로 교환하자고 승낙했다.

이튿날, 양쪽 군사는 산골짜기에 이르러 각기 진영을 세우고, 황충과 하후연도 각기 자기 진영의 문기門旗 밑에 말을 타고 나와 섰다.

황충은 하후상을 곁에 세우고 하후연은 진식을 곁에 세웠는데, 그들 두 포로는 모두 전포도 갑옷도 입지 못하고 다 떨어진 홑옷을 입고 있었다.

북소리가 둥둥둥 울리기 시작하자, 그것을 신호로 진식과 하후상은 각기 자기 진영을 바라보고 달음박질쳐 돌아간다. 하후상이 자기 진문에 막 당도하려는 찰나였다. 순간 황충은 어느새 화살 한 대를 뽑아 번개같이 하후상을 쏘아 맞혔다.

등에 화살이 꽂힌 채 돌아오는 하후상을 본 하후연은 격분하여 말을 달려 나가 황충에게 달려든다. 황충이 바로 하후연을 맞이하여 서로 말을 비벼대며 싸운 지 20여합에 이르렀을 때였다.

하후연의 영채에서 문득 군사를 거둬들이는 징소리가 일어난다. 하후연은 싸우다 말고 웬일인가 해서 말을 돌려 달아나듯 영채로 돌아가는데, 황충은 그 뒤를 쫓으며 적군을 마구 무찔렀다.

하후연은 영채로 돌아와서 압진관押陣官에게 묻는다.

"어째서 징을 울렸느냐?"

"저기 움쑥 들어간 산속에 촉군蜀軍의 기와 번旛이 곳곳에 보이기에 혹 적군의 복병이 있지 않나 해서 급히 장군을 불러들였습니다."

하후연은 연방 머리를 끄덕이고, 영채를 굳게 지키기만 하고 다시 싸우러 나가지 않았다.

황충은 정군산 바로 밑까지 가서 법정과 상의한다.

법정이 손을 들어 가리킨다.

"저기 정군산 서쪽에 또 하나 높은 산이 있어 사방이 다 험악한 길이고, 그 산 위에 올라가면 족히 정군산의 허실을 굽어볼 수 있습니다. 장군께서 저 산만 차지하면, 정군산은 우리 손아귀 안에 들어온 것이나 다름없습니다."

황충이 그쪽 산을 우러러보니, 산 위는 제법 평평하고 그 꼭대기에 약간의 사람과 말이 서 있었다.

그날 밤 2경에 황충은 군사를 거느리고 징과 북을 울리며 그 산 위로 쳐 올라간다. 이때 산 위에는 하후연의 부장 두습杜襲이 수백 명의 군사를 거느리고 지키고 있었는데, 황충의 많은 군사가 쳐 올라오는 것을 보고 그만 산을 버리고 달아났다.

황충은 쉽사리 산 위를 점령하고, 바로 정군산과 맞대하게 됐다.

법정이 말한다.

"장군은 산 중턱을 지키시오. 나는 산꼭대기에 있다가 하후연의 군사가 오면 흰 기를 들어 신호할 테니, 장군은 군사를 거느리고 싸울 태세만 취할 뿐 움직이지 마시오. 적군이 기다리다가 지치고 방비가 소홀해지면 나는 붉은 기를 들어 신호할 테니, 장군은 즉시 산밑으로 달려 내려가 적을 무찌르시오. 우리가 편안히 있으면서 적군이 피곤하기를 기다리면 반드시 싸워 이기리다."

황충은 공감하고 그 계책대로 하기로 했다.

한편, 두습은 군사를 거느리고 도망쳐 돌아가서 하후연에게 맞은편 산을 빼앗겼다고 고했다.

하후연은 진노한다.

"황충이 맞은편 산을 점령한 이상, 내 가서 싸우지 않을 수 없다!"

장합이 간한다.

"그게 다 법정이 낸 꾀니, 장군은 가서 싸우지 말고 이곳을 굳게 지켜야 하오."

"맞은편 산을 점령한 적군은 우리가 있는 이곳의 허실을 소상히 보고

하후연을 한칼에 쳐죽이는 황충

있을 텐데, 내 어찌 가서 싸우지 않을 수 있으리요."

장합이 굳이 간하나, 하후연은 듣지 않고 맞은편 산밑으로 가서 군사를 나누어 산을 포위하고 크게 욕질하며 싸움을 걸었다. 법정은 산밑 하후연이 갖은 욕설을 하도록 내버려두고 흰 기를 들어 신호하니, 황충은 일절 움직이지 않았다.

어느덧, 오시午時(오전 11시~오후 1시)가 지났다.

법정이 보니 오후부터 하후연의 군사들은 지쳐서 날카로운 기상이 시들어, 거개가 말에서 내려 땅에 앉아 쉬고 있었다. 이에 법정이 붉은 기를 들어 한 번 휘저으니, 고각鼓角 소리가 일제히 일어나고 함성이 크게 진동하며 황충이 누구보다도 앞서 말을 달려 쏜살같이 산을 내려간다. 이야말로 하늘을 무너뜨리고 땅을 뒤덮을 듯한 형세다.

하후연은 미처 손쓸 사이도 없었다. 어느새 황충이 하늘에서 내려오듯 앞에 이르러 크게 한 소리 꾸짖으니, 마치 우렛소리 같다.

하후연이 몸 자세를 바로잡기도 전이다. 황충의 보검이 이미 서릿발을 일으키며 떨어지자 순간 하후연은 머리서부터 어깨까지 두 동강이 나버렸다.

후세 사람이 황충을 찬탄한 시가 있다.

늙은 장수는 큰 적군에게 들이달아

백발이 신다운 위엄을 떨쳤도다.

힘은 화살보다도 빠르며

바람은 눈보라 일어나는 칼을 영접하더라.

웅장한 목소리는 범이 부르짖는 듯

날쌘 말은 나는 용과 같았다.

적장의 목을 베어 공훈을 거듭하고

경계境界를 열어서 임금의 영역을 넓혔도다.

蒼頭臨大敵

皓首逞神威

力箭彫弓發

風迎雪刃揮

雄聲如虎吼

駿馬似龍飛

獻馘功勳重

開疆展帝畿

황충이 하후연을 한칼에 쳐죽이니, 하후연의 군사는 크게 무너져 제

각기 살길을 찾아 달아난다. 이긴 김에 황충은 정군산을 치러 가는데, 장합이 군사를 거느리고 와서 덤벼든다. 황충이 진식과 함께 협공하여 한바탕 적군을 마구 죽이니, 장합은 패하여 달아나는데, 산 곁에서 한 떼의 기병들이 달려 나와 앞을 가로막는다.

한 장수가 썩 나오며 크게 외친다.

"여기 상산常山 조자룡이 있으니, 꼼짝 마라!"

장합은 기겁하여 패잔병을 거느리고 길을 빼앗아 정군산을 향해 달아나는데, 앞에서 일지군이 달려와 영접한다. 보니 두습이다.

두습이 고한다.

"큰일났습니다. 정군산을 유봉과 맹달에게 뺏겼소이다."

크게 놀란 장합은 마침내 두습과 함께 패잔병을 거느리고 한수로 가서 겨우 영채를 세우고, 동시에 조조에게 사람을 급히 보내어 경과를 보고했다. 조조는 하후연이 죽었다는 소식을 듣자 방성통곡하다가, 그제야 지난날 관노가 하던 말이 생각났다.

지난날, 관노가 '삼팔 종횡三八縱橫(삼팔三八은 이십사二十四)이라'고 말한 것은 바로 건안 24년을 예언한 것이고, '누런 멧돼지가 범을 만난다黃猪遇虎'고 한 말은 기해년己亥年 정월正月(기己는 황黃이며 해亥는 저猪며 정월正月은 범 인 자 인월寅月)을 예언한 것이고, '정군지남定軍之南'은 정군산 남쪽이라는 뜻이고, '한 다리를 잃는다傷折一股'고 한 말은 조조가 하후연을 자기 팔다리처럼 사랑했기 때문이다.

조조는 사람을 시켜 관노가 어디에 있는지 알아오라 했다. 그러나 이때는 이미 관노가 어디로 갔는지 끝내 행방을 찾을 수 없었다.

조조는 황충을 저주하고, 드디어 친히 대군을 거느리고 하후연의 원수를 갚고자 서황徐晃을 선봉으로 삼고 떠나 한수 가에 당도하니, 장합과 두습이 나와서 영접한다.

장합과 두습이 고한다.

"이제 정군산을 잃었으니, 미창산米倉山의 양식과 마초를 북산北山 영채로 옮겨 쌓은 이후에 나아가셔야 합니다."

조조는 그렇게 하기로 했다.

한편, 황충은 하후연의 목을 베어가지고 가맹관葭萌關으로 돌아가서 유현덕에게 바쳤다.

유현덕은 기쁨을 감추지 못하며, 황충을 정서대장군征西大將軍으로 삼고 잔치를 베풀어 축하하는데, 문득 아장牙將인 장저張著가 와서 보고한다.

"조조가 친히 20만 대군을 거느리고 하후연의 원수를 갚겠다고 오고 있으며, 지금 장합이 미창산의 곡식과 마초를 한수의 북산 아래로 운반하고 있습니다."

공명이 말한다.

"조조는 많은 군사를 거느리고 왔으나, 곡식과 마초가 부족할까 염려되어 군사를 멈추고 더 나아가지 못하니, 만일 우리 쪽에서 한 사람이 적군의 경계 깊숙이 들어가서, 그 곡식과 마초를 태워버리고 그 군용품을 빼앗는다면, 조조의 날카로운 기세는 꺾이리다."

황충이 청한다.

"이 늙은 몸이 다시 한 번 책임을 맡겠소이다."

공명이 대답한다.

"조조는 하후연 따위와 다르니, 가벼이 상대해서는 안 되오."

유현덕도 말한다.

"하후연은 비록 총수總帥(총사령관)로서 한갓 용맹한 사나이에 불과했으나, 실은 장합만도 못한 존재라. 만일 장합을 참한다면 하후연을 참한 것보다 열 배는 나으리라."

황충이 분연히 청한다.

"원컨대 내가 가서 장합을 참하겠소이다."

공명이 말한다.

"장군은 조자룡과 함께 군사를 거느리고 가되, 모든 일을 서로 의논해서 하시오. 누가 공을 세우나 볼 것이오."

황충은 즉시 응낙하고 떠나는데, 공명은 장저를 부장으로 삼아 따라가게 했다.

가는 도중에서 조자룡이 황충에게 묻는다.

"지금 조조는 20만 대군을 거느리고 열 곳에다 영채를 나누어 세우고 있소. 장군이 주공 앞에서 그들의 곡식과 마초를 빼앗으러 가겠다고 자청했지만, 이는 결코 쉬운 일이 아니오. 장군은 장차 어떤 계책을 쓸 작정이오?"

"내가 먼저 갈 테니, 어떻게 하나 구경이나 하시오."

"그건 안 되오. 내가 먼저 갈 테니 그리 아시오."

황충이 우긴다.

"나는 주장이며 그대는 부장인데, 어찌 나보다 먼저 가겠다 하시오?"

조자룡이 교섭한다.

"나와 장군은 다 주공을 위해서 함께 힘쓰는 처지인데, 서로 비교해서 다툴 건 없소. 그러니 우리 두 사람은 심지를 뽑아 정합시다."

황충은 응낙하고 서로 심지를 뽑았다. 결과는 황충이 먼저 가게 됐다.

조자룡이 떠나는 황충에게 말한다.

"장군이 먼저 떠나지만, 나는 장군을 도와야 하오. 그러니 우선 시각부터 정합시다. 만일 장군이 그 시간까지 돌아오면, 나는 군사를 거느리고 있을 것이오. 만일 장군이 그 시간이 지나도 돌아오지 않을 경우에는 내가 즉시 군사를 거느리고 도우러 가겠소."

황충이 대답한다.

"귀공의 말씀이 지당하오."

이에 두 사람은 기한을 오시午時까지로 정했다.

조자룡은 본채로 돌아가서 부장 장익張翼에게 말한다.

"황충이 내일 오시까지 적군의 곡식과 마초를 무찌르기로 하고 떠났으니, 만일 내일 오시가 되어도 돌아오지 않으면 내가 가서 돕기로 했다. 우리 영채는 한수를 앞에 두고 있으며 지세가 위험하니, 내일 내가 떠나거든 너는 삼가 영채를 지키고 함부로 움직이지 마라."

장익은 응낙했다.

한편, 황충은 자기 영채로 돌아가서 부장 장저에게 말한다.

"내가 하후연을 베어 죽였기 때문에 장합은 혼이 났을 것이다. 내 내일 적군의 곡식과 마초를 무찌르러 갈 때 군사 5백 명만 남겨두어 영채를 지키게 할 테니, 너는 나를 도와 오늘 3경에 군사를 배부르게 먹이고 4경에 출발하도록 하라. 바로 북산 밑으로 쳐들어가서, 먼저 장합부터 사로잡고, 그 후에 곡식과 마초를 무찌르리라."

장저는 명령을 받고 물러나갔다.

그날 밤에 황충은 군사를 거느리고 앞장서고, 장저는 뒤따라 몰래 한수를 건너가 바로 북산 밑에 이르렀다. 동쪽에서 해가 솟아오른다. 보니 곡식과 마초가 산처럼 쌓여 있다.

조조의 병사 몇 사람은 촉병蜀兵이 들이닥치는 것을 보자 모든 것을 버리고 달아난다.

황충은 군사들에게 일제히 말에서 내리도록 지휘하고 급히 나무와 장작을 곡식 더미 위에 얹어 막 불을 지르려 하는데, 장합이 군사를 거느리고 들이닥쳤다.

장합과 황충이 일대 혼전을 벌이고 있다는 보고를 들은 조조는 서황에게 급히 가서 싸움을 돕도록 명령했다. 서황은 군사를 거느리고 가서 장합과 함께 황충을 겹겹으로 포위한다.

부장 장저는 군사 3백 명을 거느리고 포위에서 겨우 벗어나 영채로 달아나는데, 도중에서 한 떼의 적군이 뛰어나와 길을 가로막으니, 앞장선 장수는 문빙文聘이었다. 게다가 뒤쫓아온 조조의 군사가 문빙의 군사와 함께 장저를 포위한다.

한편, 조자룡은 영채에 있으면서 오시까지 기다렸으나, 황충이 돌아오지 않는다. 급히 무장하고 말에 오른 조자룡은 군사 3천 명을 거느리고 떠나면서 부장 장익에게 분부한다.

"너는 영채를 굳게 지키되, 양쪽 처마 밑 벽에 활과 노를 잔뜩 늘어세우고 준비하고 있거라."

장익은 응낙한다. 조자룡은 창을 들고 기병들을 대동하여 급히 달려가는데, 한 장수가 나타나 길을 가로막는다. 보니 문빙의 부장 모용렬慕容烈이 칼을 춤추며 말을 달려와 조자룡에게 덤벼든다. 조자룡의 창 끝이 한 번 번쩍 빛나자 모용렬은 창에 찔려 외마디소리를 지르며 말에서 굴러 떨어져 죽는다.

조조의 군사들이 달아나자 조자룡은 쳐들어가는데, 또 한 떼의 적군이 나타나 앞을 가로막는다. 보니 앞선 장수는 적장 초병焦炳이었다.

조자룡이 꾸짖는다.

"촉병은 어디 있느냐?"

초병이 대답한다.

"벌써 다 죽고 없다."

조자룡은 격노하여 말을 달려 들어가면서 단번에 초병을 찔러 죽이고, 조조의 군사를 무찔러 달아나게 한다. 그리고는 바로 북산 밑에 이르러 보니, 장합과 서황은 황충을 겹겹이 에워싸고 있고, 양편은 오랜 싸움에 지쳐 있었다. 조자룡이 크게 외마디소리를 지르며 창을 고쳐 잡고 말을 달려가 적군을 마구 쳐죽이며, 포위 속으로 뛰어들어가서 무인지경을 휩쓸듯 좌충우돌하니 그의 창은 배꽃이 춤추는 듯, 번쩍이는 창 끝은 흰 눈이 흩날리는 듯, 또는 상서로운 구름이 나부끼는 듯했다.

장합과 서황은 가슴과 손발이 떨려서 감히 덤벼들지 못하는데, 조자룡은 황충을 구출하여 한편 싸우며 한편 달아나니 가는 곳마다 앞을 막는 자가 없었다.

조조가 높은 곳에서 바라보고 크게 놀라 모든 장수들에게 묻는다.

"저 장수가 누구냐?"

그 중에 알아보는 자가 있어 대답한다.

"바로 상산 조자룡입니다."

"옛날 당양當陽 장판長坂의 영웅이 아직도 건재하구나."

하고 급히 명령을 내린다.

"그가 오는 곳마다 가벼이 대적하지 말라고 하여라."

이에 조자룡은 황충을 구출하여 겹겹이 에워싼 적군을 쳐죽이며 뚫고 나가는데, 한 병사가 앞을 가리키며 고한다.

"저기 동남쪽에서 포위당하고 있는 것은 필시 부장 장저일 것입니다."

조자룡은 본영으로 돌아가지 않고 마침내 동남쪽으로 말 머리를 돌려 쳐들어간다. '상산 조자룡'이라고 쓴 기가 이르는 곳마다, 전에 당양 장판에서 그의 용기를 봤던 조조의 군사들인지라, 서로 그 당시를 말하며 일제히 달아난다. 이에 조자룡은 부장 장저도 구출했다.

조조는 조자룡이 동쪽을 찌르고 서쪽을 치며, 가는 곳마다 마구 무찌르고서 황충을 구출하고 또 장저마저 구출하는 용맹을 바라보고는 분연히 자리를 박차고 친히 좌우 장수들을 거느리고 뒤쫓는다.

조자룡은 급히 본채로 돌아간다. 부장 장익이 나와서 영접해 들이다가 바라보니, 저편에서 누런 먼지가 뭉게뭉게 일어난다.

장익은 조조의 군사가 뒤쫓아오는 것을 알아차리고 조자룡에게 말한다.

"적병이 점점 가까이 오니 군사들을 시켜 채문寨門을 닫아걸게 하고, 망루望壘에 올라가서 막도록 하십시오."

조자룡이 꾸짖는다.

"채문을 닫지 말라! 너는 내가 옛날에 당양 장판 땅에서 필마단창匹馬單槍으로 조조의 군사 83만 명을 초개처럼 희롱했다는 것을 모르느냐? 지금은 군사도 있고 장수도 있는데 또 무엇을 두려워하랴!"

조자룡은 드디어 궁노수들을 영채 바깥 호壕 속에 매복시키고, 영채 안의 모든 기와 창을 눕히며 징도 북도 울리지 않고, 말을 타고 창 하나만 잡고 영문 밖으로 나섰다.

한편, 장합과 서황이 군사를 거느리고 촉군을 뒤쫓아와 보니, 해는 이미 저물고, 적의 영채에는 기도 보이지 않고 북소리도 나지 않으며, 조자룡만 혼자서 말을 타고 영채 밖에 나와 있는데, 채문이 활짝 열려 있다.

장합과 서황은 감히 더 나아가지 못하고 의심만 하는데, 조조가 친히 이르러 모든 장수들에게 급히 쳐들어가라고 명령한다. 모든 장수들은 명령을 받고 일제히 크게 함성을 지르며 영채 앞으로 달려가면서 보니, 조자룡이 꼼짝달싹도 않는다.

뒤따르던 조조의 군사들은 그만 무섬증이 나서 몸을 돌려 달아나려 하는데, 그제야 조자룡이 창을 휘둘러 신호를 보내니, 호 안에 매복하고 있던 궁노수들은 일제히 화살과 석노石弩를 마구 쏜다. 이때는 사방이 어두워서 조조 편에서는 촉병의 수효를 짐작할 수도 없었다.

누구보다도 조조가 먼저 기겁을 하고 말을 돌려 달아나는데, 등뒤에

累透重圍為問一身都是膽

子龍漢水大戰

連摧大敵須知萬籟竟無聲

한수에서 크게 싸우는 조자룡

서 함성이 크게 진동하고 북소리, 태징 소리가 일제히 울려 퍼지며, 촉군이 뒤쫓아온다.

혼비백산한 조조의 군사들은 서로 먼저 달아나려고 저희들끼리 서로 짓밟으며 떼를 지어 한수 가에 몰려 우왕좌왕하다가, 물에 빠져 죽은 자만도 무수하였다.

이에 조자룡과 황충과 장저는 각기 일지군을 거느리고 급히 적군을 뒤쫓으며 마구 쳐죽인다. 조조는 정신없이 달아난다. 이때 유봉과 맹달이 각기 군사를 거느리고 미창산 사잇길로 달려와서 곡식과 마초 더미에 불을 질렀다. 조조는 북산의 곡식과 마초를 다 버리고 황망히 남정 땅으로 도망쳐 돌아갔다. 서황과 장합도 더 버틸 수 없어 또한 영채를 버리고 달아난다.

조자룡은 조조의 영채를 점령하고, 황충은 곡식과 마초를 탈취하니, 한수 가에서 주운 적의 무기만도 무수했다. 조자룡은 조조에게 크게 이기자 즉시 사람을 보내어 유현덕에게 승전보를 고했다.

유현덕은 마침내 공명과 함께 한수로 와서 조자룡의 수하 군사들에게 묻는다.

"조자룡이 적군을 어떻게 무찌르던가?"

군사들은 조자룡이 황충을 구출하던 일과 한수 가에서 적을 무찌르던 일을 자세히 고했다.

유현덕은 희색이 만면하며, 산 앞과 뒤의 험악한 길을 둘러보고 흔연히 공명에게,

"조자룡은 온몸이 그대로 담 덩어리요."

하고 감탄했다.

후세 사람이 조자룡을 찬탄한 시가 있다.

옛날 장판 땅에서 싸운

늠름한 기풍이 아직도 줄지 않아

적진을 돌격하여 영웅의 기상을 드날리고

포위를 부수며 그 용기를 떨쳤도다.

귀신도 통곡하고 신도 울고

하늘도 놀라고 땅도 참혹했으니

상산의 조자룡은

온몸이 다 담 덩어리더라.

昔日戰長坂

威風猶未盖

突陣顯英雄

破圍施勇敢

鬼哭與神號

天驚幷地慘

常山趙子龍

一身都是膽

　이에 유현덕은 조자룡을 호위장군虎威將軍으로 삼고, 밤늦게까지 잔치를 베풀어 장수들과 군사들을 크게 위로했다.

　첩자가 돌아와서 보고한다.

　"조조가 다시 대군을 보내어 사곡斜谷의 좁은 길로 나와 한수를 치러 온다 합니다."

　유현덕이 웃는다.

　"조조가 다시 온들 무엇 하리요. 한수는 이미 나의 것이로다."

하고 친히 군사를 거느리고 적군을 맞이하여 한수 서쪽으로 나아간다.

　한편, 조조는 서황을 선봉으로 삼고 다시 가서 일대 결전을 하라 명령하는데, 장막 앞에서 한 사람이 나와 고한다.

　"제가 지리를 잘 아니, 바라건대 서황 장군을 도와 함께 가서 촉군을 격파하리다."

　보니, 그는 바로 파서군巴西郡 탕거宕渠 땅 사람으로 성명은 왕평王平이요 자는 자균子均이니 현재 아문장군牙門將軍으로 있었다.

　조조는 매우 흐뭇해하며, 드디어 왕평을 부선봉副先鋒으로 삼아 서황을 돕게 하고, 조조 자신은 정군산 북쪽에 가서 군사를 주둔시켰다.

　서황과 왕평은 군사를 거느리고 한수에 이르렀다. 서황은 물을 건너가서 진영을 벌여 세우려 하는데, 왕평이 간한다.

　"우리 군사가 다 물을 건너갔다가, 만일 급히 후퇴해야 할 경우가 생기면 어쩌려고 이러시오?"

서황이 대답한다.

"옛날에 한신韓信(한漢 고조高祖의 명장)은 강물을 등지고 진영을 세웠으니, 이른바 '죽기를 각오한 후라야만 살 수 있다'는 것이다."

"그렇지 않소. 옛날에 한신은 적군이 무모하다는 것을 알았기 때문에 그런 계책을 썼지만, 지금 장군은 능히 조자룡과 황충의 속뜻을 아시오?"

"너는 보병을 거느리고 여기 있거라. 내가 기병을 거느리고 건너가서 적군을 무찌를 테니 구경이나 하여라."

하고 서황은 드디어 부교浮橋를 가설하라 하고, 기병을 거느리고 건너가서 촉군과 싸우려 한다.

되지못한 위왕의 장수는 한신의 전법을 흉내내려 하지만
촉 땅의 재상이 바로 자방(장양張良)일 줄이야 어찌 알았으랴.
魏人妄意宗韓信
蜀相那知是子房

장차 승부가 어찌 날 것인가.

제72회

제갈양은 지혜를 써서 한중을 차지하고
조조는 군사를 거느리고 사곡으로 후퇴하다

왕평이 굳이 간하건만, 서황은 듣지 않고 군사를 거느리고 한수를 건너가서 영채를 세웠다.

한편 황충과 조자룡은 유현덕에게 고한다.

"저희들이 각기 본부 군사를 거느리고 조조의 군사를 맞이해서 싸우리다."

유현덕이 허락하니, 두 장수는 군사를 거느리고 떠나갔다.

황충이 조자룡에게 말한다.

"이제 서황이 용기만 믿고 왔으니, 당장 싸울 것이 아니라, 해가 저물고 적군이 피곤한 때를 기다려 군사를 나누어 거느리고 두 길로 가서 칩시다."

조자룡은 그러기로 하고, 각기 일지군을 거느리고 영채에 머물렀다.

서황이 군사를 거느리고 진시辰時(오전 8시)부터 신시申時(오후 4시)까지 싸움을 걸었으나, 촉병은 싸우러 나오지 않는다. 화가 난 서황은 궁노수를 시켜 촉병의 영채로 마구 활을 쏜다.

황충이 조자룡에게 말한다.

"서황이 활을 마구 쏘는 것은 반드시 후퇴할 생각이 있어 저러는 것이니, 그때 기회를 보아 칩시다."

말이 끝나기도 전에 수하 군사가 들어와서 고한다.

"서황의 후대가 물러가기 시작했습니다."

이에 촉병은 북소리를 크게 울리며, 황충은 군사를 거느리고 왼편으로 달려나가고, 조자룡은 군사를 거느리고 오른편으로 달려가서 협공하니, 서황은 크게 패하여 그의 군사들 중에는 한수를 미처 건너지 못하고 물에 빠져 죽은 자만도 엄청났다.

서황은 죽을힘을 다하여 싸워 겨우 영채로 돌아가서, 왕평을 꾸짖는다.

"너는 우리 군사가 위태했을 때, 어째서 바라만 보고 와서 돕지 않았느냐?"

왕평이 대답한다.

"내가 도우러 갔더라면, 이 영채도 빼앗겼을 것이오. 그러기에 내가 가지 말라고 말렸는데도 장군은 듣지 않고 가더니, 결국 이처럼 패하게 됐소."

서황은 분개하여 왕평을 죽이겠다고 별렀다.

그날 밤이었다. 왕평은 몰래 한수를 건너가서 조자룡에게 항복했다. 조자룡이 데리고 가서 유현덕에게 보이니, 왕평은 한수 일대의 지리를 소상히 고해바쳤다.

유현덕이 매우 기뻐하며,

"내가 왕평을 얻었으니, 한중을 평정할 것이 틀림없다."

하고 마침내 왕평을 편장군偏將軍으로 삼고, 겸하여 향도사嚮道使(길 안내를 맡은 직책)로 삼았다.

한편 서황은 도망쳐 돌아가서 조조에게,

"왕평이 배반하고 유비에게 가서 항복했습니다."

하고 고했다.

조조는 잔뜩 노하여 친히 대군을 통솔하고 한수의 영채를 도로 빼앗으러 가니, 조자룡은 적은 군사로 대항하기 어려울 것을 알고, 마침내 한수 서쪽으로 물러가서 강을 사이에 두고 대치하였다.

이에 유현덕과 공명은 함께 한수의 형세를 보러 왔다. 공명은 한수의 상류를 둘러보았다. 흙산이 있어서 천여 명의 군사를 매복시킬 만하였다.

공명은 곧 영채로 돌아와서 조자룡에게 분부한다.

"그대는 군사 5백 명에게 북과 징과 각적角笛을 들려가지고, 한수 상류의 흙산 밑에 가서 매복하라. 혹 황혼이거나 한밤중이거나 이곳 영채에서 포 소리가 나거든 북과 징과 각적을 요란스레 울리되, 결코 나와서 싸울 생각은 말라."

조자룡은 계책을 받고 떠나갔다.

그 후에 공명은 높은 산 위에 올라가서 가만히 조조의 진영을 엿보았다.

이튿날, 조조의 군사가 와서 싸움을 걸어도, 촉군 병영에선 한 사람도 나오지 않고 활도 노도 쏘지 않는다. 조조의 군사는 스스로 물러났다.

그날 한밤중이었다. 공명은 조조의 병영에 불이 꺼지고 적군이 잠든 때를 기다렸다가 드디어 포를 한 방 쏘게 했다. 흙산에 매복한 조자룡이 포 소리를 듣고 군사들에게 명령하자, 일제히 북과 징과 각적을 요란스레 울린다.

조조의 군사는 진동하는 북과 징과 각적 소리에 놀라 촉군이 쳐들어오는 줄 알고 영채에서 나와보니 아무도 없었다. 그제야 다시 영채로 들어가서 좀 쉬려는데, 또 포 소리가 탕 나더니 고각 소리가 요란히 들려오고 함성이 진동하면서 산골짜기가 쩡쩡 울린다.

조조의 군사는 뜬눈으로 밤을 새웠다. 이렇게 하기를 3일 낮 3일 밤 동안 계속했다. 밤마다 불안 속에 지새고 보니, 조조는 겁이 나서 영채를 뽑아 30리 밖으로 후퇴하여 넓은 들에 영채를 세웠다.

공명은 웃으며,

"조조가 비록 병법은 알지만, 우리의 속임수는 모르는도다."

하고 유현덕에게 청한다.

"주공께서는 친히 한수를 건너가서 배수진을 벌이십시오."

유현덕이 계책을 물으니,

"이러이러히 하시면 됩니다."

하고 공명이 귓속말로 일러준다.

조조는 유현덕이 강물을 등지고 영채를 세우는 것을 보고 더욱 의심이 나서 사람을 시켜 싸우자는 전서戰書를 보냈다.

공명에게서 답장이 왔는데, 내일 싸워 승부를 결정짓자는 것이었다.

이튿날, 양쪽 군사는 중간 지점인 오계산五界山 앞에 모여 각기 진영을 벌였다.

조조는 말을 타고 문기 아래로 나서서 두 줄로 용봉 정기龍鳳旌旗를 벌여 세우고 북소리를 세 번 울리자,

"내 할 말이 있으니, 유현덕은 나오라!"

하고 외친다.

이에 유현덕은 유봉과 맹달 그리고 서천西川의 모든 장수들을 거느리고 나왔다.

조조가 말채찍을 들어 유현덕을 가리키며 한바탕 저주한다.

"유비야! 너는 은혜도 모르고 의리도 잃고 결국 조정을 배반한 역적이 됐구나!"

유현덕이 대답한다.

"나는 대한大漢의 종친으로서 천자의 분부를 받아 역적을 치거니와, 너는 위로는 황후를 시역弑逆(죽였다는 뜻)하고, 스스로 왕이 되어 천자의 의장儀仗을 도둑질해서 사용하고 있으니, 그러고도 역적이 아니라면 뭣이냐?"

조조는 격분하여 서황을 내보내어 싸우게 한다.

서황이 달려나가자 유봉이 달려와서 맞이하여 서로 싸우는데, 유현덕은 먼저 진영으로 들어가버린다.

유봉은 싸우다가 서황을 대적할 수 없자 말을 돌려 달아난다.

조조가 급히 명령을 내린다.

"유비를 사로잡으면 서천 땅 주인으로 삼으리라."

이에 조조의 대군이 일제히 함성을 지르며 촉군의 진지로 쳐들어가니, 촉군은 한수를 바라보고 달아나는데, 길바닥에는 그들이 버린 영채와 말과 무기들로 가득하였다.

군사들은 촉군이 버리고 간 물건을 다투어 줍는데, 조조가 급히 징을 울리고 군사를 거두었다.

모든 장수들이 돌아와서 묻는다.

"저희들이 바로 유비를 사로잡으려는데, 대왕께서는 어째서 갑자기 군사를 거두셨습니까?"

조조가 대답한다.

"내가 보기로는 촉병이 한수를 등지고 영채를 세웠으니 그 의심스러운 점이 하나요, 또 많은 말과 무기를 버렸으니 그 의심스러운 점이 둘이라. 급히 후퇴하고 그들이 버린 물건을 줍지 말라."

조조는 계속 명령을 내린다.

"적군이 버린 물건을 한 가지라도 줍는 자가 있으면 그 자리에서 참하리니, 어서 속히 후퇴하라!"

조조의 군사가 돌아서서 물러갈 때에야 공명은 기를 올리고 신호하니, 유현덕이 거느린 중군이 달려 나온다. 왼편에서는 황충이 쳐들어오고, 오른편에서는 조자룡이 마구 쳐죽이며 들이닥친다.

조조의 군사는 크게 무너져 달아난다. 공명은 밤낮을 가리지 않고 추격한다.

조조는 달아나며,

"모든 군사에게 남정 땅으로 도망쳐 모이도록 일러라."

명령을 내리고 보니, 문득 다섯 방면의 길에서 불이 오른다.

원래 위연과 장비는 교대로 온 엄안에게 낭중郎中 땅을 맡기고, 군사를 나누어 거느리고 쳐들어가서, 먼저 남정 땅을 점령한 것이었다. 조조는 크게 놀라 남정 방면을 포기하고, 양평관陽平關으로 열심히 달아난다.

유현덕은 적을 추격하여 남정 땅을 확보하고 포성褒城까지 이르러 백성들을 위로한 뒤에 공명에게 묻는다.

"조조가 이번에 와서는 어찌 이리도 속히 패했는지요?"

공명이 대답한다.

"조조의 천성은 본시 의심이 많습니다. 능히 군사를 잘 쓰지만, 의심이 많으면 패하는 일도 많습니다. 나는 이번에 의병疑兵을 써서 이겼습니다."

"조조는 이제 양평관에 들어박혀서 지키고 있으나, 그 형세가 이미 고단하니, 선생은 장차 어떤 계책을 써서 물리치렵니까?"

"이 제갈양은 이미 계책을 다 세웠습니다."

하고 장비와 위연을 불러,

"그대들은 군사를 나누어 거느리고 두 방면의 길로 가서 적군의 군량미를 운반하는 길을 끊어라."

분부하고, 또 황충과 조자룡을 불러 분부한다.

"그대들은 군사를 두 대로 나누어 거느리고 가서, 불을 질러 산을 태워라."

이에 네 장수는 각기 향도관과 군사를 거느리고 네 방면의 길로 떠나갔다.

한편, 조조는 물러나서 양평관을 지키며 초탐군哨探軍을 보내어 적군의 동태를 살피게 했는데, 보고가 들어오기를,

"지금 촉병들이 모든 소로小路를 차단하고 나무를 베어다 불질러 태워버리는데, 그들이 어디 있는지 보이지가 않습니다."

조조가 한참 의심하는데, 또 보고가 들어온다.

"장비와 위연이 군사를 나누어 거느리고 와서 곡식을 약탈했습니다."

조조가 묻는다.

"누가 장비를 대적하겠느냐?"

허저許業가 나선다.

"제가 가겠나이다."

조조는 허저에게 씩씩한 군사 천 명을 주어 양평관으로 운반하는 곡식을 호위하여 오도록 분부했다.

허저가 가니, 곡식을 운반하여 오는 관리가 도중에서 영접하며,

"장군이 와주지 않으셨다면 이 곡식은 양평관까지 무사히 갈 수 없었을 것입니다."

하고, 수레 위에서 술과 고기를 내어 대접한다.

허저는 통쾌히 마시고, 문득 취흥이 나서 수레들을 몰아 속히 가자고 독촉한다.

관리가 말한다.

"해는 이미 저물었습니다. 포주襃州의 지경은 산세가 험악해서 통과

하기가 어렵습니다."

허저가 대답한다.

"나는 만부萬夫도 대적할 만한 용기가 있는데 뭣을 두려워하리요. 더구나 오늘 밤은 달빛이 좋을 테니 곡식을 운반하기에 알맞다."

이에 말을 타고 칼을 비껴 들고 앞장서서 군사를 거느리고 나아간다.

밤 2경이 지나서야 그들은 포주 경계로 들어서서 절반까지 갔을 때였다. 문득 움푹 들어간 산속에서 북과 각적 소리가 천지를 진동하면서 한 떼의 군사가 달려 나와 앞을 가로막으니, 앞장선 장수는 바로 장비였다. 장비가 창을 잡고 말을 달려 바로 허저에게 덤벼드니, 허저는 칼을 춤추며 달려들어 싸우는데 술에 취해서 감당하지 못하고 겨우 몇 합 만에, 장비의 창에 어깨를 찔려 말에서 떨어진다.

군사들은 황망히 허저를 부축해 일으켜 달아나고, 장비는 곡식과 마초를 실은 수레들을 모조리 빼앗아 돌아왔다.

한편, 모든 장수들은 허저를 보호하며 돌아가서 조조를 뵈었다. 조조는 즉시 의사를 시켜 허저의 상처를 치료하게 하고, 친히 군사를 거느리고 가서 촉군에게 싸움을 걸었다.

이에 유현덕은 군사를 거느리고 나와 둥그렇게 진을 벌이며 서로 맞대했다.

유현덕이 유봉을 내보내어 싸우게 하자, 조조가 욕질을 한다.

"신을 삼아서 팔던 촌놈아! 너는 늘 가짜 자식만 내보내어 싸우게 하느냐! 나의 아들 노란 수염(조조의 둘째 아들인 조창曹彰의 별명)이 왔다면 요런 가짜 자식은 살코기가 되었으리라." 유봉은 유현덕의 수양아들이다.

유봉은 격분하여 창을 꼬느어 잡고 말을 달려 바로 조조에게 간다. 조조는 즉시 서황을 내보내어 유봉과 싸우게 하니, 유봉은 싸운 지 몇 합

만에 패한 체하고 달아난다.

이에 조조가 군사를 거느리고 뒤쫓아가는데, 촉군의 영채에서 포 소리가 나며 북소리와 징소리가 일제히 진동한다. 조조는 혹 적의 복병이 있을까 겁이 나서 급히 군사를 후퇴시키니, 서로 넘어지고 짓밟아 죽는 자만도 무수했다.

조조가 양평관으로 도망쳐 돌아와서 겨우 숨을 돌리는 참인데, 촉군이 성 밑까지 뒤쫓아와서 동쪽 성문에서는 불을 지르고, 서쪽 성문에서는 함성을 지르고, 남쪽 성문에서는 불을 지르고, 북쪽 성문에서는 북과 징을 마구 쳐댄다.

크게 놀란 조조는 양평관을 버리고 달아나니 촉군은 그 뒤를 추격한다. 조조가 한참 달아나다가 보니, 앞에서는 장비가 일지군을 거느리고 와서 가로막고, 뒤에서는 조자룡이 일지군을 거느리고 마구 죽이며 쫓아오고, 또 황충은 포주 쪽에서 쳐들어온다.

대패한 조조는 모든 장수들의 보호를 받으며 겨우 길을 빼앗아 달아나 사곡斜谷 지경으로 접어들려는데, 저편에서 누런 먼지가 뭉게뭉게 일어나며 한 떼의 군사가 달려온다.

조조가 말한다.

"저것이 적의 복병이라면 만사는 끝났다."

그런데 가까이 오는 군사를 보니, 앞장선 장수는 바로 조조의 둘째 아들 조창이었다. 조창의 자는 자문子文이니, 그는 젊어서부터 말을 잘 타며 활을 잘 쏘고 팔 힘이 출중해서 능히 맨주먹으로 맹수를 때려눕혔다.

그 당시 조조는 아들 조창에게 이렇게 말한 적이 있었다.

"너는 책은 읽지 않고 활 쏘며 말 타기만 좋아하니, 한갓 남자의 용맹에 불과하다. 무슨 귀중할 것이 있으리요."

조창은

"세상에 남자로 태어난 이상은 마땅히 위청衛靑과 곽거병霍去病(둘 다 전한前漢 때의 유명한 장수로 오랑캐 흉노를 쳐서 평정했다)의 업적을 배워 사막에 공을 세우고, 길이 수십만 대군을 휘몰아 천하를 종횡으로 달려야 하거늘, 책이나 보는 박사博士는 해서 뭣 합니까."

하고 대답했다.

지난날 조조는 또 아들들에게 그 뜻하는 바를 물은 적이 있었다.

그때 이렇게 대답했다.

"저는 장수가 되겠습니다."

조조는 묻는다.

"장수가 되어서 뭘 하려느냐?"

"갑옷을 입고 날카로운 무기를 들고 위기에 당면해도 돌아보지 않고, 누구보다도 앞장서서 나아가며 상줄 자에겐 반드시 상을 주고, 벌할 자에겐 반드시 벌을 내리되 신의를 잃지 않겠습니다."

조조는 크게 웃었다.

건안 23년에 대군代郡의 오랑캐(오환烏桓)가 반란했을 때, 조조는 조창에게 군사 5만 명을 주고 치게 했다.

조조는 떠나는 조창에게 훈계했다.

"집에 있을 때는 부자지간이지만, 일을 맡으면 임금과 신하 사이가 되느니라. 법은 사정私情을 용납하지 않으니, 네 깊이 명심하여라."

이리하여 조창은 대북代北에 이르러 항상 앞장서서 싸우고 나아가 상건桑乾 땅에 이르러 북방을 모두 평정했는데, 그 무렵에 조조가 양평관에 있다는 말을 듣고 싸움을 도우러 온 것이었다.

조조는 조창을 보고 안도하고 기뻐한다.

"나의 아들 노란 수염이 왔으니, 반드시 유비를 격파하리로다."

드디어 군사를 돌려 사곡 경계에다 영채를 세웠다.

한편, 첩자가 돌아가서 유현덕에게 보고한다.

"조창이 그 아비 조조에게 왔습니다."

유현덕이 묻는다.

"누가 가서 조창과 싸울 테냐?"

유봉이 나선다.

"원컨대 제가 가겠나이다."

그러자 맹달도 함께 가겠다고 자원한다.

유현덕이 말한다.

"그럼 너희 둘이 함께 가거라. 누가 공을 세우나 보리라."

각기 군사 5천 명씩을 거느리고, 유봉이 앞서가고 맹달은 뒤따라갔다.

마침내 조창이 말을 타고 나와서 싸운 지 겨우 3합에 유봉은 대패하여 돌아온다. 맹달이 군사를 거느리고 나아가 조창과 막 싸우려 하는데, 조조의 군사들 사이에서 일대 혼란이 일어났다.

누가 알았으리요. 이때 마초와 오난吳蘭이 군사를 거느리고 두 방면의 길에서 쳐들어왔기 때문에 조조의 군사들은 기겁을 한 것이다.

이에 맹달은 군사를 거느리고 조조의 군사를 협공하고, 또 오랫동안 사기士氣를 길러온 마초의 군사는 무예를 빛내며 용맹을 드날리니, 조조의 군사가 어찌 감당할 수 있으리요.

조조의 군사는 패하여 달아나는데, 조창이 정면으로 오난을 만나 서로 싸운 지 불과 수합에 이르렀을 때였다. 조창은 단번에 창으로 오난을 찔러 말 아래로 거꾸러뜨린다.

삼군이 혼전하자, 조조는 군사를 사곡 경계로 거두고 굳게 지켰다. 조조가 군사를 주둔한 지도 며칠이 지났다. 쳐들어가자니 마초가 굳게 버티고 있어서 자신이 없고, 그렇다고 군사를 거두어 돌아가자니 촉군이 비웃을 것이라, 이러지도 저러지도 못하던 참이었다.

이때 포관庖官(요리를 맡아보는 직책)이 조조에게 닭탕(계탕鷄湯)을 바친다. 조조는 그릇 속에 계륵鷄肋(닭 갈비)이 들어 있는 것을 보고, 더욱 느끼는 바가 있어 곰곰이 생각하는 중인데, 하후돈이 장막 안으로 들어와서 청한다.

"오늘 밤 암호는 무엇으로 정하리까?"

조조는 입에서 나오는 대로 대답한다.

"계륵, 계륵이라 하라."

하후돈이 모든 관원들에게 전하여, 모두가 그날 밤 통행할 때 쓰는 암호는 계륵임을 알았다.

행군주부行軍主簿 양수는 계륵이라는 말을 듣자 곧 수행하는 군사들에게,

"각기 행장을 수습하라. 이곳을 떠날 테니 돌아갈 준비를 하여라."

하고 명령했다.

이 소문을 듣고 하후돈은 크게 놀라 곧 양수를 병영 안으로 초청하고 묻는다.

"귀공은 어째서 군사들에게 행장을 수습하라고 했소?"

양수가 대답한다.

"오늘 밤 암호를 보니 위왕께서 곧 군사를 거느리고 물러갈 의향입니다. 즉 닭 갈비뼈(계륵)란 먹자니 먹을 것이 없고, 버리자니 아까운 것이지요. 지금 우리 군사는 나아가면 이길 자신이 없고, 물러가면 적군의 웃음거리가 되니, 여기 눌러 있어도 아무 소용이 없게 되었습니다. 차라리 일찍 돌아가느니만 못하지요. 두고 보십시오. 위왕께서는 내일 반드시 이곳을 떠나 회군하실 것이오. 내일 모두가 소란을 떠는 일이 없도록, 그래서 미리 행장을 수습하라 했소."

"귀공은 참으로 위왕의 속맘을 환히 들여다보셨소."

52

하후돈은 감탄하고 자신도 행장을 수습하였다. 이에 영채의 모든 장수들은 다 같이 돌아갈 준비를 서둘렀다.

그날 밤에 조조는 마음이 산란하고 잠이 오지 않아서 손에 강철로 만든 도끼를 들고 혼자서 모든 영채를 돌아보는 참이었다.

조조가 엿본즉, 하후돈의 영채 안은 군사들 모두가 행장을 수습하며 떠날 준비를 하고 있지 않은가. 깜짝 놀란 조조는 급히 장막으로 돌아가서 하후돈을 불러오게 하고 그 까닭을 물었다.

하후돈이 대답한다.

"주부 양수가 대왕이 돌아가실 뜻이 있음을 미리 알고 있었습니다."

조조는 양수를 불러오라고 하여 힐책했다. 양수는 서슴지 않고 닭 갈비뼈에 대한 뜻을 풀이해서 대답했다.

조조는 크게 노한다.

"네 어찌 감히 근거 없는 말을 지어내어 우리 군사들의 마음을 어지럽히느냐? 이놈을 끌어내어 당장 참하여라!"

도부수刀斧手들은 양수를 끌고 나가 참하여, 그 목을 원문轅門 바깥에 걸고 본보기로 삼았다.

원래 양수는 자신의 재주만 믿고 경솔해서 여러 번 조조의 비위를 거스른 일이 있었다.

언젠가 조조는 한곳에 꽃동산을 만들게 한 일이 있었다. 꽃동산이 완성되자, 조조가 와서 둘러보더니 아무 말 없이 문 위에다 살 활活 자 한자만 써놓고 돌아갔다.

사람들은 그 뜻을 몰라서 어리둥절해하는데, 양수가 말한다.

"문門 안에 활活 자를 넣으면 넓을 활闊 자가 되니, 이는 승상께서 문이 너무 넓은 것을 싫어하신 것이오."

이에 꽃동산의 담을 다시 쌓아 적당히 범위를 고치고 다시 조조를 모

양수를 시기하여 참하는 조조

셔왔다.

조조는 기뻐하며 묻는다.

"누가 나의 뜻을 알았느냐?"

좌우 사람이 대답한다.

"양수가 풀이해줬습니다."

조조는 겉으로는 칭찬했으나, 맘속으로는 양수를 시기했다.

어느 날이었다. 북쪽 변방에서 수酥(오늘날 버터의 일종) 한 합盒을 보내왔다. 조조는 합 위에다 친히 '일합수一合酥'라고 써서 책상 위에 두었다.

양수가 들어와서 보더니, 한 숟갈씩 떠서 사람마다 나누어주고 수를 다 없애버렸다. 조조는 어째서 그렇게 먹어치웠느냐고 물었다. 양수는

54

대답한다.

"합 위에 분명히 친필로 일인일구수一人一口酥(일합一合은 일一, 인人, 일一, 구口가 모여 된 자이다)라 적어두셨기에, 한 사람마다 한입씩 먹도록 했습니다. 승상의 뜻을 어찌 어길 리 있습니까."

조조는 유쾌한 듯이 껄껄 웃었으나, 속으로는 양수를 미워했다.

조조는 혹 자기를 암살하려는 자가 있지 않나 해서, 평소 좌우 사람에게 이렇게 분부했다.

"나는 꿈에 사람을 곧잘 죽이는 버릇이 있으니, 내가 잠들거든 너희들은 결코 가까이 오지 말라."

어느 날이었다. 조조는 장중에서 낮잠을 자다가 침상에서 굴러 떨어졌다. 가까이 모시던 시종 한 사람이 황망히 이불을 가져다가 덮어주는데, 조조는 벌떡 일어나서 칼을 뽑아 그 시종을 참하고, 다시 침상에 올라가더니 아무 일도 없었던 것처럼 코를 골며 잔다.

늘어지게 자고 일어난 조조가 놀라는 체하면서 묻는다.

"누가 나의 시종을 죽였느냐!"

모든 사람들은 사실대로 말했다.

조조는 한바탕 통곡하고, 성대히 장사를 지내주라 했다. 사람들은 조조가 과연 꿈결에 사람을 죽인 줄로만 알았다.

그러나 양수는 그 속뜻을 알기 때문에 장사지내는 곳에 참석하여 관을 가리키며,

"승상이 꿈을 꾼 것이 아니라, 꿈을 꾼 사람은 바로 자네일세."

하고 탄식했다. 조조는 그 말을 전해 듣고 더욱 양수를 미워했다.

조조의 셋째 아들 조식曹植은 양수의 재주를 사랑하여 평소 불러다가는 밤이 새도록 담론하곤 하였다. 한때 조조는 모든 모사들과 의논하여 조식을 세자로 세울 생각이었다. 조비曹조는 이 낌새를 눈치채자 조가曹

歌 땅 현감인 오질吳質을 오라고 하여 대책을 의논해야겠는데, 남이 모르도록 해야만 했다. 그래서 큰 채롱[籠] 속에 오질을 넣고, 그 속에 비단 필목이 들어 있노라고 속이고서, 자기 집으로 운반해왔다. 눈치 빠른 양수는 이 일을 알고 바로 조조에게 가서 고해바쳤다. 조조는 즉시 사람을 시켜 조비의 집을 감시하도록 했다.

이에 조비는 당황하여 오질에게 묻는다.

"집 주위를 감시하고 있으니, 이 일을 어찌하면 좋겠소?"

오질은 대답한다.

"걱정 마십시오. 내일 큰 채롱에다 비단을 잔뜩 넣어 집으로 들여오십시오. 그러면 감시하는 자들을 속일 수 있습니다."

이튿날, 조비는 큰 채롱에 비단을 넣어 집으로 들여오는데, 문 바깥에서 감시하는 자들이 열어본즉 과연 비단뿐이었다.

감시자들이 돌아가서 사실대로 보고하니, 조조는 속으로,

'오오! 양수가 조비를 모함하려 들었구나.'

하고 더욱 미워하게 됐다.

하루는 조조가 조비와 조식의 재능을 시험해보려고 각기 업군鄴郡 성문 밖으로 심부름을 갔다 오라 했다. 그리고는 즉시 사람을 시켜 성문 문지기에게 그들을 성문 밖으로 내보내지 말라 분부했다. 조비가 먼저 가자 성문지기는 앞을 막고 성밖으로 내보내지 않는다. 조비는 하는 수 없이 그냥 돌아왔다. 조식은 그 사실을 듣자 양수에게 어찌하면 좋겠느냐고 물었다.

양수가 대답한다.

"왕명을 받고 나가는 것이니, 만일 앞을 막는 자가 있거든 두말없이 참해버리십시오."

조식은 머리를 끄덕이고 성문으로 갔다.

성문지기가 앞을 가로막자 조식은 꾸짖는다.

"내 왕명을 받잡고 나가거늘, 누가 감히 앞을 막느냐?"

하고 칼을 뽑아 그 자리에서 문지기를 참했다.

이에 조조는 조식을 유능한 아들이라고 생각했다.

그 뒤에 어떤 자가 조조에게 고한다.

"그건 다 양수가 미리 일러준 것입니다."

조조는 크게 분노하여 그때부터 조식까지도 싫어하게 됐다.

또 양수는 조식을 위해서 대답하는 법 10여 조목을 작성해주고, 조조가 묻거든 그 조목에 맞추어 대답하라 했다.

조조가 군사나 나랏일을 물을 때마다 조식은 청산유수처럼 대답했다. 조조는 조식이 대답을 너무 잘하는 것을 의심했다.

그 뒤 조비는 조식을 모시는 좌우 사람들을 매수하여, 양수가 적어준 대답하는 법 10여 조목의 글을 훔쳐오게 하여 그것을 조조에게 바쳤다.

조조는 그것을 보자 노기 등등하여,

"양수 놈이 어찌 감히 이리도 나를 속이는고!"

하고 이때부터 양수를 죽이기로 작정했던 것이다.

그러다가 이제 조조는 군사들의 마음을 소란시켰다는 죄목을 씌워 양수를 죽였으니, 이때 양수의 나이 34세였다.

후세 사람이 양수를 탄식한 시가 있다.

　총명한 양수는

　대대로 내려오는 명문 출신이었도다.

　붓을 들면 용과 뱀이 일어나고

　가슴속에는 금수錦繡 문장文章이 가득했도다.

　말을 하면 모두가 놀라고

문득 대답하면 모든 영특한 인물들 중에서 단연 뛰어났도다.
그가 죽은 것은 놀라운 재주 때문이며
군사를 후퇴시키기 위한 뜻은 아니었도다.

聰明楊德祖

世代繼簪纓

筆下龍蛇起

胸中錦繡成

開談驚四座

捷對冠群英

身死因才誤

非關欲退兵

양수를 죽인 조조는 일부러 노한 체하고 하후돈까지 죽이려 했다. 그러나 모든 사람들이 말리자, 조조는 하후돈을 꾸짖어 물러가라 하며,

"내일 일제히 적진으로 쳐들어갈 테니 그리 알라."

하고 명령을 내렸다.

이튿날, 군사들은 사곡 경계를 떠나 나아가는데, 한 떼의 촉군이 내달아와서 앞을 막으니, 앞장선 장수는 위연이었다.

조조가 위연에게 권한다.

"항복해라!"

위연이 크게 욕질을 하므로, 조조는 방덕龐德에게 나가서 싸우라 명했다.

위연과 방덕이 서로 맞붙어 한참 싸우는데, 두고 온 조조의 저편 영채에서 불이 오르더니 곧 기병이 달려와서 말한다.

"마초가 후방의 두 영채를 엄습하고 차지했습니다."

攻城拓地天晴紅幟近當山

劉玄德智取漢中
掬旅陳師日暮清笳遙入陣

사곡에서 조조를 쫓는 위연. 오른쪽 위가 유비

조조는 칼을 죽 뽑아 들고 명령한다.

"장수라 할지라도 후퇴하는 자는 참하리라."

모든 장수들이 무작정 앞으로 쳐들어가니, 위연은 패한 체하고 달아난다.

그제야 조조는 군사를 돌려 마초와 싸우게 하고, 친히 높은 언덕에 올라가 말을 세우고 양쪽 군사의 싸움을 굽어보는데, 문득 한 떼의 군사가 앞으로 쳐들어오며,

"위연이 예 있으니, 꼼짝 말라!"

는 큰 고함소리가 난다.

보라, 언제 왔는지 위연이 조조를 향하여 활을 쏘며 내닫는다. 조조는 화살을 맞고 몸을 뒤집으며 말에서 떨어진다. 이를 본 위연이 활을 버리

고 칼을 잡고 말을 달려 조조를 죽이려 산 위로 치닫는데, 옆에서 한 장수가 달려 나오며 크게 외친다.

"우리의 주인을 상하게 말라!"

보니, 그 장수는 방덕이었다.

방덕이 힘을 분발하여 내려오며 위연을 맞이해서 싸워 물리치고 조조를 보호하여 가니, 이때는 마초의 군사가 이미 물러간 뒤였다.

조조는 상처를 입고 영채로 돌아왔다. 위연이 쏜 화살에 인중人中(바로 코 밑)을 맞았기 때문에 조조는 앞이빨 두 개가 부러져 있었다.

의원을 불러 치료를 받다가, 조조는 그제야 양수가 하던 말이 생각나서,

"양수의 시체를 수습해서 성대히 묻어주어라."

하고 이내 명령을 내린다.

"회군할 테니 떠날 준비를 하도록 하여라."

이리하여 방덕은 후군이 되어 뒤를 끊고, 조조는 전거氈車 안에 누워 좌우 호분군虎賁軍의 호위를 받으며 물러가는데, 문득 '사곡 산 위 두 곳에서 불이 치솟으며, 복병들이 쏟아져 나와 뒤쫓아온다'는 보고가 들어왔다.

조조의 군사는 다 대경 실색하여 갈팡질팡하니,

옛날 동관에서 당한 액난厄難(제58회 참조) 그대로요
그 당시 적벽 대전에서 당한 위기와 방불하다.
依稀昔日潼關厄
彷彿當年赤壁危

조조의 목숨은 어찌 될까.

제73회

유현덕은 한중왕의 위에 오르고
관운장은 양양군을 쳐서 점령하다

조조가 군사를 거느리고 사곡으로 후퇴한다. 공명은 조조가 한중을 버리고 달아나는 것을 알자 마초 등 모든 장수들을 10여 방면의 길로 나눠 보내어 불시에 공격했다.

그래서 조조는 한곳에 오래 머무르지 못하고, 더구나 위연의 화살을 맞아 정신없이 회군하니, 삼군의 사기는 완전히 떨어졌다. 그런데 전대前隊가 겨우 떠나자마자 양쪽에서 불이 타오르며 마초의 복병이 추격해 온다. 조조는 겁을 먹고 떠는 군사들을 독촉하여 밤낮을 쉬지 않고 급히 달아나, 바로 경조京兆 땅에 이르러서야 숨을 돌렸다.

한편, 유현덕은 유봉·맹달·왕평 등에게 명령하여 상용上庸 일대의 모든 고을을 공격하니, 신탐申耽 등은 조조가 한중을 버리고 달아났다는 말을 들은지라 모두 나와서 항복했다.

유현덕은 한중을 평정하고, 백성들을 두루 위로하며 삼군에게 큰 상을 내리니 모두가 다 기뻐한다.

이에 모든 장수들은 유현덕을 추존하여 황제로 삼고 싶으나 감히 말하지 못하고, 제갈양 군사에게 가서 뜻을 말했다.

제갈양은

"나도 생각한 바가 있소."

하고 법정 등을 거느리고 유현덕에게 갔다.

"오늘날, 조조가 나라의 권력을 맘대로 휘둘러 백성은 주인이 없는 형편입니다. 주공께서는 천하에 인의를 드날리시고, 이미 서천과 동천 東川(한중) 땅을 안정하셨으니, 하늘의 뜻에 응하고 민심에 순종하여 황제의 위位에 오르소서. 대의명분을 세우고 민심을 따라 역적을 칠 것이며, 일을 늦추어서는 안 되니 곧 길일을 택하여 대위大位에 오르소서."

유현덕은 크게 놀란다.

"군사의 말은 잘못이오. 나는 비록 한나라의 종실이지만 바로 신하의 몸이니, 만일 대위에 오른다면 이는 한나라에 대한 반역이오."

"아닙니다. 오늘날은 천하가 나뉘어 무너지고, 영웅은 각기 들고일어나서 제각기 한곳씩 차지하여 패권을 잡고 있는데, 세상의 유능한 인물들이 죽음을 돌보지 않고 윗사람을 섬기는 것은 다 참다운 주인을 도와 천하를 바로잡고 공을 세워 이름을 얻기 위해서입니다. 이제 주공께서 마다하시고 조그만 의리만 지키신다면, 이는 모든 사람의 소망을 저버리는 것이 됩니다. 원컨대 주공께서는 깊이 생각하십시오."

"내가 높은 자리에 앉는 것은 외람된 일이니, 좋은 계책을 다시 의논하도록 하시오."

모든 장수들이 일제히 고한다.

"주공께서 끝내 사양하시면, 모든 사람들은 마음이 변합니다."

공명이 제안한다.

"주공께서는 평생에 의리를 근본으로 삼으시기 때문에 극존한 칭호를 마다하시겠지만, 이제 형荊 · 양襄과 양천兩川(서천 · 동천) 땅을 거느

江山作主文冠武弁映西川

劉備進位漢中王

爵位稱王繡斧雕鞍承北極

유비에게 한중왕 즉위를 권하는 제갈양

리셨으니, 잠시 한중왕漢中王이라도 되소서."

유현덕은 대답한다.

"그대들이 나를 높이려 하나, 천자의 조서를 받지 않고 왕이 되면 이는 법을 어기는 짓이라."

공명이 타이른다.

"지금은 형편상 방편을 써야 하니, 평상시의 법만 따져서는 안 됩니다."

장비가 보다못해 외친다.

"성이 다른 놈도 다 임금이 되려고 날뛰는데, 더구나 형님은 한조漢朝의 종친이시니, 한중왕은 물론이고 황제가 못 될 건 또 뭐요!"

유현덕이 꾸짖는다.

"너는 여러 말 말라!"

공명이 힘써 권한다.

"주공께서는 형편 따라 방편을 써서 먼저 한중왕의 위에 오르시고, 연후에 천자께 표문을 올려도 늦지 않으리다."

유현덕은 두 번 세 번 거듭 사양하였으나, 그들의 뜻을 막지 못해 마침내 승낙했다.

건안 24년 가을 7월에 면양沔陽 땅에다 단을 쌓으니, 주위가 9리였다. 다섯 방위에다 각기 정기와 의장儀仗을 벌여 세우고, 모든 신하는 계급에 따라 늘어섰다. 허정許靖과 법정이 유현덕을 단 위로 올려 모시고 면류관과 옥새를 바친다.

이에 유현덕은 남쪽을 향하여 앉아 문무 관원의 하례하는 절을 받고 한중왕이 되고, 아들 유선劉禪을 세자로 세우고, 허정을 태부太傅로, 법정을 상서령尚書令으로, 제갈양을 여전히 군사軍師로 삼아 군국 대사軍國大事를 총리總理하도록 하고, 관운장·장비·조자룡·마초·황충을 오호대장五虎大將으로, 위연을 한중 태수로 삼고, 그 외에는 각기 공훈에 따라 벼슬을 정해주었다.

유현덕은 한중왕이 되자, 마침내 사람을 시켜 표문을 허도로 보냈다.

비備(유비)는 아뢰옵나이다. 신臣은 적은 재주로 상장上將의 무거운 책임을 맡아 삼군을 거느리고, 외방外方에서 대명大命을 받았으나, 능히 도둑들을 무찔러 황실을 편안히 못하고, 폐하의 성교聖教를 오래도록 이행하지 못하니, 천하는 더욱 혼란한지라 근심으로 잠을 이루지 못하여, 마치 머리의 병을 앓는 듯합니다. 전에 동탁董卓이 대역무도한 난을 일으킨 뒤로 흉악한 것들이 벌떼처럼 날뛰어 해내海內의 백성들을 좀먹었으나, 모든 신하들이 다만 폐하의 성덕에 힘입어 서로 충의로 뭉치고 분연히 토벌하였습니다. 또 하늘에서 천벌을 내려 모진 역도들은 하나하나 쓰러져 망했으나, 다만 조조 하나를 오래도록 제거하지 못하여 국권이 희롱당하고 극히 문란해졌음이라. 이에 신이 옛날에 거기장군車騎將軍 동승董承과 함께 도모하고 조조를 쳐 없애려다가, 그만 비밀이 누설되어 동승은 살해당하고 신은 근거를 잃고 떠도는 신세가 되어 충의를 다하지 못하였더니, 마침내 포악한 조조는 대역하여 황후를 살해하고, 황자皇子를 독살하기에 이르렀습니다. 신은 비록 동지를 규합하여 힘을 분발하고자 노력하였으나, 나약하고 부족해서 여러 해 동안 실효를 거두지 못한지라. 이러다가 죽는 날이면 나라의 은혜를 저버리지나 않을까 두려워서 자나깨나 길이 탄식하며 밤낮으로 괴로워하고 있습니다. 이제 신의 막료들은 옛날 「우서虞書」(『서전書傳』의 일부)에 말한바, '구족九族(고증高曾에서부터 자기 현손玄孫에 이르기까지)을 높이면 천하의 모든 어진 사람이 돕나니, 그러므로 제왕들은 이런 도리가 없어지지 않도록 길이 전했다'는 옛일과, 또 하夏 · 은殷 시대에는 왕이 모든 왕족에게 나라를 봉하고 서로서로 돕게 했다는 옛일을 참고하고, 또 고조高祖(한 고조)께서 천하를 일으키셨을 때에도 모든 종친에게 땅을 주어 크게 아홉 나라를 열었기 때문에, 불순한 뜻을 품은 여呂씨 일족을 마침내 참하여 대통大統을 안정시킨 일들을 참작하고, 또 오늘날 조조가 바르고 곧은 것을 미워하며 흉측한 생각을 품고 역적질하는 징조가 충분히 나타났는데도 황실이 미약하고 폐하의 일족이 지위가 없어서 이 지경이 된 사태와 옛 역사를 감안하고서, 형편상 신을 대사마大司馬 한중왕漢中王으로 세웠습니다. 신이 엎드려 거듭 생각하니, 국가에서 받은 은혜가 태산 같아 한 쪽 책임을 맡았으나 아직 힘을 베풀어 성과를 얻지 못하여 황송하온데, 다시 높은 위에 올라 비난을 받는 것은 마땅하지 못한 일이로되, 모든 수하 사람들이 신에게 의리로써 권하고 우기는지라. 신이 물러서서 생각하건대 역적을 무찌르지 못하고, 나라를 안정시키지 못하고, 종묘는 장차 무너지려 하고, 사직은 장차 기울려 하니, 진실로 근심으로 머리가 깨어질 것만 같습니다. 만일 비상 사태에 응하여 방편을 써서라도 성조聖朝를 편안히 할 수만 있다면 물불을 가리지 않고 나아가야겠기에, 문득 모든 사람의 의논을 받아들여 인새印璽를 받고 국위를 높이고자 하오나, 우러러 작호爵號를 생각하니 지위는 높고, 굽어 폐하의 은혜에 보답하려 하니 걱정은 많고 책임은 무거워서, 놀라움과 두려움이 마치 절벽에 선 것 같습니다. 어찌 감히 힘을 다하고 정성을 기울여 육사六師(천자의 군사)를 지휘하지 않으리까. 모든 충의를 거느려 하늘의 뜻에 응하고, 시국에 따라 흉악한 역적을 쳐서 없애고, 반드시 사직을 편안하게 하리다. 삼가 절하고 표문을 바치나이다.

표문은 허도에 도착했다. 이때 조조는 업군에 있으면서 유현덕이 한중왕이 됐다는 소식을 듣고 격노한다.

"돗자리를 짜던 미천한 자가 어찌 감히 이럴 수 있느냐. 내 맹세코 유비를 없애버리리라!"

하고 계속 영을 내린다.

"나라의 군사를 모조리 일으켜 서천과 동천으로 쳐들어가서 한중왕과 승패를 판가름하라."

한 사람이 반열班列에서 나와 아뢴다.

"대왕은 한때의 분노로 친히 원정하셔서는 안 됩니다. 신에게 한 가지 계책이 있으니, 화살 한 대 쏘지 않고도 유비를 촉 땅에서 불행하게 하리니, 그들의 병력이 쇠하기를 기다려 한 장수만 보내면 곧 성공하리다."

조조가 그 사람을 보니 그는 바로 사마의司馬懿였다.

조조가 반색을 하며 묻는다.

"중달仲達(사마의의 자字)은 무슨 높은 의견이라도 있는가?"

사마의가 대답한다.

"강동江東의 손권孫權은 그 여동생을 유비에게 시집보냈다가 틈을 타서 몰래 데려갔으며, 또 유비는 형주荊州를 굳이 점령하고 반환하지 않기 때문에, 그들은 서로 이를 가는 원한을 품고 있습니다. 그러니 이제 말 잘하는 사람이 친서를 가지고 강동에 가서 손권을 설득하여, 강동 군사로 하여금 형주를 치게 하면, 유비는 반드시 양천兩川(서천과 동천)의 군사를 일으켜 형주를 구원할 것입니다. 그때에 대왕께서 군사를 거느리고 한중과 서천을 치면 유비는 양쪽을 동시에 막지 못하고 반드시 무너질 것입니다."

조조는 미소로 끄덕이며, 즉시 친서를 써서 만총滿寵에게 주어 떠나보냈다. 만총은 밤낮을 가리지 않고 강동으로 갔다. 손권은 만총이 왔다는 말을 듣고 모든 모사들과 함께 상의한다.

장소張昭가 나서서 말한다.

"위魏와 우리 오吳는 원래 원수진 일이 없었는데, 지난날 제갈양의 말에 넘어가서 조조와 우리 사이에 해마다 싸움이 벌어졌고, 백성들은 도탄에 빠졌습니다. 이제 만총이 온 것은 반드시 우리와 화평하려는 뜻이니 예의로 대접하십시오."

손권은 그 말을 듣고 모든 모사들로 하여금 만총을 성안으로 영접하게 했다. 접견이 끝나자 예의로 대접하니, 만총이 조조의 친서를 바치고 손권에게 말한다.

"오와 위는 원래 원수진 일이 없었는데 유비 때문에 틈이 생긴 것입니다. 그래서 우리 위왕께서 저를 이곳으로 보낸 것은 장군이 형주를 치기만 하면 위왕은 한중과 서천을 쳐서 머리와 꼬리를 동시에 협공하고 유비를 격파한 뒤에, 그 땅을 반씩 나누어 차지하고, 다시는 서로 싸우지 않기로 맹세하자는 것입니다."

손권은 조조의 친서를 보자 잔치를 베풀어 만총을 대접하고, 일단 객관에 나가서 쉬게 했다.

손권은 모든 모사들과 함께 상의하니, 고옹顧雍이 말한다.

"조조의 뜻이 일리가 있으니, 함께 유비의 머리와 꼬리를 동시에 협공하겠다고 언약을 주어 일단 만총을 돌려보내고, 한편 사람을 강 건너 형주로 보내어 관운장의 동정을 살핀 이후에, 일을 일으켜야 합니다."

제갈근諸葛瑾이 말한다.

"내가 듣건대 관운장은 형주에 온 후에 유비의 주선으로 장가들어, 먼저 아들 하나를 두었고 다음에 딸 하나를 두었다 합니다. 그런데 그 딸이 아직 어려서 혼인을 정한 데가 없다 하니, 바라건대 이번에 가서 주공의 세자와 통혼하도록 교섭해보겠습니다. 만일 관운장이 허락하거든 우리는 곧 의논해서 함께 조조를 쳐부수고, 만일 관운장이 거절하거든 그때는 조조를 도와 형주를 치도록 하십시오."

손권은 머리를 끄덕인다. 이리하여 먼저 만총을 허도로 돌려보내고, 제갈근을 형주로 보냈다.

형주에 당도한 제갈근은 성안으로 들어가서 관운장과 인사를 나누었다.

관운장이 묻는다.

"귀공이 온 뜻은 무엇이오?"

제갈근이 대답한다.

"특히 양가의 우호를 맺고자 왔소. 우리 주공 오후吳侯(손권)의 아들이 매우 총명한데, 장군에게 딸이 있다는 말을 듣고 혼인을 청하러 왔소. 우리가 서로 우호를 맺고 힘을 합쳐 조조를 치면, 진실로 아름다운 일이 아니겠소? 청컨대 장군은 깊이 생각하시오.”

관운장은 발연 대로하여,

“범의 딸을 어찌 개에게 시집보낼 수 있으리요. 네 동생(제갈양)의 안면을 생각하지 않는다면 당장 참할 것이니, 여러 말 말라.”

하고 좌우 사람을 시켜 제갈근을 몰아냈다.

제갈근은 머리를 감싸고 도망치다시피 돌아가서, 오후에게 감히 숨기지 못하고 사실대로 보고했다.

손권은 분기 탱천한다.

“그놈이 어찌 그리도 무례하단 말이냐!”

즉시 장소 등 문무 관원들을 불러들이고 형주를 칠 일을 상의하는데, 보즐步庄이 말한다.

“조조는 오래 전부터 한나라를 삼킬 뜻이 있으나 두려운 것은 유비가 있기 때문입니다. 그가 사자를 보내어 우리 오로 하여금 군사를 일으키게 하고 실은 촉을 삼키려 하니, 이는 모든 불행을 우리 오에게 뒤집어씌우려는 수작입니다.”

손권이 대답한다.

“그것만이 아니다. 나도 형주를 치려고 벼른 지 오래다.”

보즐이 말한다.

“그렇다면 조인曹仁이 이미 양양襄陽과 번성樊城에 군사를 주둔하고 있고, 그들은 우리와는 달리 장강長江의 험한 곳도 없어서 바로 육로로 형주를 칠 수 있습니다. 그런데 어째서 치지 않고 도리어 주공에게 군사를 일으키라 합니까? 이것만으로도 그들의 속은 빤히 드러났으니, 주공께서는 사람을 허도로 보내어 조조에게 ‘조인을 시켜 먼저 육로로 형주를 치라’고 이르십시오. 그러면 관운장은 반드시 형주 군사를 일으켜 번성을 칠 것입니다. 관운장이 떠나거든 주공은 즉시 장수 한 사람을 보내어 몰래 형주를 치면 단번에 되찾을 수 있습니다."

손권은 그 계책대로 곧 사자에게 친서를 주어 떠나 보내며, 조조에게 이 뜻을 전하라 했다.

조조는 동오東吳의 뜻을 듣자 크게 환영하고, 먼저 사자를 돌려보내고 곧 만총에게,

"그대는 번성으로 가서 조인의 참모관이 되어 형주 칠 일을 도우라."

분부하고, 한편 동오로 격문을 보내어, 군사를 거느리고 수로로 형주를 쳐서 조인의 군사와 호응하라고 했다.

한편, 한중왕(유비)은 위연에게 군사를 총독하게 하여, 동천(한중)을 지키도록 하고, 드디어 문무 백관을 거느리고 성도成都로 돌아가서 궁정을 짓게 했다. 또 관사館舍를 두게 하여 백수白水에 이르기까지 총 4백여 곳에다 관사와 역정驛亭을 세우고, 널리 곡식과 마초를 쌓고 무기를 많이 만들어 장차 중원(중국의 중앙)으로 쳐들어갈 준비를 시작했다.

한편, 첩자는 조조가 동오와 동맹하여 형주를 칠 일을 꾸미고 있다는 사실을 탐지하고, 즉시 촉으로 이 사실을 보고했다. 이 급한 보고를 받은 한중왕은 황망히 공명을 불러 상의한다.

공명이 말한다.

"저는 조조가 이런 꾀를 낼 줄 미리 알고 있었습니다. 그러나 오에도 모사들이 많으니, 반드시 조조에게 '조인이 먼저 군사를 일으켜야 한다'고 교섭할 것입니다."

"그렇다면 이 일을 어찌해야 좋겠소?"

"곧 사람을 관운장에게 보내어 '먼저 군사를 일으켜 번성을 치라' 하십시오. 적군이 크게 혼이 나면 이 일은 자연 풀릴 것입니다."

한중왕은 안도하며 사마비시司馬費詩에게 고명誥命을 주어 형주로 보냈다.

관운장은 성 바깥까지 나와서 사마비시를 영접하여 공청公廳으로 안내하고, 인사가 끝나자 묻는다.

"한중왕은 나에게 무슨 벼슬을 내렸소?"

사마비시가 대답한다.

"장군은 오호대장의 첫째가 됐소이다."

"오호대장이라니, 누구 누구요?"

"장군과 장비, 조자룡, 마초, 황충 다섯 분입니다."

관운장이 노하여,

"익덕翼德(장비의 자)은 나의 동생이며, 마초는 대대로 내려오는 명문 집안 출신이며, 자룡子龍(조운趙雲의 자)은 오래 전부터 우리 형님을 모셨으니 내 동생이나 진배없음이라. 그들은 같은 지위에 있대도 괜찮지만, 황충은 어떤 사람이기에 감히 나와 한 열列에 선단 말이오? 대장부는 늙은 졸개와 한자리에 있을 수 없소."

하고 인수를 받지 않는다.

사마비시가 웃으며 말한다.

"장군의 생각은 잘못이오. 옛날에 소하蕭何와 조참曹參(둘 다 한 고조의 공신이다)은 고황제高皇帝(한 고조)와 함께 큰일을 일으킨 가장 친근한 사이였고, 한신韓信(한 고조의 공신)은 초楚에서 망명해온 장수였건만 왕의 지위를 받아 소하, 조참보다 윗자리에 있었소. 그렇다고 소하, 조참이 불평했다는 말은 듣지 못했소이다. 이번에 한중왕께서 비록 오호장군을 봉했지만, 장군과는 형제의 의가 있어 자기 몸과 한가지로 아니, 장군이 바로 한중왕이며 한중왕이 바로 장군이라. 어찌 다른 사람과 같이 보리요. 장군은 한중왕의 많은 은혜를 받았으니, 기쁨과 근심과 불행과 행복을 마땅히 함께할 것이며, 높고 낮은 벼슬을 따져서는 안 됩니다. 바라건대 장군은 이 점을 생각하십시오."

관운장은 크게 깨닫고, 사마비시에게 두 번 절하며,

"귀공의 가르침이 없었던들, 밝지 못한 내가 큰일을 저지를 뻔했소이다."

사과하고 인수를 받았다.

그제야 사마비시는 왕의 뜻을 전한다.

"번성을 치라는 분부시오."

관운장은 명령을 받자, 즉시 부사인傅士仁과 미방鳥芳 두 장수를 선봉으로 삼아, 먼저 군사를 거느리고 형주성 밖에 나가서 주둔하게 하고, 한편 성안에서 잔치를 베풀어 사마비시를 대접한다. 잔치 자리에서 함께 술을 마시는데, 2경 때였다.

수하 사람이 급히 달려와서 고한다.

"성밖 영채에서 불이 났습니다."

관운장은 급히 갑옷을 입고 말을 달려 성밖으로 갔다. 그런데 실은 부사인과 미방이 장막 뒤에서 술을 마시는 동안에 실화失火하여 불이 화포火砲에 붙어 모든 병영이 벼락치듯 진동하고 터져서, 무기와 군량과 마초를 태워버린 것이었다.

관운장은 군사를 거느리고 불을 끄기 시작하여 4경 무렵에야 겨우 진화했다.

관운장은 성안으로 들어가서 끌려온 부사인과 미방에게,

"너희 두 사람을 선봉으로 삼았는데, 군사가 출발하기도 전에 허다한 무기와 곡식과 마초를 태워버리고 화포가 터져 본부 군사와 말들이 죽었으니, 이렇듯 일을 그르친 너희들을 어디에다 쓰리요."

꾸짖고 추상같이 호령한다.

"두 놈을 끌어내어 당장에 참하여라!"

사마비시가 힘써 말린다.

"군사가 출발하기 전에 대장을 참하는 것은 이롭지 못하니, 잠시 그 죄를 면해주시오."

관운장은 그래도 참을 수 없어 부사인과 미방을 꾸짖는다.

"내 사마비시의 안면을 보지 않는다면, 반드시 너희들의 목을 베었으리라."

드디어 무사를 불러 두 사람에게 각각 곤장 40대를 치고 선봉의 인수를 거둔 다음, 벌로 미방에게 남군南郡으로 가서 지키라 하고, 부사인에게는 공안公安 땅으로 가서 지키라 분부한다.

"내가 이기고 돌아온 날에, 너희들에게 추호라도 실수가 있으면 둘 다 처형할 테니 명심하여라."

부사인과 미방은 감히 머리를 들지 못하고 굽신거리면서 떠나갔다.

관운장은 즉시 요화廖化를 선봉으로 삼고 관평關平을 부장으로 삼아 친히 중군을 통솔하며, 마양馬良과 이적伊籍을 참군參軍으로 삼아 일제히 출발 준비를 서둘렀다.

이전에 호화胡華의 아들 호반胡班이 관운장만 믿고 형주에 와 있었다. 관운장은 지난날에 호화가 자기 목숨을 구해준 은혜를 잊을 수 없어(제27회 참조) 호반을 곁에 두고 매우 사랑했는데, 이때 서천으로 돌아가는 사마비시에게 딸려 보내며 직접 한중왕을 뵙고 벼슬을 받으라고 하였다. 이에 사마비시는 관운장과 작별하고, 호반을 데리고 촉으로 돌아갔다.

관운장은 이날 수帥 자 기에 제사를 지내고, 장중에서 잠이 들었다. 문득 보니, 멧돼지 한 마리가 크기는 소만한데 온몸이 시꺼먼 놈이 장중으로 달려들어와서 관운장의 발을 콱 문다. 관운장이 크게 노하여 급히 칼을 뽑아 벼락치듯 소리를 지르며 멧돼지를 참하였다.

그 소리에 스스로 놀라 깨고 보니 꿈이었다. 왼쪽 발이 쑤시고 아팠다. 마음에 크게 의심이 나서 관평을 불러 꿈 이야기를 했다.

관평이 대답한다.

"원래 저룡猪龍이란 말이 있어, 멧돼지는 용을 상징합니다. 용이 발에 와서 붙었으니, 이는 높이 오를 징조인즉 안심하십시오."

관운장이 모든 관리들을 장막 아래로 모으고 꿈 이야기를 하니, 어떤 자는 좋은 징조라 하고 어떤 자는 언짢은 징조라 하여 의견이 각각이었다.

관운장이 말한다.

"사내대장부가 나이 예순이 가까왔은즉, 내 이제 죽는대도 무슨 여한이 있으리요."

이렇게 말하는데, 촉에서 보낸 사자가 당도하여,

"관운장을 전장군前將軍으로 삼는다. 절과 월鉞을 주나니, 형荊·양襄 9군郡을 도독都督하라."

는 한중왕의 왕명을 전한다.

관운장이 절하고 왕명을 받자, 모든 관리들은,

"꿈에 저룡을 보신 좋은 징조가 들어맞았습니다."

하고 절하며 축하한다.

이에 관운장은 모든 의심을 버리고 드디어 군사를 거느리고 양양으로 향한 큰길을 달렸다.

이때 조인은 성안에 있었는데, 관운장이 군사를 거느리고 쳐들어온다는 보고를 듣자, 크게 놀라 굳게 지키고 나가려 하지 않았다.

부장 적원翟元이 묻는다.

"위왕께서 장군에게 동오의 군사와 함께 형주를 치라고 명령하셨으니, 이제 관운장은 스스로 죽으러 오는 것인데, 어째서 피하려 드시오?"

참모 만총이 대신 대답한다.

"나는 본시 관운장이 용맹도 하거니와 지모가 대단하다는 걸 잘 알고 있소. 경솔히 그를 상대할 수 없으니, 성을 굳게 지키는 것이 상책이오."

효장驍將 하후존夏侯存이 맞선다.

"그건 한갓 서생들이나 할 말이오. 옛말에 '물이 밀어닥치면 흙으로 막고, 적의 장수가 오거든 군사를 보내어 싸우라' 했소. 우리 군사는 편안한 자세를 꾀하고, 적군이 피곤하기를 기다리면 저절로 이길 수 있소."

조인은 하후존의 말을 좇아 만총에게 번성을 지키도록 맡기고, 친히 군사를 거느리고 관운장을 맞이하여 싸우러 나아간다. 관운장은 조인의 군사가 온다는 보고를 도중에서 듣고, 관평과 요화 두 장수를 불러 계책을 일러주고 먼저 보냈다. 이리하여 관평과 요화는 앞서가서 조인의 군사와 서로 둥글게 진을 치고 대치했다.

요화가 말을 달려 나가니, 조인의 진영에서 적원이 달려 나와 서로 어우러져 싸운 지 얼마 지나지 않아서였다. 요화는 패한 체하고 말을 돌려 달아나니 적원이 뒤쫓아오며 무찌르는지라, 형주 군사는 20리를 후퇴했다.

이튿날, 형주 군사가 다시 가서 싸움을 거니, 이번에는 하후존과 적원이 일제히 싸우러 나온다. 형주 군사가 또 패하여 20리를 달아나고, 조인은 신이 나서 뒤쫓아가는데, 문득 등뒤에서 함성이 진동하며 북과 각 적 소리가 일제히 일어난다.

조인은 군사들에게 속히 후퇴하도록 명령하는데, 등뒤에서 이미 관평과 요화가 쳐들어온다. 조인의 군사는 일대 혼란에 빠졌다. 조인은 그제야 적의 계책에 걸린 줄 알고 일지군만 거느린 채 먼저 양양으로 달아난다.

満腔英氣掀天揭地任施為

關雲長威震華夏
八面威風內夏外夷齊拱服

양양을 쳐서 점령하는 관우

양양까지 불과 몇 리 남지 아니한 지점에 이르렀을 때였다. 전면에 수놓은 기가 바람을 일으키듯 젖혀지면서 관운장이 말을 타고 나타나 칼을 비껴 들고 앞길을 막아선다. 순간 조인은 손발이 떨려 감히 싸우지 못하고 양양을 향하여 옆길로 달아나건만, 관운장은 뒤쫓지 않았다.

조금 지나자 하후존이 군사를 거느리고 오다가 관운장이 그러고 있는 것을 보고 격분하여 달려든다. 관운장과 하후존의 칼은 단 한 번 맞부닥쳤을 뿐이다. 청룡도가 다시 번쩍하는 순간, 하후존은 두 동강이가 나서 죽어 자빠진다.

이 광경을 본 적원은 혼이 나서 달아나는데, 관평이 뒤쫓아가서 한칼에 쳐죽이고, 기회를 놓치지 않고 계속 추격하며 죽이니, 달아나던 조인의 군사는 반 이상이 양강襄江에 빠져 죽었다. 사태가 이 지경이 되자 조인은 양양을 버리고 번성으로 물러가서 지켰다. 이에 관운장은 양양성을 점령하고 군사들에게 상을 내리며 백성들을 위로했다.

수군사마隨軍司馬 왕보王甫가 묻는다.

"장군이 단번에 양양을 함락하여 조인의 군사가 비록 넋을 잃었으나, 저의 어리석은 생각으로는 동오의 여몽呂蒙이 군사를 거느리고 육구陸口 땅에 늘 주둔하면서 우리 형주를 무찌를 기회만 노리니, 만일 그들이 형주를 치면 어찌하렵니까?"

"나도 그 점을 생각하고 있으니, 너는 가서 강을 따라 20리 또는 30리씩 간격을 두고 높은 곳에다 봉화대를 하나씩 세우고, 봉화대마다 군사 50명씩을 배치하여라. 만일 동오의 군사가 강을 건너오거든, 밤이면 불을 올리고 낮이면 연기를 올려 신호하여라. 그러면 내가 친히 가서 무찌르리라."

왕보가 말한다.

"미방과 부사인이 두 요충지를 각각 지키고 있지만, 힘을 다하지 않을까 염려되니, 반드시 다른 한 사람에게 형주를 총독하도록 하십시오."

"내 이미 치중治中 벼슬에 있는 반준潘濬을 보내어 지키게 했으니, 무엇을 염려하리요."

"반준은 시기하는 마음이 많고 이익을 좋아하는 위인이니, 그에게만 맡겨둬서는 안 됩니다. 그러니 군전도독양료관軍前都督糧料官으로 있는 조누趙累를 대신 보내십시오. 조누는 위인이 청렴하고 충직하니, 그가 가면 어떤 사태에도 실수가 없으리다."

"나도 평소 반준을 잘 알기 때문에 보낸 것이다. 다시 딴사람으로 바꿀 것 없다. 조누가 현재 군량을 맡아보는 것도 또한 중대한 일이니, 너는 여러 말 말고, 어서 가서 여러 곳에다 봉화대를 세워라."

왕보는 절하며 하직하고 떠났다. 그러나 그의 마음은 석연치 않았다.

관운장은 관평에게 배를 마련하도록 하고, 양강을 건너 번성을 칠 일을
서둘렀다.

한편, 조인은 하후존과 적원 두 장수를 잃고 번성으로 물러나서 만총
에게 말한다.

"내 귀공의 말을 듣지 않았다가, 크게 패하여 두 장수는 죽고 양양 땅
마저 빼앗겼으니, 이 일을 어찌하면 좋겠소?"

만총이 대답한다.

"관운장은 범 같은 장수며 지혜와 꾀가 많으니 경솔히 대적할 수 없
는즉, 우리는 굳게 지켜야 하오."

이렇게 말하는데,

"관운장이 양강을 건너 쳐들어온답니다."

하는 보고가 들어왔다.

조인은 깜짝 놀라는데, 만총이 말한다.

"그저 굳게 지켜야 하오."

부장部將인 여상呂常이 분연히 나선다.

"나에게 군사 수천 명만 주시오. 바라건대 양강 안에서 적군을 무찌
르겠소."

만총이 거부한다.

"안 될 말이오."

여상이 노한다.

"그대들 문관文官들의 말만 믿고 지키기만 하면, 언제 적을 물리치겠
다는 거요. 그대들은 병법에 '적군이 반쯤 강을 건너올 때 치라'는 말도
못 들었소? 이제 관운장이 양강을 건너올 텐데, 어째서 치지 말라 하시
오. 적군이 성 밑 호壕 앞까지 밀어닥치면 그때는 대적할 길이 없소."

이에 조인은 군사 2천 명을 주고 여상에게 번성을 출발하라 했다.

여상이 양강에 이르러 보니, 강가의 수놓은 기가 바람에 나부끼듯 젖혀지면서, 관운장이 말을 타고 칼을 비껴 들고 달려 나온다.

여상은 달려들어 싸우려 하는데, 뒤따르던 군사들이 관운장의 신과 같은 늠름한 위엄을 보고 그만 달아난다. 여상이 꾸짖고 호령해도 군사들은 달아나기만 한다. 이때 관운장이 들이닥쳐 무찌르니, 여상의 군사는 크게 패하여 보병, 기병 할 것 없이 절반을 잃었다. 패잔병이 도망쳐 번성으로 돌아오자, 조인은 즉시 사람을 장안으로 떠나 보냈다.

사자는 연일 밤낮을 가리지 않고 말을 달려 장안에 가서 조인의 서신을 조조에게 바치고 아뢴다.

"관운장이 양양을 격파하고 급히 번성을 포위하는 중입니다. 속히 장수를 보내어 도와주십시오."

조조가 반부班部의 한 장수에게 분부한다.

"네가 가서 번성의 포위를 풀어주어라."

그 장수가 선뜻 대답하고 나선다. 사람들이 보니, 바로 우금于禁이었다.

우금이 청한다.

"제게 한 장수를 주십시오. 그러면 선봉을 삼아 함께 군사를 거느리고 가겠습니다."

조조는 모든 사람들에게 묻는다.

"누가 감히 선봉이 되어 갈 테냐?"

한 사람이 분연히 나오면서,

"제가 바라건대 견마지로犬馬之勞를 다하여 관운장을 사로잡아 휘하에 바치겠나이다."

조조가 그 사람을 보고 흐뭇해하니,

아직 동오가 틈을 보아서 쳐들어가기도 전에

북쪽 위가 먼저 군사를 더 보낸다.

未見東吳來伺隙

先看北魏又添兵

선봉으로 가겠다고 나선 사람은 누구일까.

제74회

방덕은 등에 관棺을 지고 분연히 싸우고
관운장은 강물을 밀어내어 7군軍을 휩쓸다

조조는 번성을 구원하도록 우금을 보내기로 하고,

"누가 감히 선봉이 되겠느냐?"

하고 물으니, 한 사람이 썩 나선다. 바로 방덕이었다.

조조는 잔뜩 고무되어,

"관운장이 천하에 위엄을 떨치면서 상대가 없다고 뽐내더니, 이제 참으로 강한 방덕을 맞이하게 됐구나."

하고 드디어 우금을 정남장군征南將軍으로 높이고, 방덕을 정서도선봉征西都先鋒으로 삼아, 7군軍을 거느리고 가라 했다.

이 7군이란 북방의 날쌘 군사들로 평소에는 동형董衡, 동초董超 두 장교가 거느리고 있었다.

그날 동형이 우금을 찾아뵙고 고한다.

"이제 장군이 용맹한 7군을 데리고 번성의 위기를 풀어주려 가는 것은 반드시 이기기 위해서인데, 방덕을 선봉으로 삼았으니 큰일을 망칠까 두렵소이다."

우금이 놀라 그 까닭을 물으니, 동형이 대답한다.

"원래 방덕은 마초 밑에 있던 부장인데, 어쩔 수 없어서 우리 위魏에 항복한 사람이올시다. 그의 옛 주인 마초는 지금 촉에서 오호장군의 직에 있으며, 더구나 그의 친형인 방유龐柔 또한 서천(촉)에서 벼슬을 살고 있습니다. 그러므로 방덕을 선봉으로 삼는 것은 불을 끄기는커녕 타오르는 불에 기름을 뿌리는 격입니다. 장군은 위왕께 이 사실을 고하고 다른 사람으로 선봉을 삼도록 하십시오."

이 말을 듣고 우금은 그날 밤으로 부중에 가서 조조에게 이 사실을 고했다. 그제야 조조는 선뜻 깨닫고, 즉시 방덕을 댓돌 밑으로 불러들여 선봉의 인수印綬를 반납하라 했다.

방덕이 놀라 묻는다.

"제가 대왕을 위해 힘을 다하려 하는데, 어째서 저를 쓰지 않습니까?"

조조가 대답한다.

"나는 의심하지 않으나, 여러 사람이 '지금 마초가 서천에 있고, 너의 형 방유도 또한 서천에서 유비를 돕고 있으므로 불가하다'고 말하니, 그들의 의견을 누를 수 없구나."

방덕은 이 말을 듣자 관을 벗어 머리를 땅바닥에 짓찧고, 얼굴에 피가 낭자하여 말한다.

"저는 한중 땅에서 대왕께 투항한 후로 많은 은혜를 입었기 때문에 비록 간과 뇌를 뿌릴지라도 능히 그 은혜를 다 갚지 못할 것이라고 생각했는데, 대왕은 어째서 이 방덕을 의심하십니까? 제가 옛날에 고향에 있을 때 형님과 한집에서 살았는데, 형수가 매우 어질지 못해서 제가 취한 김에 죽여버린 일이 있습니다. 형은 이 방덕을 원망하는 생각이 골수에 맺혀서 맹세코 서로 대면을 안 하니, 형제의 의가 끊어진 지도 오래됐습니다. 또 옛 주인 마초로 말할 것 같으면, 그는 용기는 있으나 지혜

82

가 없어서 싸움에 패하고 옛 땅을 모조리 잃고 뜨내기 신세로 서천에 들어가 있으니, 이젠 섬기는 주인도 각각 다르고 옛 의리도 벌써 끊어졌습니다. 방덕은 대왕의 특별한 대우와 은혜를 입어 깊이 감격하고 있습니다. 어찌 딴 뜻을 품을 리 있겠습니까. 대왕은 이 심정을 살피소서."

조조는 방덕을 부축해 일으키고 등을 쓰다듬으면서 위로한다.

"내 본시 경의 충성을 잘 알지만, 조금 전에 한 말은 여러 사람의 반대 의견을 누르기 위한 수작이었다. 경은 더욱 노력하여 공을 세워라. 경이 나를 저버리지 않는 한, 나 또한 경을 저버리지 않으리라."

방덕은 절하며 감사하고, 집으로 돌아가는 길로 장인匠人을 시켜 널[棺] 하나를 짰다.

이튿날, 방덕은 모든 친구들을 집으로 초청하여 잔치를 차리고 그 널을 당堂에 내놓았다. 모든 친구들이 널을 보고 놀란다.

"장군이 군사를 거느리고 떠나려는 마당에 어째서 이런 끔찍한 것을 만드셨소?"

방덕이 술잔을 들며 벗들에게 대답한다.

"나는 위왕에게 많은 은덕을 입었기 때문에 죽음으로써 보답하기로 맹세했소. 이번에 번성에 가서 관운장과 싸워, 내가 능히 그를 죽이지 못하면 반드시 그가 나를 죽일 것이며, 설사 그에게 죽음을 당하지 않을 지라도 그를 잡지 못하면 내가 자살할 것이니, 이 널을 짠 것은 내가 맨손으로 돌아올 리 없다는 것을 보이기 위해서요."

모든 사람들은 놀라고 감탄하였다.

방덕은 그 아내 이李씨와 아들 방회龐會를 나오라고 하여, 그 아내에게 말한다.

"내 이제 선봉이 되어 싸움에 나가서 죽기를 각오했으니, 만일 죽거든 그대는 나의 아들을 잘 기르라. 이 아이의 상相이 비범하니, 장성하면 반드시 아비의 원수를 갚아주리라."

아내와 아들은 통곡하며 방덕을 전송했다.

방덕은 친히 널을 가지고 떠나기 직전에 직속 장수들에게 이른다.

"내 이번에 가서 관운장과 죽기를 각오하고 싸울 터이니, 내가 관운장에게 죽임을 당하거든 너희들이 내 시체를 수습하여 이 널 속에 안치하여라. 내가 만일 관운장을 죽이면 나 또한 관운장의 목을 베어 이 널에 넣어가지고 돌아와서 위왕께 바치리라."

직속 부하 5백 명이 일제히 응한다.

"장군이 이처럼 충용忠勇하시니, 우리가 어찌 힘껏 돕지 않으리까."

이에 모든 군사들이 떠나갔다. 어떤 사람이 조조에게 가서 방덕이 떠나면서 하던 말을 전했다.

조조가 득의 만면하여 말한다.

"방덕의 충성과 용기가 그러하니, 내 무엇을 근심하리요."

가후賈詡가 말한다.

"방덕은 용기만 믿고 관운장과 판가름을 내려 하니, 신은 그 점이 염려됩니다."

조조는 그 말을 옳게 여기고, 급히 사람을 뒤쫓아 보내어,

"관운장은 지혜와 용맹이 겸전하니, 결코 경솔히 상대하지 말라. 겨룰 만하거든 겨루고, 겨룰 수 없겠거든 신중히 지키도록 하라."

고 방덕에게 일렀다.

방덕이 위왕의 분부를 듣고 모든 장수들에게 말한다.

"대왕은 어째서 관운장을 높이 평가하시는고. 내 이번에 가기만 하면 관운장이 누려온 30년 간의 명성을 꼭 꺾고야 말리라."

우금이 주의를 준다.

"위왕의 말씀을 절대 복종해야 하오."

방덕은 분연히 군사를 독촉하여 번성으로 나아간다.

번성 가까이 당도하는 즉시로, 방덕은 무기를 번쩍이고 위엄을 드날리며 징을 치고 북을 울리고 기세를 올렸다.

한편, 관운장은 장중에 단정히 앉아 있는데, 문득 탐마군探馬軍이 말을 달려와서 급히 보고한다.

"조조가 우금을 대장으로 삼아 7군을 거느리고 나아가게 했는데, 전부前部 선봉 방덕은 맨 앞에 널 하나를 내놓고 '내 맹세코 관운장과 싸워 생사를 결정하리라'는 불손한 말을 하더니, 지금 번성에서 30리 떨어진 곳에 주둔하였습니다."

관운장은 갑자기 낯빛이 변하고, 아름다운 긴 수염을 나부끼면서 노기 충천하여 말한다.

"천하의 영웅들이 내 이름만 들어도 두려워하지 않는 자가 없거늘, 어린 방덕이란 놈이 어찌 감히 나를 멸시하는가! 관평아, 너는 번성을 계속 공격하여라. 나는 가서 그 방덕이란 놈을 베어 한을 풀리라."

관평이 청한다.

"부친은 태산처럼 중하신 몸으로 일개 어리석은 자와 다투려 하십니까? 바라건대 이 소자가 부친 대신 가서 방덕과 싸우겠습니다."

"그럼 네가 시험 삼아 한번 가보아라. 나도 곧 뒤따라가서 너를 도우리라."

관평은 장중에서 나와 칼을 들고 말에 올라, 군사를 거느리고 가서 적군과 마주 대하여 둥글게 진을 세웠다.

그러자 위군魏軍의 진영에서 시꺼먼 기가 나오는데, 그 기에는 '안남 방덕安南龐德'이란 글씨가 흰빛으로 크게 씌어 있었다. 곧 뒤따라 방덕이 푸른 전포와 은으로 만든 갑옷에 강철로 만든 칼을 들고 흰말에 올라 진문 앞에 나와 선다. 그 뒤로 군사 5백 명이 바짝 따라 나와 서고, 보졸 몇 놈이 어깨에 널을 메고 나와 맨 앞에 내려놓는다.

관평이 그들이 하는 꼴을 바라보고 크게 꾸짖는다.

"주인을 배신한 도둑놈 방덕아!"

방덕이 졸개에게 묻는다.

"저건 누구냐?"

그 중 한 자가 대답한다.

"관운장의 양아들 관평입니다."

방덕이 외친다.

"나는 위왕의 뜻을 받들고 네 아비의 목을 베러 왔다. 너는 옴[疥]쟁이 아이라. 내 너를 죽이지 않으리니, 어서 네 아비를 불러오너라."

관평이 분노하여 칼을 춤추며 말을 달려와 바로 달려드니, 방덕도 칼을 비껴 들고 나가 맞이하여 서로 싸운 지 30여 합에 이르도록 승부를 내지 못하고 양쪽은 잠시 휴식한다.

벌써 군사 한 명이 돌아가서 이 경과를 관운장에게 보고했다. 관운장은 크게 노하여 요화로 하여금 번성을 공격하게 하고, 친히 방덕을 치러 왔다. 관평이 부친을 영접하고 방덕과 싸워 승부를 내지 못한 일을 고한다.

관운장은 칼을 비껴 들고 곧 말을 타고 나서서 크게 외친다.

"관운장이 여기 있으니, 방덕은 어찌하여 속히 죽으러 나오지 않느냐!"

위군 진영에서 북소리가 울려 퍼지는 곳으로부터 방덕이 말을 타고 나와 외친다.

"내 위왕의 뜻을 받들어 특히 네 목을 베러 왔다. 네가 내 말을 믿지 않을까 하여 널까지 여기 준비했으니, 죽기 싫거든 속히 말에서 내려 항복하라."

관운장이 큰소리로 꾸짖는다.

"너 같은 일개 필부가 무엇을 하리요. 청룡도靑龍刀가 너 같은 쥐도둑을 참하기에는 아깝구나."

관운장이 말을 달려오며 칼을 춤추어 공격하니, 방덕이 또한 칼을 휘두르며 나온다. 서로 맞이하여 백여 합을 싸웠으나, 두 장수의 정신은 더욱 새로워진다.

양쪽 군사들은 다 넋빠진 바보들처럼 구경만 하고 있다. 위영에서는 방덕을 잃지 않으려고 급히 징을 울려 군사를 거두고, 관평도 늙은 부친이 염려되어 또한 징을 울리니, 두 장수는 각기 본진으로 돌아간다.

방덕은 영채에 돌아와 여러 사람들에게,

"사람들이 관운장을 영웅이라고 하더니, 내 오늘에야 그 말을 믿겠다." 하고 칭찬했다.

이렇게 말하는데, 우금이 당도하여 방덕에게 묻는다.

"내 듣건대 장군이 관운장과 백여 합을 싸워도 기회를 얻지 못했다 하니, 그렇다면 왜 물러서지 않았소?"

방덕이 분연히 대답한다.

"위왕께서는 장군을 대장으로 삼으셨거늘, 어찌 그리 약한 말만 하시오? 내 내일은 관운장과 생명을 걸고 싸우되 맹세코 물러서지 않겠소."

우금은 감히 말리지 못하고 본영으로 돌아갔다.

한편, 관운장도 영채에 돌아와서 관평에게 말한다.

"방덕은 칼 쓰는 법이 익숙해서, 참으로 나의 적수가 될 만했다."

"속담에 하룻강아지 범 무서운 줄 모른다고 했습니다. 부친께서 그를 참하실지라도 방덕은 서쪽 오랑캐 땅의 한낱 졸개에 지나지 않으나, 만일 부친께서 혹 다치시기라도 한다면 이는 큰아버님(유현덕)의 막중한 부탁을 저버리시는 일이 됩니다."

"내가 방덕을 죽이지 않고 어찌 분을 풀리요. 이미 작정한 바 있으니, 너는 여러 말 말라."

하고 관운장은 대답했다.

이튿날, 관운장이 말에 올라 군사를 거느리고 나아가니, 방덕도 또한 군사를 거느리고 와서 서로 둥그렇게 진영을 세운다. 두 장수가 동시에 일제히 달려 나와 서로 말하지 않고 말을 비비대며 싸운 지 50여 합에 이르렀을 때였다.

방덕이 갑자기 말 머리를 돌려 달아나니, 관운장은 즉시 뒤쫓는다. 관평도 염려가 되어 또한 부친의 뒤를 쫓아간다.

관운장이 일갈한다.

"좀도둑놈 방덕아! 네가 음흉한 계책을 품고 달아나지만, 내 어찌 두려워하리요."

사실 방덕은 일부러 달아나는 체하다가 슬며시 칼을 안장 고리에 끼우고, 번개같이 활을 내려 관운장을 돌아보며 냅다 쐈다. 눈이 밝은 관평은 방덕이 활을 잡아당기는 것을 보고서 크게 외친다.

"역적의 장수는 간특한 활을 쏘지 마라!"

관운장이 급히 눈을 부릅뜨고 봤을 때는, 이미 활시위 소리가 났고, 화살이 날아왔다. 몸을 완전히 비킬 사이도 없이 화살은 관운장의 왼쪽 팔에 꽂혔다.

관평은 급히 달려가서 부친을 구하여 영채로 돌아간다. 방덕은 말을 돌려 칼을 휘두르며 뒤쫓아가는데 문득 자기 진영 쪽에서 징을 울리는 소리가 진동한다. 방덕은 후군이 혹 습격을 받지 않았나 해서 뒤쫓다 말고 돌아섰다.

우금은 방덕이 관운장을 쏘아 맞힌 것을 바라보며, '그가 큰 공을 세우는 날이면, 내 꼴은 뭣이 되느냐'는 질투심에서 일부러 징을 울려 군사를 거둔 것이었다.

방덕이 돌아와 묻는다.

관우에게 활을 쏘는 방덕(오른쪽)

"왜 징을 울려 불러들였소?"

우금이 대답한다.

"위왕께서 훈계하시기를, 관운장은 지혜와 용기가 겸전한 장수라 했소. 관운장이 비록 화살은 맞았으나, 혹 속임수를 쓸지도 몰라서 징을 울려 불러들인 것이오."

"징만 울리지 않았더라도 관운장을 참했을 텐데!"

"뭐건 급히 서두르면 실수하기 쉬우니, 천천히 도모하시오!"

방덕은 우금의 속뜻을 몰랐으므로 그저 분하기만 했다.

한편, 관운장은 영채에 돌아와서 화살촉을 뽑아냈다. 다행히 상처가 깊지 않아서 곧 금창약金瘡藥을 붙이고 모든 장수들에게 말한다.

"내 맹세코 이 화살에 대한 원수를 갚으리라."

장수들이 고한다.

"장군은 며칠 동안이라도 편안히 쉬시고, 그 후에 방덕과 싸워도 늦지 않습니다."

이튿날, 수하 군사가 보고한다.

"방덕이 군사를 거느리고 와서 싸움을 겁니다."

관운장은 나가서 싸우려 하는데, 모든 장수들이 가까스로 말려서 그만두었다.

방덕이 졸개들을 시켜 갖은 욕설을 퍼붓는지라, 관평은 요충지를 지키며 모든 장수들에게,

"나의 부친께 바깥일을 일절 보고하지 말라."

하고 분부했다.

방덕이 10여 일 간을 날마다 와서 싸움을 걸어도 나오는 자가 없었다.

이에 우금과 상의한다.

"화살에 맞은 관운장이 상처가 심해서 꼼짝을 못하는 모양이니, 이 기회에 7군을 거느리고 몽땅 쳐들어가서 무찔러 죽이고, 번성의 포위를 풀어줘야겠소."

우금은 방덕이 큰 공을 세울까 또 겁이 나서 그저 위왕이 조심해서 하라 하셨다는 핑계만 대고 군사를 움직이려 하지 않는다.

방덕은 급히 서두르고 싶었으나 우금은 허락하지 않았다. 우금은 7군을 번성 북쪽 10리 떨어진 산밑 골짜기로 옮겨 영채를 세우고, 친히 군사를 거느리고 큰길을 끊으며, 방덕을 산골짜기 뒤로 보내어 주둔하게 함으로써 그의 성공을 막아버렸다.

한편, 관평은 부친의 상처가 아물어서 매우 기뻐하는데,

"우금이 7군을 번성 북쪽으로 옮겨 영채를 세웠다."

는 보고를 듣고, 그는 적군이 무슨 수작을 하려는 것인지 알 수가 없어

서, 곧 관운장에게 알렸다.

관운장은 즉시 말에 올라 기병 몇 명만 거느리고 높은 곳에 올라가서 바라보았다. 번성 성 위의 기들은 똑바로 열을 지어 있지 않고, 성 북쪽으로 10리 떨어진 바위산 골짜기에 군사들과 말들이 질서 없이 몰려 있고, 또 양강은 물살이 매우 급하게 흐르고 있었다.

관운장은 반나절 동안 바라보다가, 향도관(안내관)을 불러 묻는다.

"저 번성 북쪽 10리 떨어진 곳에 있는 산골짜기 이름을 뭐라 하느냐?"

"증구천罾口川이라 합니다."

관운장이 크게 기뻐한다.

"우금이 반드시 나에게 사로잡히리라."

모든 장수들이 묻는다.

"장군은 어찌 아십니까?"

"우금이 증구罾口(그물 주둥이)로 들어갔으니, 제가 얼마나 오래가랴."

모든 장수들은 관운장의 말을 믿지 않았다.

관운장이 본채로 돌아오니, 이때가 8월이요 가을철이라 연일 소낙비가 내렸다.

관운장이 군사들을 시켜 배와 뗏목을 준비하고 강물에 필요한 기구를 갖추니, 관평이 묻는다.

"물에서 서로 겨루는 판국에 그런 것들은 무엇에 쓰시렵니까?"

관운장이 대답한다.

"너는 모를 것이다. 우금의 7군은 넓은 곳에 주둔하지 않고 증구천 험한 산골짜기에 모여 있으니, 요즘 가을 비가 연일 쏟아져서 양강의 물이 크게 불어날 것이다. 나는 이미 사람들을 시켜 각처의 수구水口를 막았으니, 강물이 범람할 때를 기다려 배를 타고 물길을 열어 일제히 휩쓸면 번성과 증구천의 적군은 다 물귀신이 되리라."

관평은 그제야 부친께 절하고 감복했다.

한편, 증구천에 주둔하고 있는 위군은 날마다 비가 그치지 않으므로 걱정들을 하는데, 독장督將인 성하成何가 우금에게 가서 충고한다.

"우리 대군이 증구천에 주둔하고 있으나 땅이 매우 낮고, 비록 흙산이 있기는 하나 우리 영채에서 너무 멀리 있는데, 날마다 가을 비가 쏟아지니 군사들의 고생이 이만저만이 아닙니다. 더구나 어떤 사람의 보고에 의하면 형주 군사들은 높은 지대로 옮겨가고, 한수漢水 어귀(양강과 교류하는 지점)에다 미리 배와 뗏목을 준비하고 있다 하니, 만일 강물이 넘치는 날이면 우리 군사는 위태롭습니다. 그러니 빨리 대책을 세우십시오."

우금은 꾸짖는다.

"네가 우리 군사들의 마음을 현혹시킬 작정이냐. 다시 여러 소리하면 너를 참하리라."

성하는 창피만 당하고 물러나와, 방덕에게 가서 이 일을 말했다.

방덕은 머리를 끄덕이며,

"너의 소견이 옳으나, 우금이 많은 군사를 옮기지 않으니 어찌할꼬. 내일 나의 군사만이라도 다른 곳으로 옮겨야겠다."

하고 서로 의논하고 계책을 정했다.

그런데 그날 밤에 비바람이 크게 일어난다.

방덕이 장중에 앉아 있는데, 천병만마가 내닫고 북소리가 진동한다. 방덕은 크게 놀라 장막 밖으로 나와 급히 말을 타고 보니, 사면팔방에서 비바람이 치고, 7군은 여기저기서 아비규환으로 살 구멍을 찾아 헤매는데, 물결에 말려들어 떠내려가는 자의 수효도 헤아릴 수 없을 정도요, 평지의 물도 한 길이 넘었다.

우금과 방덕과 모든 장수들은 각기 조그만 산으로 올라가서 물을 피하는데, 날이 밝자 관운장과 장수들이 기를 흔들고 요란스레 북을 치면서 큰 배를 타고 온다.

우금은 사방이 다 물이라 달아날 길은 없고, 좌우의 군사는 겨우 5,60명뿐이다. 사태가 급해지자, 우금은 연속해서 '항복하겠노라'고 외친다. 관운장은 우금과 그들의 갑옷을 벗기고 결박지어 배에 구속하게 하고, 그 후에 방덕을 잡으러 향한다.

이때 방덕은 동형, 동초, 성하 그리고 보졸 5백 명과 함께 갑옷도 입지 못하고 둑 위에 서 있다가, 관운장의 배가 오는 것을 보았다. 그러나 방덕은 전혀 두려워하지 않고 분연히 맞이하여 접전한다. 관운장은 배를 사방으로 배치시켜 그들을 포위하고 군사들에게 일제히 활을 쏘게 하니, 순식간에 위병魏兵의 태반이 화살을 맞고 죽어 넘어진다.

형세가 위급하자, 동형과 동초가 방덕에게 권한다.

"군사들은 태반이나 죽고 부상당했으며 벗어날 길이 없으니, 어서 항복하느니만 못합니다."

방덕은 격노하여,

"내 위왕에게서 받은 은혜가 태산 같거늘, 어찌 적에게 무릎을 꿇고 항복하리요."

하고 그 자리에서 친히 동초와 동형을 참하고 소리를 지른다.

"누구고 항복을 말하는 자 있으면, 이 두 사람처럼 되리라."

이에 모두가 힘을 분발하고 적을 막으니, 아침부터 한낮까지 싸워도 사기는 줄어들 줄 몰랐다.

관운장은 군사를 독촉하고 사면으로 급히 공격하여 화살을 빗발치듯 쏜다. 방덕은 군사들에게 단병 접전短兵接戰을 하게 하고, 성하를 돌아보며 말한다.

"내 듣건대, 옛사람은 '용맹한 장수는 죽음을 두려워하지 않으며, 장

증구강에서의 관우. 왼쪽 아래는 물 속에서 방덕을 사로잡는 주창

사±는 더럽게 살지 않는다'고 말했으니, 오늘은 내가 죽는 날이다. 너
도 죽음을 각오하고 힘껏 싸워라."

　분부를 받고 성하는 앞으로 나아가다가 관운장의 화살을 맞고 물 속
에 떨어져 죽으니, 다른 군사들은 다 항복하고 방덕만 혼자서 끝내 싸운
다. 형주 군사 수십 명이 조그만 배를 몰아 둑 가까이 접근하자, 방덕은
칼을 고쳐 잡고 단번에 몸을 날려 조그만 배 위로 내려서서 눈 깜짝할
사이에 10여 명을 베어 죽이니, 나머지 군사들은 배를 버리고 물 속으로
뛰어들어 달아난다.

　방덕은 한 손에 칼을 잡고 한 손으로 노를 저어 번성 쪽으로 달아나
는데, 이때 상류 쪽에서 한 장수가 큰 뗏목을 타고 내려와 들이받으니
조그만 배는 뒤집히고 방덕은 물 속에 빠졌다. 순간 그 장수는 물 속으

로 뛰어들어 방덕을 사로잡아 배에 오른다. 모든 사람들이 보니, 그 장수는 바로 주창周倉이었다.

주창은 원래 물에 익숙한 사람으로, 더구나 형주에 몇 해 있는 동안에 더욱 수련을 쌓은데다가 힘이 매우 세어서 방덕을 사로잡을 수 있었던 것이다.

이에 우금이 거느린 7군은 다 물에 빠져 죽고, 또 물에 익숙해서 헤엄을 잘 치는 자들도 달아날 길이 없어서 다 항복했다.

후세 사람이 읊은 시가 있다.

한밤중의 북소리는 하늘을 진동하는데
양양, 번성 간의 평지가 깊은 못이 됐도다.
관공(관운장)의 신 같은 계책을 누가 당하랴.
중국의 위력을 만고에 전했도다.
夜半征鍪響震天
襄樊平地作深淵
關公神算誰能及
華夏威名萬古傳

관운장이 높은 언덕으로 돌아가서 장막에 올라 좌정하자, 도부수들이 우금을 끌어왔다. 우금은 절하며 땅에 엎드린 채 목숨만 살려달라고 애걸한다.

관운장이 묻는다.

"네 어찌 감히 나에게 항거했느냐?"

"윗사람이 가라는 명령에 하는 수 없이 그렇게 한 것이니, 바라건대 군후는 불쌍히 여기소서. 살려주시면 맹세코 은혜에 보답하리다."

관운장은 수염을 쓰다듬으며,

"내가 너를 죽이는 것은 개, 돼지를 죽이는 것과 같다. 공연히 칼을 더럽히는 데 불과하다."

하고 껄껄 웃으면서 분부한다.

"저놈을 단단히 결박하고 형주로 압송하여 큰 옥에 감금하고, 내가 돌아가서 조처할 때까지 기다려라."

다음에 관운장은 방덕을 끌어오라 하고 역시 형주로 압송하라 명령한다. 방덕은 눈을 부릅뜨고 버티고 서서 끝내 무릎을 꿇지 않는다.

관운장이 묻는다.

"네 친형님이 한중에 있고 너의 옛 주인 마초가 또한 서촉에서 장수로 있거늘, 어찌하여 속히 항복하지 않느냐?"

방덕은 벌컥 화를 내며,

"내 오히려 칼을 맞고 죽을지언정 어찌 너에게 항복하랴!"

하고 온갖 욕설을 퍼붓는다.

관운장이 진노하여,

"끌어내어 참하라."

하니, 방덕은 목을 내밀어 도부수의 칼을 맞았다.

관운장은 방덕의 죽음을 불쌍히 여기고 성대히 묻어주었다. 이에 관운장은 물이 빠지기 전에 다시 큰 배에 올라 대소 장교들을 거느리고 번성으로 쳐들어간다.

한편, 번성 주위에는 흰 물결이 하늘을 밀어내듯 물은 더욱 불어 성벽이 침식당한다. 성안 백성들은 남녀노소 할 것 없이 흙과 돌을 져 나르고, 무너지는 곳마다 틀어막기에 여념이 없었다.

군사와 모든 장수들은 넋을 잃고 조인曹仁에게 황급히 가서 사태가 급박함을 고했다.

조인은 그들을 둘러보며,

"오늘날의 위기는 사람의 힘으로 막을 수 없으니, 적군이 오기 전에 배를 타고 한밤중에 달아나면, 비록 성은 잃어도 목숨은 보존할 수 있으리라."

상의하고 배를 준비시키고 달아날 채비를 서두르는데, 만총이 간한다.

"이러면 안 됩니다. 산에서 몰려온 물이란 오래가지 않소. 10일도 못 되어 물은 저절로 빠질 것이오. 지금 관운장이 우리의 성을 치지 않고 별장別將을 겹현略縣 땅으로 보내어 배치시키고 선뜻 쳐들어오지 못하는 것은 허도의 군사들이 와서 뒤를 습격할까 염려하기 때문이오. 그런데 이제 장군이 번성을 버리고 달아나면 어떻게 되겠소. 황하 이남은 국가의 소유에서 떨어져 나가고 마오. 바라건대 장군은 이 번성을 굳게 지켜 앞날을 위한 방패가 돼야 하오."

조인은 손을 끼고 머리를 숙이며,

"귀공의 가르치심이 없었던들 하마터면 큰일을 저지를 뻔했소."

하고 말을 달려 성 위로 올라가서 모든 장수들을 모아 맹세한다.

"나는 위왕의 명령을 받고 이 성을 지키니, 성을 버리고 달아나는 자가 있으면 참하리라."

모든 장수들이 응한다.

"저희들도 죽음을 각오하고, 이 성을 지키겠소."

조인은 크게 안도하며 성 위에다 궁노수 수백 명을 늘어세웠다. 모든 군사들은 밤낮없이 지키고 남녀노소 백성들은 흙과 돌을 져 날라 성안의 상한 곳마다 틀어막았다.

과연 열흘이 못 되어 물은 점점 빠지기 시작한다.

관운장은 위의 장수 우금 등을 사로잡았기 때문에 그 위엄이 천하에 진동하였고, 듣는 사람마다 놀라지 않는 자가 없었다. 그러던 차에 관운장의 둘째 아들 관흥關興이 부친께 문안을 드리러 왔다.

관운장은 관흥에게 말한다.

"마침 잘 왔다. 여기에 모든 관리들과 장수들의 공로를 적은 문서가 있으니, 가지고 성도에 가서 한중왕께 드리고 이 사람들의 벼슬과 계급을 높여줍소사 청하여라."

관흥은 부친께 하직하는 절을 하고 바로 성도를 향하여 떠나갔다.

이에 관운장은 군사를 반으로 나누어, 혹 조조의 군사가 들이닥칠지 몰라서 겹현 땅으로 배치시키고, 친히 군사를 거느리고 번성에 쳐들어가 사방으로 에워싸며 공격을 개시했다.

이날 관운장이 번성 북문北門에 이르러 말을 세우고, 채찍을 들어 성위를 가리키며 꾸짖는다.

"너희 좀도둑들은 듣거라. 너희들이 속히 항복하지 않고서 언제까지 기다릴 테냐!"

이렇게 말하는데, 이때 성루城樓 위에서 조인은 관운장이 엄심갑掩心甲과 녹빛 전포만 입고 있는 것을 굽어보고, 급히 궁노수 5백여 명에게 신호하니, 화살이 빗발치듯 밑을 향하여 날아 내린다. 관운장은 급히 물러서려고 말을 돌려 세우다가 오른팔에 화살 한 대를 맞고 몸을 뒤집으며 말에서 떨어지니,

7군이 물 속에서 목숨을 잃더니
성 위의 화살 한 대에 상처를 입는다.
水裡七軍方喪膽
城中一箭忽傷身

관운장의 목숨은 어찌 될 것인가.

제75회

화타는 관운장의 뼈를 긁어 상처를 치료하고
여몽은 흰옷을 입고 강을 건너다

조인은 관운장이 말에서 떨어지는 것을 보고 즉시 군사를 거느리고 성밖으로 나갔다가, 관평에게 쫓겨 들어왔다. 관평은 부친을 구출하여 영채로 돌아가 화살 끝을 뽑아냈다. 원래 화살촉에는 약이 발려 있었기 때문에 독이 이미 뼈까지 침투한지라, 관운장의 오른팔은 퍼렇게 부어서 움직이지를 못했다.

관평은 황망히 모든 장수와 상의한다.

"부친이 팔을 못 쓰면 나가서 어찌 적과 싸우시리요. 잠시 형주로 돌아가서 조리하시느니만 못하오."

이에 모든 장수들과 함께 장막으로 들어갔다.

관운장이 묻는다.

"너희들이 무슨 일로 왔느냐?"

"저희들은 군후께서 오른팔을 다치셨기 때문에 싸우시기에 불편하실 것 같아서, 잠시 형주로 회군하셔서 조리하시도록 의논을 정했습니다."

관운장은 노한다.

"번성을 함락할 일이 목전에 닥쳤으니, 그 성을 점령하고 계속 달려 크게 나아가서 바로 허도에 이르러, 역적 조조를 소탕하고 한나라 황실을 편안케 해드려야 하거늘, 어찌 조그만 상처 때문에 큰일을 그르치리요. 너희들은 감히 우리 군사들의 사기를 꺾을 작정이냐?"

관평과 장수들은 잠자코 물러나오는 수밖에 없었다. 모든 장수들은 관운장이 돌아갈 뜻이 없음을 알고, 상처가 악화될까 염려하여 사방으로 유명한 의원을 찾아다녔다.

그러던 어느 날, 한 사람이 강동에서 조그만 배를 타고 와서, 바로 영채에 이르렀다. 밖을 지키던 소교小校는 온 뜻을 묻고, 그 사람을 관평에게 안내했다. 관평이 그 사람을 보니, 머리에는 네모난 관을 쓰고 품이 넓은 옷을 입고, 팔에는 푸른 주머니를 걸고 있었다.

그 사람이 자기 소개를 한다.

"나는 패국沛國 초군初郡 땅 사람으로 성명은 화타華陀며 자를 원화元化라 하오. 천하 영웅이신 관장군關將軍께서 이번에 독한 화살을 맞았다는 말을 듣고, 특히 고쳐드리러 왔소."

관평이 묻는다.

"그럼 옛날에 동오의 주태周泰를 고쳐주신 분이 아니십니까?"(제15회 참조)

"그러하오."

관평은 매우 기뻐하며, 즉시 모든 장수들과 함께 화타를 데리고 장막으로 갔다.

이때 관운장은 팔이 쑤시고 아팠으나 혹 군사들에게 영향을 줄까 염려하여 내색하지 않았다. 그리고 소일할 겸 마양과 함께 바둑을 두다가, 의사가 왔다는 전갈을 듣고 곧 불러들여 인사를 마친 다음 자리를 주고 차를 대접한다. 화타가 팔을 보여달라고 청하니, 관운장은 윗옷을 벗고 팔을 뻗어 보인다.

화타가 말한다.

"이 화살 맞은 상처는 활촉에 바른 오두烏頭(일명 부자附子로 독약이다)가 바로 뼈에까지 침투했습니다. 속히 치료하지 않으면 이 팔은 쓸모가 없게 됩니다."

관운장이 묻는다.

"어떻게 치료하면 되겠소?"

"저에게 치료 방법이 있으나, 군후께서 두려워하실까 그게 걱정입니다."

관운장이 웃는다.

"나는 죽음도 두려워하지 않는데, 또 무엇을 두려워하리요."

"그럼 조용한 곳에다 튼튼한 기둥을 하나 세우고, 거기에다 큰 쇠고리를 박고, 청컨대 군후는 그 쇠고리에 팔을 끼우십시오. 그러면 줄로 단단히 비끄러맨 연후에 군후의 얼굴을 베로 가립니다. 내가 뾰족한 칼로 가죽과 살을 쪼개어 뼈까지 드러나게 하고 뼈에 퍼진 독기를 긁어내고, 약을 붙이고, 실로 그 상처를 기워야 비로소 고칠 수 있습니다. 그러나 군후께서 겁을 먹으실까 두렵소이다."

관운장이 웃으며,

"그런 쉬운 일이라면 기둥과 고리를 쓸 필요가 없소."

하고 술상을 내오라고 하여 대접한다. 자기도 친히 술을 몇 잔 마시고, 마양과 바둑을 두면서 팔을 뻗어 화타의 치료를 받는다.

화타는 날카로운 칼을 쥐고 한 장교로 하여금 팔 아래에 큰 그릇을 들이대어 피를 받게 하고 말한다.

"이제부터 손을 쓰니, 군후는 놀라지 마십시오."

"마음대로 치료하라. 내 어찌 세속 사람들처럼 무서워하고 아파하리요."

이에 화타는 칼을 놀려 가죽과 살을 쪼개고 나타난 뼈를 본즉, 이미 푸르스름하다. 화타가 칼로 뼈를 긁어내는 소리가 사가락사가락 나니, 장상帳上 장하帳下에서 보는 자들이 모두 낯을 가리고 하얗게 질린다. 그러나 관운장은 간혹 술잔과 고기를 들고 바둑을 두면서 태연히 웃고 말하는데, 전혀 아파하는 기색이 없었다.

이윽고 밑에 바친 그릇에 피가 가득 괴었다. 화타가 독을 긁어내고 약을 바르고 상처를 다 깁자, 관운장은 크게 껄껄 웃고 일어나, 모든 장수들에게 말한다.

"이 팔이 전처럼 움직이고 또한 아프지 않으니, 선생은 참으로 신인神人 같은 명의시오."

"제가 일생 동안 의원 노릇을 했지만, 오늘 같은 일은 처음 봤으니, 군후는 참으로 천신天神이십니다."

하고 화타는 감탄했다.

후세 사람이 두 인물을 찬탄한 시가 있다.

병을 고치는 데는 반드시 내과와 외과로 나눠야 하니
세상은 뛰어난 솜씨가 많지 않아서 괴로워하는도다.
신다운 위엄은 따를 자 없으니 오직 관운장이요
성스러운 솜씨로 능히 병을 고치기는 화타뿐이더라.
治病須分內外科
世間妙藝苦無多
神威罕及惟關將
聖手能醫說華陀

관운장은 상처가 아물자 술자리를 차리고 화타에게 감사한다.
화타가 말한다.

화타의 수술을 받는 관우

"군후의 상처는 비록 아물었으나, 그러나 팔을 아끼고 결코 분노하지 말아야만 백일이 지난 뒤에 전과 같으리다."

관운장이 돈 백 냥을 내어주니, 화타는,

"저는 군후의 높은 의기를 평소 존경했기 때문에 특히 와서 고쳐드린 것입니다. 어찌 보수를 바라고 했겠습니까."

굳이 받지 않고 상처에 바를 약 한 봉지만 남겨놓고 하직한 뒤에 떠나갔다.

관운장은 우금을 사로잡고 방덕을 참했으므로 그의 위엄과 명성은 크게 떨쳐 천하가 다 놀랐다.

탐마군探馬軍이 이 사실을 허도로 보고하니, 조조는 크게 놀라 모든 문무 관원을 모아 상의한다.

"과인은 관운장이 절세의 지혜와 용맹을 겸한 줄 알고는 있었지만, 이제 형주와 양양을 둘 다 차지했으니 이는 범이 날개를 얻은 격이다. 더구나 우금은 사로잡히고 방덕은 죽음을 당했으니, 우리 군사의 사기는 다 꺾이고 만 셈이다. 만일 그가 군사를 거느리고 바로 허도로 쳐들어온다면 어찌할꼬. 과인은 도읍을 딴 곳으로 옮기고 피할 생각이노라."

사마의가 간한다.

"안 될 말씀입니다. 우금 등은 물에 휩쓸려 빠진 것이지 싸워서 진 것은 아니니, 우리 나라의 입장에서 볼 때에 결정적인 손실은 없습니다. 이제 손권과 유비는 서로 사이가 좋지 않기 때문에 이번 관운장의 승리를 손권이 결코 기뻐할 리 없습니다. 그러니 대왕께서는 사람을 동오로 보내어 그들을 이해利害로써 타이르되, 손권이 몰래 군사를 일으켜 관운장의 배후를 쳐서 평정하는 날에는, 강남 땅을 베어 몽땅 손권에게 주겠다고 약속하십시오. 그러면 우리 번성의 위기는 저절로 풀리리다."

주부 장제蔣濟도 동조한다.

"중달(사마의의 자)의 말이 옳습니다. 즉시 사람을 동오로 보내십시오. 도읍을 옮기기 위해 사람을 동원할 필요는 없습니다."

조조는 머리를 끄덕여 허락하고, 마침내 도읍 옮길 생각을 걷어치우고 모든 장수들을 돌아보며 탄식한다.

"우금이 과인을 따른 지가 30년인데, 일단 위기를 당하자 방덕만도 못할 줄이야 어찌 생각인들 했으리요. 곧 사신을 동오로 보내어 서신을 전하게 하는 한편, 반드시 대장을 보내어 관운장의 날카로운 기세를 대적하게 해야만 하리로다."

조조의 말이 미처 끝나기도 전이었다.

계단 아래에서 한 장수가 썩 나서며 청한다.

"바라건대 제가 가리다."

조조가 보니, 바로 서황이었다.

조조는 고개를 끄덕이며, 드디어 씩씩한 군사 5만 명을 내주어 서황을 대장으로 여건呂建을 부장으로 삼아,

"즉시 출발하여 양륙파楊陸坡에 가서 주둔하고, 동오의 군사가 출동하기를 기다려 한꺼번에 쳐들어가도록 하라."

하고 분부했다.

한편, 손권은 조조가 보낸 서신을 받아보고 흔연히 허락하고, 곧 답장을 써서 사자를 돌려보내고 모든 문무 관원들을 모아 상의한다.

장소가 말한다.

"요즘 들으니 관운장은 우금을 사로잡고 방덕을 참하여 위엄을 천하에 떨쳤다 합니다. 그래서 조조는 한때 도읍을 옮길 작정까지 하면서 관운장의 날카로운 기세를 피하려다가, 이제 번성이 워낙 위급해지자 사자를 보내어 우리에게 구원을 청한 것입니다. 그러나 이 일이 끝나면, 조조가 오늘의 약속을 지키지 않을까 걱정입니다."

손권이 미처 대답하기도 전에 수하 사람이 들어와서 고한다.

"육구에서 여몽이 작은 배를 타고 왔습니다. 직접 아뢸 일이 있다 합니다."

손권이 불러들이자, 여몽이 말한다.

"이제 관운장이 군사를 거느리고 번성을 포위했으니, 그가 멀리 떠나고 없는 이 참에 형주를 쳐서 점령해야 합니다."

"과인은 북쪽 서주徐州를 쳐서 점령하고 싶은데 어떨지?"

여몽이 대답한다.

"지금 조조는 멀리 장강長江 북쪽에 있어 동쪽을 돌아볼 여가가 없으며, 또 서주를 지키는 군사가 많지 않기 때문에 쳐들어가면 점령하기는 쉬우나, 그곳 지세는 육전陸戰이라야 이롭고 수전水戰을 하기에는 불리

하니, 비록 서주를 점령한대도 오래 보전하고 지키기는 어렵습니다. 차라리 먼저 형주부터 점령하여 장강 일대를 완전히 장악한 이후에 다시 도모하기로 하십시오."

"과인도 실은 형주를 되찾고 싶을 뿐, 지금 말은 경의 뜻을 시험해본 것이니, 속히 과인을 위해 형주를 공격하라. 과인도 곧 뒤따라 군사를 일으켜 후원하리라."

여몽은 손권에게 하직하고 육구로 돌아갔다.

그 동안에 돌아온 첩자가 여몽에게 보고한다.

"강을 따라 혹 20리 또는 30리 간격을 두고 연안의 높은 지대마다 봉화대가 설치되어 있더이다."

계속 보고가 들어온다.

"뿐만 아니라 형주의 군사와 군마들이 미리 만반의 준비를 갖추고 있더이다."

여몽은 깜짝 놀란다.

"그렇다면 갑자기 도모하기 어렵겠구나. 오후吳侯께 직접 형주를 쳐야 한다고 권하고 왔는데, 사태가 그렇다면 이를 어찌하리요!"

암만 생각해도 별 계책이 떠오르지 않아서, 여몽은 병이 났다 핑계하고 바깥 출입을 않고, 사람을 보내어 손권에게 알렸다.

손권은 여몽이 병을 앓는다는 소식을 받고 우울했다.

육손陸遜이 나와 고한다.

"여자명呂子明(자명은 여몽의 자이다)의 병은 꾀병이며, 진짜 병이 아닙니다."

"백언伯言(육손의 자)이 꾀병이라고 생각한다면 직접 가서 보고 오라."

육손은 분부를 받고 밤낮없이 가서 육구의 영채에 이르러 여몽과 만났다. 과연 여몽은 아무런 병도 없었다.

106

육손이 말한다.

"나는 오후의 분부를 받들고 특히 귀공을 문병하러 왔소이다."

여몽이 대답한다.

"천한 몸의 우연한 병을 뭣 하러 문병까지 오셨소?"

육손이 묻는다.

"오후께서 귀공에게 무거운 책임을 맡기셨는데, 귀공은 기회를 보아 행동은 하지 않고 공연히 울적해하니 웬일이오?"

여몽은 육손을 쳐다볼 뿐 종내 말이 없다.

육손은 계속 묻는다.

"어리석은 나에게 한 가지 처방이 있어, 능히 장군의 병을 고칠까 하니, 한번 써보시려오?"

그제야 여몽은 좌우 사람들을 내보내고 묻는다.

"그대는 그 좋은 처방을 속히 가르쳐주시오."

육손은 빙그레 웃는다.

"그대 병의 원인은 형주의 군사들이 정비되어 있고, 강을 따라 언덕에 적의 봉화대가 설치된 때문이라. 나에게 한 가지 계책이 있으니, 강을 지키는 적의 관리들이 봉화를 올리지 못하게 하고, 형주의 적군이 손을 내리고 항복하게 하면, 쾌히 나을 것 아니오?"

여몽이 놀라며 감사한다.

"그대는 내 속마음을 환히 들여다보았소. 바라건대 좋은 계책을 가르쳐주시오."

"관운장은 스스로의 영웅 기질만 믿고 적을 업신여기지만, 그래도 염려하는 것은 오직 장군뿐이오. 장군은 이 기회에 병을 핑계로 사직하고 육구 땅 책임을 다른 사람에게 양도하시오. 그 다른 사람이 비굴한 말로 관운장을 칭송하면, 관운장은 자연 교만한 생각이 들어서 형주에 있

는 군사를 모조리 불러다가 일제히 번성을 칠 것이오. 그리하여 형주의
방비가 소홀해지거든, 그때는 1개 여단의 군사만 거느리고 기습해도 곧
형주를 손아귀에 넣을 수 있으리다."

"그것 참 좋은 계책이오."

하고 여몽은 내심 크게 반긴다.

이에 여몽은 병들어 일어날 수 없다는 내용의 서신을 올리고 사직했
다. 동시에 육손은 돌아가서 손권에게 다녀온 경과를 보고했다. 손권은
여몽을 소환하고 건업建業 땅에 가서 병을 조리하라 분부하며 묻는다.

"육구는 특히 요긴한 곳이기 때문에, 옛날에 주유周瑜가 맡아서 지키
다가 내놓을 때는 노숙魯肅을 추천했고, 그 후 노숙은 경을 추천하고 물
러났으니, 이제 경은 재주와 덕망을 겸비한 자를 추천하고 물러가는 것
이 좋으리라."

여몽이 대답한다.

"만일 유망한 사람을 육구로 보내면 관운장은 반드시 긴장하고 더욱
방비를 튼튼히 할 것입니다. 육손은 생각이 깊고 그러면서도 별로 이름
이 널리 알려지지 않았으니, 신 대신 육손에게 육구를 맡기면 일이 잘될
것입니다."

손권은 이를 수긍하며, 그날로 육손을 편장군偏將軍 우도독右都督으로
삼아 여몽을 대신하여 육구를 맡게 하였다.

육손이 겸사한다.

"저는 나이 어리고 배운 것이 없어서 무거운 책임을 감당하지 못할까
두렵습니다."

"여몽이 경을 추천했으니 어련하랴. 경은 사양하지 말라."

이에 육손은 절하며 인수를 받고, 밤낮을 가리지 않고 육구 땅으로 가
서 기병, 보병, 수병을 인수하고 통솔했다. 그리고 훌륭한 말과 기이한

비단과 좋은 술 등 예물을 갖추어 사람을 시켜 번성을 치는 관운장에게 보냈다.

이때 관운장은 화살에 맞은 상처가 겨우 아물어서 아직 군사를 움직이지 않고 있는데, 보고를 받았다.

"강동의 육구 땅을 지키던 장수 여몽은 병이 위독해서 손권은 그를 소환하여 조섭하게 하고, 요즘은 육손을 장수로 삼아 여몽을 대신하여 육구를 지키게 했다 합니다. 이제 육손이 사람을 시켜 서신과 많은 예물을 보내왔습니다."

관운장은 사자를 데리고 오라 하여, 그 사자에게 손가락질한다.

"중모仲謀(손권의 자)는 식견이 없어서 그런 어린아이 같은 육손을 장수로 삼았다지!"

사자가 땅에 꿇어 엎드려 고한다.

"육손 장군이 서신과 예물을 갖추어 보낸 뜻은, 첫째는 군후를 축하함이요, 둘째는 양가의 화평과 우호를 청하는 바이니, 군후께서는 너그러이 웃으시고 받아주시면 천만다행이겠습니다."

관운장이 서신을 받아 떼어본즉, 그 글의 말씨가 지극히 공손하고 얌전하였다.

관운장은 서신을 다 읽자 하늘을 우러러 크게 웃고 좌우 사람에게,

"예물을 받아두어라."

분부하고 사자를 돌려보냈다.

사자는 육구 땅에 돌아가서 육손에게 다녀온 경과를 보고한다.

"관운장은 시종 기뻐하고, 우리 강동에 관한 걱정을 놓은 듯했습니다."

육손은 무릎을 치며 비밀리에 첩자를 보내어 강 건너 정세를 알아본즉, 아니나다를까 과연 관운장이 형주에 있는 군사의 거의 반을 소환하였고, 상처가 완전히 낫기를 기다려 번성을 일제히 공격하려 하고 있다

는 것이었다. 육손은 첩자들이 세밀히 알아온 사실을, 사람을 보내어 손권에게 보고했다.

손권은 여몽을 소환하여 상의한다.

"이제 관운장이 과연 형주의 군사를 데려다가 번성을 공격할 만반의 준비를 했다니, 우리는 즉시 계책을 세우고 형주를 습격하여야 한다. 경은 나의 동생 손교孫皎와 함께 대군을 거느리고 가는 것이 좋지 않을까?"

손교의 자는 숙명叔明(이는 오기誤記이고 실은 숙낭叔朗이다)으로, 바로 손권의 숙부인 손정孫靜의 둘째 아들이었다.

여몽이 대답한다.

"주공께서는 여몽이 필요하시면 이 여몽만을 쓰시고, 만일 손교가 필요하시거든 손교만을 쓰소서. 옛날에 주유와 정보程普가 동시에 좌도독, 우도독이 됐을 때 비록 결정권은 주유에게 있었으나, 정보는 선배이기 때문에 주유의 지배를 받는 것이 아니꼬워서 서로 사이가 좋지 않았는데, 뒤에 주유의 뛰어난 재주를 보고서야 비로소 감탄하고 복종했다는 사실을 잊으셨습니까? 오늘날 여몽은 재주가 주유만 못한 터에, 더구나 손교는 정보보다도 주공과 가까운 사이니, 그러고서야 일을 하는 데 지장이 많을까 두렵습니다."

손권은 크게 깨닫고, 마침내 여몽을 대도독으로 삼고, 강동의 모든 군사들을 통솔하게 하고, 손교에게는 군량과 마초를 맡아서 뒤를 대도록 분부했다.

이에 여몽은 절하며 대도독이 되어 군사 3만 명과 쾌속선 80여 척을 점검하고, 헤엄칠 줄 아는 자에겐 흰옷을 입혀 장사꾼으로 가장시켜 배 위에서 노를 젓게 하고, 군사들을 모두 배 속 깊이 매복시켰다. 그리고 한당韓當 · 장흠蔣欽 · 주연朱然 · 반장潘璋 · 주태周泰 · 서성徐盛 · 정봉丁奉

일곱 대장에게는 계속 뒤를 따라 출발하게 하고, 그 밖의 장수들은 다오후를 모시고 뒤에서 돕도록 했다. 한편 사자에게 서신을 주어 조조에게로 보냈으니, 그 내용은 즉시 군사를 보내어 관운장의 뒤를 치라는 것이었고, 동시에 육손에게도 사람을 보내어 군사 일으킨 사실을 알렸다.

마침내 여몽의 명령이 한 번 내리자, 흰옷을 입은 사람들과 모든 쾌속선은 일제히 출발하여 심양강釣陽江(구강현九江縣 북쪽 일대의 장강)으로 나아간다.

배는 밤낮을 가리지 않고 나아가서 바로 북쪽 언덕에 닿는다. 강변의 봉화대를 지키던 형주 군사들이 와서 검문한다.

동오 사람들은

"우리는 다 장사하는 나그네올시다. 강에서 바람을 만나, 하는 수 없이 이곳으로 잠시 피해왔습니다."

하고 재물을 나누어주고 사정했다. 봉화대를 지키던 형주 군사들은 그들의 말을 곧이듣고 마침내 강변에서 정박할 것을 허락했다.

그날 밤 2경 때였다. 배 안에 매복하고 있던 동오의 군사들이 나와서 봉화대를 지키는 적의 상관을 결박하여 쓰러뜨리고, 한 번 암호를 외치자 80여 척의 배 안에 있던 씩씩한 군사들이 일제히 쏟아져 나와 모든 요충지를 지키는 적군들을 모조리 잡아 내려 배 안에 처넣고 한 놈도 내빼지 못하도록 감시했다. 이에 모든 배는 유유히 크게 나아가서 형주로 육박해 들어가건만, 강변 일대의 사람들은 아무도 수상하게 생각하는 자가 없었다.

형주가 가까워졌을 때, 여몽은 배 안에 감금되어 있는 적군을 좋은 말로 위로하며 각각 많은 상까지 주고 타이른다.

"너희들은 속임수를 써서 형주 성문을 열게 하고 불을 질러 신호하여라."

計出陰謀犬吠鷄鳴非將帥

呂子明智取荊州

兵行詭道貋頭鼠耳豈男兒

지혜로써 형주를 차지하는 여몽

사로잡힌 군사들은

"시키시는 대로 할 테니, 그저 목숨이나 살려주소서."

하고 응낙했다.

이에 여몽은 그들을 앞잡이로 세우고 한밤중에 형주 성문 밑에 이르러,

"성문을 열어라!"

하고 외치게 했다.

성 위의 관리는 바로 그들이 형주 군사임을 굽어보고, 성문을 활짝 열었다. 그들이 함성을 지르며 성안으로 들어가서 불을 질러 신호하니, 동오의 군사들은 일제히 쳐들어가서 마침내 형주를 점령했다.

여몽은 군사들에게,

"망령되이 한 사람이라도 죽이거나 또는 백성들의 물건을 한 가지라도 취하는 자가 있으면 군법으로 처벌하리라."

하는 영을 내리고 형주 관리들에겐 전처럼 그 직책을 그냥 맡아보게 하고, 관운장의 가족은 딴 저택으로 옮겨 살게 하여 아무도 함부로 드나들지 못하도록 극진히 보호하는 한편, 손권에게 사람을 보내어 형주 탈환을 보고했다.

어느 날, 큰비가 내리는 중이었다. 여몽은 말을 타고 기병 몇 명을 거느리고 사방 성문을 순시하다가, 군사 한 명이 백성의 삿갓과 도롱이를 투구와 갑옷 위에 걸쳐 입고 있는 것을 보았다. 여몽이 그 군사를 잡아오라고 하여 물어보니, 바로 자기와 한 고향 사람이었다.

"너는 비록 나와 동향 사람이지만, 내가 이미 내린 명령을 어겼으니 군법으로 다스릴 수밖에 없다."

그 군사가 울며 고한다.

"저는 관官에서 주신 투구와 갑옷을 소중히 아끼기 위해서, 비에 젖지 않도록 삿갓과 도롱이를 쓴 것입니다. 개인의 욕심을 채우려고 백성의 것을 빼앗은 것이 아니오니, 장군은 한 고향 정분으로 한 번만 용서하소서."

"나는 물론 네가 관에서 준 투구를 소중히 하려고 한 뜻은 알지만, 백성의 물건을 빼앗은 것도 사실인즉 어쩔 수 없다."

하고 좌우 사람에게 명하여 그 군사를 끌어내어 목을 베어 거리에 내다가 널리 전시시켰다. 그 후에 여몽은 울면서 그 군사를 잘 장사지내줬다. 이런 일이 있은 후로 삼군은 추호도 백성을 범하지 않았다.

며칠이 지나지 않아 손권은 많은 사람들을 거느리고 형주로 왔다. 여몽이 성밖에 나가서 영접하고 관아로 모시자 손권은 모든 사람들을 위로하고, 관운장 밑에서 치중治中(벼슬 이름)을 지낸 반준에게 전처럼 형주의 모든 일을 맡아보게 하고, 옥에 갇혀 있는 우금을 석방하여 조조에게로 돌려보내고, 백성들을 안정시키고 군사들에게 상을 주며 축하 잔치를 벌였다.

손권이 여몽에게 의논조로 말한다.

"이제 형주는 찾았으나, 공안 땅의 부사인과 남군 땅의 미방은 어떻게 무찔러야 하겠는가?"

미처 말이 끝나기도 전에 한 사람이 썩 나선다.

"활 한 대 쏘지 않고도 제가 세 치 혀를 놀려 공안 땅 부사인이 제 발로 와서 항복하게끔 하리다."

모든 사람들이 보니, 그는 바로 우번虞暢이었다.

손권이 묻는다.

"우번은 무슨 좋은 계책이 있기에, 부사인을 항복시키겠다 하는가?"

"저는 어렸을 때부터 부사인과 친한 사이였습니다. 이번에 가서 이해로써 잘 타이르면 그가 반드시 항복하리다."

손권은 매우 흡족해하며 군사 5백 명을 주어 떠나 보냈다.

한편, 공안 땅 부사인은 형주가 함락됐다는 소식을 들은 후로 성문을 닫고 굳게 지키고만 있었다.

공안에 당도한 우번은 성문이 굳게 닫힌 것을 보고, 마침내 쪽지를 써서 화살에 꿰어 성안으로 쏘아 보냈다. 성안의 군사가 그 쪽지를 주워 바쳐서, 부사인이 받아본즉 항복을 권유하는 내용이었다.

부사인은 지난날 관운장이 떠날 때 자기를 꾸짖고 벼르던 일이 생각나서, 차라리 일찍 항복하느니만 못하다 생각하고,

"곧 성문을 크게 열어라!"

명령하여 우번을 맞이하고 성안으로 안내하여, 인사를 마친 뒤에 각기 옛날의 회포를 풀었다.

우번이 오후는 너그럽고 큰 도량이 있어 어진 선비를 극진히 대우한 다고 말하자, 부사인은 안도하며 즉시 우번과 함께 인수를 가지고 형주로 가서 항복했다.

손권은 흐뭇해하며 부사인을 다시 공안 땅으로 보내어 지키게 하려 하는데, 곁에서 여몽이 귀띔한다.

"지금 관운장을 사로잡지 못한 상태인데 부사인을 공안 땅에 다시 두면 오랜 뒤에 무슨 변을 꾸밀지도 모릅니다. 그러니 남군 땅으로 보내어 미방을 항복시켜보라고 하십시오."

이에 손권은 부사인을 불러 분부한다.

"그대가 미방과 친한 사이라니, 경은 남군 땅에 가서 그에게 항복을 권유하시오. 성공하면 과인은 경에게 많은 상을 아끼지 않겠소."

부사인은 분연히 승낙하고, 마침내 기병 천여 명을 거느리고 미방에게 항복을 권유하러 바로 남군 땅을 향하여 떠나간다.

오늘날 부사인이 이렇듯 변했으니
지난날 왕보가 하던 말이 옳았다.
今日公安無守志
從前王甫是良言

부사인이 가서 어찌할 것인지.

제76회

서공명은 면수에서 크게 싸우고
관운장은 패하여 맥성으로 달아나다

미방은 형주가 함락됐다는 소식을 들은 후로, 어쩔 줄을 모르고 있는데, 수하 사람이 들어와서 고한다.

"공안 땅을 지키는 장수 부사인이 오셨습니다."

미방은 황망히 나가서 부사인을 성안으로 영접해 들이고 어찌하면 좋으냐고 물었다.

부사인이 대답한다.

"난들 충성이 부족한 것은 아니오. 형세는 위급하고 힘은 없으니, 능히 버틸 수가 없어 이미 동오에 항복했소. 장군도 속히 항복하느니만 못하오."

"우리는 한중왕의 은혜를 오랫동안 입었는데, 어찌 차마 배반할 수 있으리요."

"관운장이 떠날 때 우리 두 사람을 꾸짖고 잔뜩 별렀으니, 만일 이기고 돌아오는 날에는 우리를 가벼이 용서하지 않을 것이오. 그러니 귀공은 깊이 생각하시오."

"우리 형제(미방의 형이 미축鳥쁘이다)가 오랫동안 한중왕을 섬겨왔는데, 어찌 하루아침에 배반할 수 있겠소."

하고, 미방은 어쩔 줄을 모르는데, 관운장이 보낸 사자가 왔다고 한다.

미방이 나가서 공청 위로 맞이하니, 사자가 말한다.

"지금 관장군 진중에 군량미가 부족해서 특별히 왔소이다. 즉 '남군, 공안 두 곳은 백미 10만 석을 즉시 보내라'는 분부이시니, 두 장군은 밤낮을 가리지 말고 백미를 운반해가시오. '늦게 오면 참하겠다'고 하십니다."

미방은 크게 놀라 부사인을 돌아보고 걱정한다.

"이제 형주가 동오의 군사에게 함락됐으니, 우리가 곡식을 어떻게 운반해갈 수 있으리요."

부사인은 눈을 부릅뜨며,

"더 이상 주저할 수 없다!"

소리를 버럭 지르고 칼을 뽑아 사자를 당상에서 쳐죽인다.

미방이 깜짝 놀란다.

"이게 무슨 짓이오?"

"관운장의 분부는 우리를 죽이자는 심보요. 그러니 우리가 어찌 그냥 죽을 수 있겠소. 귀공이 속히 동오에 항복하지 않으면 반드시 관운장의 손에 죽을 테니 그리 아시오."

이렇게 말하는데, 여몽이 군사를 거느리고 성 밑으로 쳐들어왔다는 보고가 들어왔다. 크게 놀란 미방이 마침내 부사인과 함께 성밖으로 나가서 항복하니, 여몽은 크게 만족하며 손권에게 데리고 갔다. 손권은 부사인과 미방에게 많은 상을 내리고 백성들을 위로하고, 크게 삼군을 호궤躬饋했다.

한편, 조조는 허도에서 모든 모사들과 함께 형주 일을 상의하는데,

"동오에서 사자가 서신을 받들고 왔습니다."

하고 수하 사람이 들어와서 고한다.

조조는 곧 접견하고, 사자가 바치는 서신을 받았다. 그 내용인즉, 우리 동오 군사는 장차 형주로 쳐들어갈 것이니, 곧 관운장의 뒤를 공격해 달라는 것과, 이 일이 새어 나가면 관운장이 만반의 방비를 할 것인즉, 절대 비밀을 지켜달라는 것이었다.

조조는 모든 모사들과 계속 상의하는데, 주부직에 있는 동소董昭가 말한다.

"지금 포위를 당하고 있는 번성에서는 목이 빠지게 구원을 기다리고 있을 것입니다. 그러니 사람을 시켜 서신을 화살에 꽂아 성안으로 쏘아 보내어 우선 군사들의 마음부터 안심시키고, 또 동오의 군사가 곧 형주를 습격할 것이라고 소문을 퍼뜨리면, 관운장은 형주를 잃을까 걱정이 돼서 반드시 군사를 후퇴시킬 것입니다. 그때에 서황에게 물러가는 관운장의 군사를 엄습하고 무찌르게 하면 완전한 승리를 거둘 수 있습니다."

조조는 동소의 계책을 따라 즉시 사람을 서황에게로 보내어 급히 싸울 것을 명령하고, 동시에 번성에 갇혀 있는 조인을 구출하기 위해 친히 대군을 거느리고 허도를 떠나 낙양洛陽 땅 남쪽 양륙파까지 나아갔다.

한편, 서황이 장중에 앉아 있는데, 밖에서 수하 군사가 들어와서 고한다.

"위왕께서 보내신 사자가 왔습니다."

서황이 영접하여 물으니, 사자가 영을 전한다.

"위왕께서는 이미 대군을 거느리고 낙양을 지나오시는 중이며, 장군에게 급히 관운장과 싸워 번성의 위기를 풀어주라는 분부이십니다."

이렇게 말하는데 탐마군이 말을 달려와 보고한다.

"관평은 언성偃城에 군사를 주둔하고, 요화는 사총四塚에 군사를 주둔하고, 앞뒤로 12개소에 영채를 세워 서로 끊임없이 연락하고 있습니다."

이에 서황은 곧 부장인 서상徐商과 여건呂建에게 '서황'이라는 자신의 기를 앞세우고 언성에 가서 관평과 싸우도록 하고, 자신은 친히 씩씩한 군사 5백 명을 거느리고 면수를 돌아 사잇길로 가서 언성의 뒤를 습격하기로 했다.

한편, 관평은 서황이 친히 군사를 거느리고 온다는 보고를 받자, 마침내 본부 군사를 거느리고 나가서 서로 둥글게 진을 치고 말을 달려 나가 서상과 어우러져 싸운다. 싸운 지 겨우 3합에 서상은 크게 패하여 달아나고, 대신 여건이 나와서 싸운 지 5,6합에 또한 패하여 달아나니, 관평은 20여 리를 뒤쫓아가면서 무찌르는데, 문득 언성 성안에서 불길이 치솟는다는 보고가 왔다.

관평은 그제야 적의 계책에 속은 줄 알고 군사를 돌려 언성을 구하려고 급히 돌아가는데, 바로 앞에 한 떼의 군사가 나타난다.

보니, 진짜 서황이 말을 타고 문기 아래에 나와 서서 외친다.

"젊은 관평아! 너는 죽음이 박두한 것도 모르느냐? 너희들의 형주 땅은 이미 동오의 군사에게 빼앗겼는데, 오히려 그것도 모르고 여기서 발광이냐."

격노한 관평이 바로 서황에게 달려들어 싸운 지 3,4합에 이르렀을 때였다.

삼군이 일제히 외치는 소리가 진동한다.

"언성 성안에서 불길이 크게 치솟는다!"

관평은 언성이 타오르는 것을 보자 그만 싸울 생각이 없어져, 한바탕 싸움으로 혈로를 열고 사총 땅으로 달아났다.

사총 땅 영채의 요화는 도망쳐온 관평을 영접하고 말한다.

"형주가 여몽의 손에 함락됐다는 소문이 떠돌아서 군사들이 크게 충격을 받고 술렁거리니, 어찌하면 좋겠소."

"그건 근거 없는 유언비어니, 군사들 중에 그런 말을 하는 자가 있거든 참하시오."

하고 단호히 말하는데, 홀연 파발꾼이 말을 달려와서 고한다.

"서황이 군사를 거느리고 와서 우리 북쪽 첫 번째 영채를 공격하는 중입니다."

관평이 말한다.

"첫 번째 영채를 잃으면 우리의 모든 영채가 어찌 편안할 수 있으리요. 그 외의 영채들은 다 면수를 등에 두고 위치해 있으니, 적군이 감히 쳐들어오지 못할 것인즉, 나와 그대는 함께 첫 번째 영채를 구원하러 갑시다."

요화는 부장을 불러 분부한다.

"굳게 영채를 지키라. 만일 적군이 오거든 즉시 불을 올려 신호하라."

부장이 대답한다.

"사총의 영채는 녹각鹿角(옛 장애물)만도 열 겹이나 둘러쳐 있으니, 나는 새도 능히 들어오지 못할 것입니다. 아무 염려 마십시오."

이에 관평과 요화는 사총의 영채에 있는 씩씩한 군사들을 모조리 일으켜 거느리고 첫 번째 영채로 달려갔다. 첫 번째 영채에 당도한 관평은 건너편 낮은 산 위에 위군魏軍이 와서 주둔하고 있는 것을 보고 요화에게 말한다.

"서황이 지리상 이롭지 못한 곳에 군사를 주둔하고 있으니, 오늘 밤에 군사를 거느리고 가서 적진을 무찌릅시다."

"장군은 군사 반만 거느리고 가시오. 나는 이곳을 지키겠소."

하고 요화는 대답했다.

그날 밤, 관평은 일지군을 거느리고 위군의 진지로 쳐들어갔다. 그런데 이게 웬일인가. 아무도 없지 않은가! 관평은 그제야 적의 계책에 걸려든 것을 알고 급히 물러서는데, 왼쪽에서 서상이, 오른쪽에서 여건이 나타나 협공한다. 관평은 크게 패하여 영채로 급히 돌아가니 위군이 뒤쫓아와서 사방으로 에워싼다.

결국 관평과 요화는 더 버틸 수가 없어서 첫 번째 영채를 버리고 바로 사총의 영채를 향하여 급히 달려가다가 바라보니, 사총의 영채에서 불길이 치솟고 있었다. 영채 앞에 이르러 본즉, 모두가 위군 깃발이었다.

관평과 요화는 급히 군사를 돌려 번성으로 향한 큰길로 달아나다가 보니, 앞에 또 한 떼의 군사가 나타나 길을 가로막는다. 맨 앞에 선 장수는 바로 서황이었다. 관평과 요화는 힘을 분발하여 죽기를 각오하고 서황과 싸워 길을 빼앗아 겨우 대채에 이르러 관운장에게 고한다.

"서황이 언성 등 여러 곳을 점령했고, 또 조조는 스스로 대군을 거느리고 번성을 구하러 세 방면의 길로 오는 중이라 하며, 형주가 벌써 여몽의 공격을 받아 함락됐다는 소문이 자자합니다."

관운장이 꾸짖는다.

"그건 적군이 유언비어를 퍼뜨려 우리 군사의 사기를 꺾으려는 수작이다. 지금 동오의 여몽은 병들어 위독하고, 어린 육손이 대신 취임했으니, 족히 염려할 것 없다."

말이 미처 끝나기도 전에, 서황이 군사를 거느리고 쳐들어온다는 보고가 들어왔다. 관운장이 말을 대령하라 분부한다.

관평이 간한다.

"부친께서는 상처가 완전히 낫지 않았으니 나가서 싸우지 마십시오."

"나는 옛날에 서황과 친분이 있어서 그의 능력을 알고 있다. 만일 그가 물러가지 않으면, 내가 먼저 그를 참하고 적의 장수들을 훈계하리라."

드디어 관운장은 칼을 들고 말을 타고 분연히 나간다. 관운장을 본 위군은 두려워하지 않는 자가 없었다.

관운장이 말을 멈추며 묻는다.

"서황은 어디 있느냐?"

위진魏陣의 문기가 열리는 곳에서 서황이 말을 타고 썩 나와 몸을 숙이며 인사한다.

"군후와 작별한 후로 어언 여러 해 동안 뵙지 못했더니, 벌써 수염과 모발이 창백하십니다그려. 옛날 한창나이 때 상종하면서 많은 가르침을 받았기 때문에 깊은 감회와 고마움을 잊을 수 없었습니다. 이제 군후의 영특하신 위풍이 천하에 진동할새 감탄과 부러움을 이기지 못하던 중, 다행히도 여기서 새로 뵙게 되니 항상 존경하던 마음이 적이 위로되옵니다."

관운장이 묻는다.

"나와 그대의 옛 친분은 여느 사람과 다르거늘, 이번에 어찌하여 나의 아들을 누차 괴롭혔느냐?"

서황이 여러 장수들을 돌아보고 소리를 높여 크게 외친다.

"관운장의 목을 베어오는 자에겐 천금의 중상을 주리라!"

관운장이 놀라 묻는다.

"공명公明(서황의 자)은 무슨 말을 그렇게 하느냐?"

서황은 돌변하여,

"오늘은 국가를 위한 일이라. 개인의 정리 때문에 공사를 버릴 수는 없소!"

하고 큰 도끼를 휘두르면서 바로 관운장에게 덤벼든다.

관운장이 크게 분노하여 또한 칼을 휘둘러 서황을 맞이하여 싸운 지 80여 합에 이르렀으나, 승부가 나지 않는다. 관운장은 비록 무예가 절륜

번성에서 서황(오른쪽)과 싸우는 관우

하나 상처 때문에 종시 오른팔이 뜻대로 움직이지 않았던 것이다.

관평은 혹 부친에게 실수라도 있을까 하여 급히 징을 울려 소환하니, 그제야 관운장이 말을 돌려 대채로 돌아오는데, 문득 사방에서 함성이 크게 진동한다. 그것은 번성에 갇혀 있던 조인이 조조의 구원군이 온다는 소식을 듣고 군사를 거느리고 성에서 쏟아져 나와, 서황과 함께 관운장을 협공하려는 함성이었다.

이에 형주 군사는 일대 혼란에 빠졌다. 관운장이 말 머리를 돌려 장수들을 거느리고 급히 양강 상류 쪽으로 달리니, 위군이 뒤쫓아온다.

이에 관운장이 급히 양강을 건너 양양 땅을 바라보고 달리는데, 홀연 파발꾼이 달려와서 고한다.

"형주는 이미 여몽의 손에 함락되고, 집안 식구들도 적군의 수중에 들어 있습니다."

관운장이 깜짝 놀라 감히 양양 길로 나아가지 못하고 군사를 거느리고 공안 땅으로 가는데, 도중에서 또 탐마군이 달려와 고한다.

"공안 땅을 지키는 부사인이 이미 동오에 항복했습니다."

관운장은 화가 치미는데, 또 군량미를 독촉하러 갔던 자가 돌아와서 고한다.

"공안 땅 부사인은 남군에 갔다가, 마침 군량미를 보내라는 장군의 명령을 전하러 간 사자를 죽이고, 미방을 꾀어 다 함께 동오에 항복하러 가버렸습니다."

관운장은 분노가 가슴을 틀어막자, 아물었던 상처가 터지면서 그만 까무러친다. 주위의 장수들이 황급히 손을 써서 깨어난 관운장은 사마司馬인 왕보를 돌아보며,

"내 그대 말을 듣지 않았던 것을 후회하노라. 과연 오늘날 일이 이 지경에 이르렀구나!"

탄식하고 묻는다.

"강 상하의 연안에서는 어째서 봉화를 올리지 않았다더냐?"

탐마군이 대답한다.

"여몽이 노 젓는 자에겐 모두 흰옷을 입히고 나그네, 장사꾼으로 가장시켜 강을 건너고, 날쌘 군사는 모조리 배 안에 매복시켰다가 봉화대를 지키는 군사들부터 사로잡아 가두었기 때문에, 봉화를 올리지 못했다고 합니다."

관운장은 발로 땅을 구르며 탄식한다.

"내가 간특한 도둑의 계책에 넘어갔구나! 내 무슨 면목으로 형님을 뵈올꼬!"

관량도독管糧都督 조누가 말한다.

"사태가 급하니, 즉시 사람을 성도로 보내어 구원을 청하고, 곧 육로로 나아가 형주를 되찾도록 하십시오."

관운장이 그 말을 좇아 마양과 이적에게 각기 세 통의 서신을 주어 밤낮을 가리지 말고 성도로 가서 구원을 청하도록 떠나 보내고, 요화와 관평에게는 뒤쫓아오는 적군을 끊도록 남겨두고, 친히 군사를 거느리고 형주를 탈환하러 앞서간다.

한편, 번성의 포위가 풀리자, 조인은 모든 장수들을 거느리고 가서 조조를 뵙고 절하고 울며 죄를 청한다.

조조가 조인에게,

"이는 하늘의 운수요, 너희들의 죄는 아니니라."

위로하고 삼군에게 많은 상을 주고 친히 사총 땅 영채에 가서 둘러보고 장수들을 돌아보며 감탄한다.

"형주 군사들이 이렇듯이 녹각을 몇 겹씩이나 둘러쳐놓았건만, 서황은 깊숙이 쳐들어와서 마침내 큰 공을 세웠구나. 과인은 군사를 지휘한 지 30여 년이로되, 이렇듯 깊숙이 적진 속으로 쳐들어와본 적이 없으니, 서황은 진실로 담력과 식견이 겸하여 뛰어난 장수로다."

모든 장수들도 사방을 둘러보며 탄복을 금치 못했다.

조조가 군사를 거느리고 마피摩陂 땅에 돌아가 주둔하니, 서황의 군사가 온다. 조조는 친히 영접하려고 영채에서 나왔다. 서황의 군사들이 오는 것을 보는데, 대오가 정연하고 추호도 산란스러운 데가 없다.

조조는 탄복하면서,

"서장군徐將軍은 참으로 옛 주아부周亞夫(전한前漢 문제文帝, 경제景帝 때의 명장名將)의 풍모가 있도다."

하고 마침내 서황을 평남장군平南將軍으로 봉하고, 하후상夏侯尙과 함께 양양 땅을 지키면서 관운장의 군사를 막으라고 분부했다. 그리고 그간 형주 일이 어찌 됐는지 궁금해서, 조조는 군사를 거느리고 그냥 마피 땅에 주둔하며 소식을 기다렸다.

한편, 관운장은 형주로 가는 길이 앞뒤로 막힌지라, 조누에게 말한다.

"이제 앞에는 오군吳軍이 있고, 뒤에는 위군이 있고, 나는 그 중간에 있으니, 구원군이 오지 않으면 어찌할꼬?"

조누가 대답한다.

"지난날 여몽이 육구 땅에 책임자로 있을 때, 군후께 서신을 보내어 '우리 양가는 우호를 맺고, 함께 역적 조조를 치자'고 하더니, 이제는 도리어 조조를 돕고 우리를 습격했습니다. 이제 그가 분명히 맹약을 배신한 것입니다. 그러니 군후께서는 군사를 잠시 이곳에 멈추고 사람을 시켜 서신을 보내어 여몽을 책망하십시오. 그리고 그가 뭐라고 대답하나 일단 두고 보기로 합시다."

관운장은 그 말을 좇아 서신을 써서 사자에게 주어 형주로 보냈다.

한편, 여몽은 형주에 있으면서 명령을 내려 무릇 형주의 모든 군郡에서 관운장을 따라 출정한 장수나 군사들의 집이면 적극 보호하고, 달마다 그 계급에 따라 곡식을 월급으로 주며 혹 병이 난 가족에게는 의사를 보내어 치료까지 해주었다. 그래서 전장에 나간 장수나 군사들의 집은 여몽의 은혜에 감격하고 동요하지 않았다.

관운장의 사자가 온다는 보고를 받은 여몽은 친히 성밖에까지 나가서 영접하고, 성안으로 안내한 후에 정중히 인사를 나눈다.

여몽은 사자가 바치는 서신을 받아보고 말한다.

"내가 지난날에 관장군과 우호를 맺은 것은 나 한 사람의 개인적 의견이었고, 오늘날 일은 바로 우리 주공의 명령을 받들고 하기 때문에, 뭐든 내 맘대로 할 수가 없소. 사자는 수고롭지만 돌아가서 관장군께 나의 뜻을 좋은 말로 잘 전해주시오."

하고 마침내 잔치를 베풀어 극진히 대접하고, 관역으로 내보내어 편히 쉬게 했다. 이에 출정한 군사의 가족들은 관역으로 몰려와서 사자에게 그간 소식도 듣고 서신도 전해달라 맡기고 또는 말을 전해달라 부탁하는데, 모두 다 한결같이,

"이곳 집안은 다 무고하며, 먹고 입는 데 조금도 부족함이 없다."

고 하였다.

이튿날, 사자가 돌아가는데, 여몽은 친히 성밖까지 따라 나가서 전송했다.

사자는 돌아가서 관운장에게 여몽이 하던 말을 우선 전한 후에 덧붙인다.

"형주성 안에 남아 계신 군후의 가족도 모든 장수들과 군사들의 가족도 다 무고하고, 의식의 공급이 넉넉해서 부족한 점이 없다 합니다."

관운장이 분노하여,

"이는 간특한 도둑의 계책이로다. 내 살아서 여몽을 죽이지 못하면 죽어서라도 반드시 그놈을 죽여, 나의 원한을 설욕하리라."

하고 사자를 꾸짖어 내보냈다.

사자가 영채 밖으로 물러나오자, 모든 장수들이 몰려와서 각기 자기 집 소식을 묻는다. 사자는 장수들 각각에게 집안이 편안하다는 소식을 전해주고, 여몽이 적극 보호한다는 것과 아울러 맡아온 서신과 부탁받은 말을 전하니, 장수들은 너나할것없이 너무나 기뻐서 싸울 생각이 사라졌다.

관운장이 군사를 거느리고 형주를 탈환하러 나아가는데, 장수와 군사들은 도중에서 몰래 도망쳐 먼저 형주로 돌아가는 자가 많았다. 더욱 한이 맺히고 분노한 관운장은 군사들을 재촉하여 나아가는데, 홀연 함성이 크게 진동하면서 한 떼의 군사가 앞에 나타나 길을 가로막으니, 맨

앞에 선 적의 장수는 바로 장흠이었다.

장흠이 말을 멈추고 창을 꼬느어 잡으며 크게 외친다.

"관운장은 어째서 속히 항복하지 않는가?"

"나는 한나라 장수다. 어찌 도둑놈들에게 항복하리요."

관운장이 꾸짖고 말을 달려가 칼을 춤추며 싸운 지 3합이 못 되어 장흠은 패하여 달아난다. 관운장이 20여 리를 뒤쫓아가며 적을 무찔렀을 때였다. 문득 함성이 일어나면서 왼편 산골짜기에서는 한당이 군사를 거느리고 달려 나오고, 오른편 산골짜기에서는 주태가 군사를 거느리고 달려 나오고, 달아나던 장흠도 그제야 돌아와서 세 방면에서 협공한다.

관운장이 급히 군사를 거두어 왔던 길로 몇 리쯤 달려가다가 보니, 남산 언덕 위에 사람들이 모여 대낮에 화톳불을 놓아 연기를 올리고 있는데, 높이 나부끼는 흰 기에는 '형주 토인荊州土人'(형주 본토 사람)이란 네 글자가 뚜렷했다.

산 위에서 그 사람들이 외친다.

"형주 본토 출신 군사들은 어서 속히 항복해오라!"

관운장이 잔뜩 화가 치밀어 그 산 위로 쳐 올라가려는데, 산 양쪽에서 군사들이 달려 나오니, 왼편은 정봉이요, 오른편은 서성이었다. 그들은 뒤쫓아오는 장흠과 세 방면에서 합세하여 내달으니 함성은 진동하고, 북소리와 징소리가 하늘을 뒤흔들어 삽시에 관운장을 겹겹이 포위한다. 관운장 수하의 군사들은 점차 흩어져 달아난다.

황혼이 되기까지 관운장은 달려드는 적군을 무찔러 죽이다가 사방 산을 둘러보니, 형주에 남겨두고 왔던 군사들이 모두 다 산 위에 나와서 형이야 아우야 아들아 아버지야 하고 부르며 찾는 소리가 끊이질 않았다. 이에 관운장 수하의 군사들은 생각이 변하여, 거개가 부르고 찾는 소리에 응하며 뿔뿔이 흩어져간다.

관운장이 꾸짖고 말려도 군사들은 들은 척도 않고 떠나가니, 겨우 남은 자라고는 보병 3백여 명에 불과했다. 포위를 당한 관운장이 계속 싸우며 적군을 죽이는 동안에, 밤 3경이 됐다.

바로 동쪽에서 난데없는 함성이 하늘을 뒤흔들더니, 관평과 요화가 군사를 거느리고 두 방면에서 달려와 겹겹이 에워싼 포위망을 뚫고 들이닥쳐 관운장을 구출하여 달아난다.

관평이 달리면서 고한다.

"군사들의 마음이 변했으니, 어디고 성지에 가서 잠시 주둔하며 구원군이 올 때를 기다리소서. 맥성麥城이 비록 작지만, 당분간 주둔할 만합니다."

관운장은 머리를 끄덕이며 패잔한 군사를 재촉하여 맥성으로 가서 군사를 나누어 사방 성문을 굳게 지키게 하고, 장수들과 함께 앞일을 상의한다.

조누가 말한다.

"여기서는 상용 땅이 가깝고, 그곳에는 현재 유봉과 맹달이 지키고 있으니, 속히 사람을 보내어 구원병을 데려오게 하소서. 상용 군사들이 와서 돕는 동안에 서천에서 대군이 오면 자연 군사들의 마음도 진정될 것입니다."

이렇게 의논하는데, 군사가 들어와서 고한다.

"오군이 뒤쫓아와서 성을 사방으로 포위합니다."

관운장이 묻는다.

"그렇다면 누가 포위를 뚫고 나가서, 상용에 이르러 구원병을 데려올 테냐?"

요화가 나선다.

밤을 틈타 맥성으로 달아나는 관운장

"바라건대 제가 가겠나이다."

관평이 말한다.

"그대가 포위를 뚫고 나가기까지 내가 호송하겠소."

요화는 관운장이 써주는 서신을 받아 속살에 붙도록 간직하고, 배불리 먹은 다음 말에 올라 성문을 열고 내닫다가, 바로 동오의 장수 정봉과 맞부닥쳤다. 이에 관평이 대신 가로맡아 분발하여 무찌르니, 정봉이 패하여 달아난다.

요화는 관평이 이기는 기회를 놓치지 않고 적의 포위를 무찌르며 나아가 상용으로 달리고, 관평은 즉시 성안으로 돌아와서 굳게 지키고 나가지 않았다.

지난날, 유봉과 맹달은 상용 땅을 쳐서 상용 태수 신탐의 항복을 받은 관계로, 한중왕은 유봉을 부장군으로 봉하고 맹달과 함께 상용 땅을 지키게 했던 것이다. 이날 유봉과 맹달은 관운장이 싸움에 패했다는 소문을 듣고 서로 상의하는데, 아랫사람이 들어와서 요화가 왔다고 고한다.

유봉은 요화를 청해, 그간 사태를 물었다.

요화가 대답한다.

"관운장께서 패하여 현재 맥성에서 적군의 포위를 당해 위급한 곤경에 빠져 계시오. 촉에서 구원군이 조석간에 올 수 없기 때문에 관장군께서 특히 나더러 포위를 뚫고 가서 구원병을 데려오라 분부하셨소. 바라건대 두 장군은 속히 상용의 군사를 일으켜, 이 위기를 건져주시오. 시각이 지체되면 관장군께서는 위기를 벗어나지 못하시오."

유봉이 대답한다.

"우리가 상의할 동안 장군은 좀 편히 쉬시오."

이에 요화는 관역에서 쉬며 그들이 군사 일으키기를 기다렸다.

유봉이 맹달에게 의논한다.

"숙부叔父(유봉은 유현덕의 양아들이다)께서 곤경에 빠졌다니, 어찌하면 좋겠소?"

맹달이 대답한다.

"동오의 군사들은 씩씩하고 장수들은 용맹하여 이미 형주 9군을 장악하였고 쓸모 없는 맥성만이 남은 셈이오. 또 들리는 소문에 의하면 조조가 친히 4, 50만 명의 대군을 거느리고 마피 땅에 와서 주둔하고 있다하니, 보잘것없는 이곳 상용 산성의 군사로써 어찌 손권과 조조 양가의 강한 군사를 대적하겠소. 우리로서는 도저히 대적할 수 없는 일이오."

"나도 그건 잘 알지만, 관운장 어른은 바로 나의 숙부시라. 어찌 차마 이대로 앉아서 그 어른의 위기를 구경만 하고 돕지 않으리요."

맹달이 웃는다.

"장군은 관공關公을 숙부로 아는 모양이지만, 관공은 장군을 조카로 알지 않을까 두렵소. 내가 들은 바에 의하면, 한중왕이 옛날에 장군을 아들로 삼으려 했을 때, 관공은 마땅치 않게 여기더랍니다. 뿐만 아니라 한중왕이 왕위에 오른 뒤에 세자를 세우려고 공명에게 물었더니, '이는 집안일이니 관운장과 장비에게 물어보십시오' 하고 대답했답디다. 이에 한중왕은 사람을 형주로 보내어 관공에게 물었더니, 관공은 '유봉은 양자다. 후사를 잇는다는 것은 말도 안 된다'고 반대했고, 더구나 한중왕에게 '유봉을 상용 산성으로 멀리 보내어 후환이 없도록 하십시오' 하고 권했다 하오. 이런 일은 누구나 다 아는 사실인데, 장군은 어찌하여 모르시오. 그런데 어째서 오늘날 실속 없는 숙질叔姪의 의를 생각하고 위험한 짓을 하려 하시오. 경거망동하지 마시오."

"그대 말은 옳지만, 그럼 뭐라고 거절하면 좋겠소."

"이곳 산성은 다스린 지가 오래지 않아서 백성들의 마음이 안정되지 않았으니, 갑자기 군사를 일으켰다가는 반동이 일어날지 모른다 하고 거절하시오."

하고 맹달은 대답했다.

이튿날, 유봉은 요화를 청해 들여,

"이곳 산성이 우리에게 항복한 지가 오래되지 않아서 민심이 안정되지 않았기 때문에 군사를 나누어 도와드릴 수가 없소이다."

하고 거절했다.

요화는 크게 놀라 머리를 땅바닥에 조아리며 호소한다.

"그렇다면 관장군은 절망이시오!"

맹달이 말한다.

"우리가 지금 간대도, 한 잔 물로써 타오르는 한 수레의 불을 어떻게 끄겠소. 장군은 속히 돌아가 촉에서 구원군이 오기를 기다리는 것이 옳을 것이오."

요화가 방성통곡하며 사정하고 애걸하니, 유봉과 맹달은 다 소매를 뿌리치고 들어가버린다.

일이 틀린 것을 안 요화는

'이젠 한중왕께 가서 고하고 구원을 청하는 수밖에 없다.'

생각하고, 말에 올라 유봉과 맹달을 크게 꾸짖어 욕하며, 상용 산성을 나와 곧장 성도를 향하여 달린다.

한편, 관운장은 맥성에서 상용군上庸軍이 오기만을 초조히 기다리나 아무런 소식도 없었다.

수하에 남은 군사는 5, 6백 명인데, 그나마 반수 이상이 부상병이고, 성안에는 양식이 없어 고통이 이만저만이 아니었다.

한 군사가 들어와서 고한다.

"성 아래에 어떤 사람이 와서 활을 쏘지 말라며, 군후께 드릴 말씀이 있다고 합니다."

관운장이 데려오라 하여 본즉, 바로 제갈근이었다.

인사를 나누고 차를 마신 뒤에 제갈근이 말한다.

"이번에 오후(손권)의 분부를 받고 특히 장군께 권할 말씀이 있어 왔소이다. 예부터 내려오는 말에, 시국을 잘 판단하는 사람이 바로 뛰어난 영걸이라고 했습니다. 장군이 다스리던 한상漢上 9군은 이제 다른 사람의 소유가 되었고, 다만 남은 것이라고는 이 외로운 성 한 구역뿐인데다가, 안으로는 양식과 마초가 없고, 밖으로는 구원 오는 군사가 없어 위기가 조석간에 박두했거늘, 장군은 어째서 나의 말을 듣지 않으시오? 우리 오후께 귀순하면 다시 형주 · 양양 일대를 다스릴 수 있고, 집안 식구도 안락할 수 있으니, 장군은 깊이 생각하십시오."

관운장이 정색하고 대답한다.

"나는 원래 해량解良(관우의 출생지) 땅의 한낱 무부武夫로서, 우리 주공께서는 항상 자기 손발처럼 나를 아끼셨거늘, 내 어찌 의리를 저버리고 적국에 투항할 수 있으리요. 만일 맥성이 함락되는 날에는 죽을 따름이로다. 옥은 깨져도 빛을 변하지 않으며, 대나무는 불에 타도 곧은 절개를 굽히지 않나니, 몸은 비록 죽지만 이름은 죽백竹帛(역사)에 남을 것이다. 너는 여러 말 말고 속히 성을 나가거라. 내 손권과 함께 사생결단을 내리라."

제갈근이 말한다.

"우리 오후께서는 군후와 서로 통혼하고 힘을 합쳐 함께 조조를 격파하고, 함께 한나라 황실을 보필하자는 것이지 딴 뜻은 없는데, 군후는 어찌 이다지도 고집만 부리시오."

말이 끝나기도 전이었다. 곁에 있던 관평이 칼을 죽 뽑아 제갈근을 참하려고 대드는데, 관운장이

"저 사람의 아우 제갈공명이 촉 땅에서 너의 큰아버님을 돕고 있는데, 지금 저 사람을 죽인다면 이는 그들 형제의 정을 상하게 함이니라."

하고 좌우 사람에게 제갈근을 끌어내라 분부한다.

제갈근은 부끄러움을 겨우 참고 말을 타고 성에서 나와 돌아갔다.

제갈근은 돌아가는 길로 오후를 뵙고 보고한다.

"관운장은 그 마음이 철석 같아서 설득할 수가 없더이다."

손권이 머리를 끄덕인다.

"참으로 충신이로다. 그렇다면 어찌해야 좋을꼬?"

여범呂範이 아뢴다.

"청컨대 제가 점을 쳐서 길흉을 알아보겠습니다."

손권이 허락하자, 여범은 시초蓍草를 놓아 나타나는 괘卦의 상象을 보니, 바로 지수사괘地水師卦(『주역周易』에 의하면 출군出軍의 상이다)에

현무玄武(북쪽)가 겹친 것으로, '적이 멀리 달아난다'는 징조였다.

손권이 여몽에게 묻는다.

"적이 멀리 달아날 괘라 하니, 경은 어떤 계책으로 사로잡을 테요?"

"나타난 괘는 바로 제가 계책한 바와 들어맞습니다. 관운장이 비록 하늘에 오를 날개가 있대도, 제가 펴는 그물에서 벗어나지는 못하리다."

하고 여몽이 웃으니,

용이 산 구렁 물에 잘못 놀다가 가재에게 희롱을 당하고
봉새가 새장에 잘못 들어갔다가 새에게 농락을 당한다.
龍遊溝壑遭蝦戱
鳳入牢籠被鳥欺

필경 여몽이 무슨 계책을 쓸 것인지.

제77회

옥천산에 관운장의 영혼이 나타나고
낙양성에서 조조는 신을 느끼다

손권이 계책을 물으니, 여몽은 대답한다.

"제 생각으로는 관운장에게 군사가 얼마 없으니 큰길로 달아나지 않고, 필시 맥성 바로 북쪽에 있는 험한 산길로 도망칠 것입니다. 그러니 주연에게 씩씩한 군사 5천 명을 주어 맥성 북쪽 20리 떨어진 곳에 미리 매복시키고, 그들이 오거든 싸우지 말고 일단 통과시키고서 그 뒤를 습격하면, 그들은 싸울 생각이 없어 반드시 임저臨沮 땅 쪽으로 달아날 것입니다. 그때 반장이 미리 날쌘 군사 5백 명을 거느리고 임저 땅 산골 길에 매복하고 기다리면, 관운장을 사로잡을 수 있습니다. 지금 곧 맥성을 공격하되, 북쪽 성문만 남겨두고 그들이 달아날 길을 열어주십시오."

손권은 머리를 끄덕이고, 여범에게 다시 점을 쳐보라 한다.

점을 쳐서 괘가 이루어지자 여범은 고한다.

"이번에는 적이 서북쪽으로 달아날 괘니 오늘 밤 해시亥時(2경이니 10시)면 사로잡을 수 있습니다."

손권은 득의의 미소를 짓고, 마침내 주연과 반장에게 날쌘 군사를 주며, 명령대로 각기 가서 매복하도록 떠나 보냈다.

한편, 관운장은 맥성 안에서 기병과 보병을 점검하니, 겨우 3백여 명에 불과하고, 양식과 마초도 다하였다.

그날 밤이었다. 성밖에 오군이 몰려와 심지어 이름까지 부르면서 항복을 권하는 소리가 소란하자, 성을 넘어가서 항복하는 자가 많은데, 구원병은 역시 오지 않는다. 관운장은 어찌할 도리가 없어서, 왕보에게 말한다.

"내 지난날에 그대 말을 듣지 않았다가, 오늘날 이런 위기를 당했으니, 앞으로는 어찌해야 좋을꼬?"

왕보가 울며 고한다.

"오늘날 사태는 자아子牙(강태공姜太公)가 다시 나타난대도 어쩔 도리가 없으리다."

조누가 말한다.

"상용에서 구원병이 오지 않는 것은 유봉과 맹달이 일부러 보내지 않는 것입니다. 그러니 빨리 이 외로운 성을 버리고, 서천으로 갔다가 다시 군사를 거느리고 와서 회복하도록 하십시오."

"나도 그럴 생각이노라."

하고 관운장이 성 위에 올라가서 둘러본즉, 북문 밖에는 적군이 별로 많지 않았다.

관운장이 맥성 백성에게 묻는다.

"여기서 북쪽으로 가면 지세가 어떠하냐?"

"북쪽은 다 좁은 산골 길입니다. 서천으로 통할 수 있습니다."

관운장이 분부한다.

"오늘 밤에 북쪽 길로 떠나리라."

왕보가 간한다.

"좁은 길에는 적군이 매복하고 있을지 모릅니다. 큰길을 달리도록 하십시오."

"비록 적군이 매복하고 있은들, 내 무엇을 두려워하리요."

관운장은 즉시 기병과 보병에게 단단히 단속하고, 성을 떠날 준비를 하라 명령한다.

왕보가 통곡하며 고한다.

"군후께서는 도중에 조심하시고 조심하소서. 저는 보졸 백여 명과 함께 죽기를 각오하고 이 성을 지키다가, 함락하는 경우를 당할지라도 적에게 항복하지는 않겠습니다. 바라건대 군후께서는 속히 돌아오셔서 저를 구원해주십시오."

관운장도 또한 울며 작별하고, 주창과 왕보에게 맥성을 맡긴 뒤 친히 관평, 조누와 함께 마침내 북문 밖으로 뚫고 나가 산길로 들어선다. 관운장이 맨 앞에 서서 칼을 비껴 들고 달린 지 초경이 넘어서야 약 20여 리를 지나왔다.

움푹 들어간 산속에서 갑자기 징소리와 북소리가 일제히 일어나더니, 함성이 크게 진동하면서 한 떼의 군사가 내달아온다.

맨 앞에 선 장수 주연이 창을 쳐들며 외친다.

"관운장은 달아나지 말고 속히 항복하여 죽음을 면하도록 하라!"

관운장이 분노하여 말에 박차를 가하고 칼을 바퀴처럼 휘두르며 나아가서 싸우니 주연은 달아난다. 그 뒤를 쫓아가며 무찌르는데, 난데없는 북소리가 또 진동하자 사방에서 복병이 다 일어난다.

관운장은 싸울 생각이 나지 않아서, 임저 땅으로 뚫린 소로로 달아난다. 이에 주연은 뒤쫓아가면서 무찌르니, 관운장의 군사들은 점점 수효가 줄어든다.

다시 4, 5리 가량 달려갔을 때였다. 앞에서 또 함성이 진동하고 불빛이 크게 일어나면서, 이번에는 반장이 칼을 춤추며 말을 달려 쳐들어 온다.

관운장이 분노가 충천하여 칼을 휘두르며 맞이하여 싸운 지 겨우 3합에 반장은 패하여 달아난다. 관운장은 싸울 생각이 없어 산길을 급히 달려가는데, 관평이 뒤쫓아와서 고한다.

"조누가 싸우다 죽었습니다."

관운장은 슬픔을 억제하며,

"너는 뒤쫓아오는 적을 막아라. 내가 앞장서서 길을 열리라."

하고 다시 달리니, 따르는 군사는 겨우 10여 명에 불과했다.

결석決石에 이르니, 양쪽은 높은 산이요, 산밑은 갈대와 억새가 다 메 말랐고 나무와 덤불이 가득한데, 시각은 5경(아침 4시)도 끝날 무렵이 었다.

관운장이 한참 달려가는데, 일제히 함성이 진동하면서 양쪽에서 복 병들이 모조리 나타난다. 그들은 일제히 긴 갈고리와 쇠줄을 써서, 우선 관운장이 탄 말 다리부터 감아서 쓰러뜨린다. 관운장은 몸을 뒤집으며 말에서 굴러 떨어져, 반장의 수하 부장인 마충馬忠에게 사로잡혔다.

관평은 부친이 사로잡힌 것을 알자 황급히 달려와서 구출하려고 하 는데, 뒤에서 반장과 주연이 군사를 거느리고 와서 겹겹으로 에워싼다. 관평은 혼자서 싸우고 싸우다가 힘이 다하여 또한 사로잡히고 말았다.

날이 새자 손권은 관운장 부자를 사로잡았다는 보고를 듣고 환호하 며, 모든 장수들을 장중으로 모았다. 조금 지나자, 마충이 관운장을 붙들 고 들어온다.

손권이 묻는다.

"과인은 장군의 높은 덕을 오래도록 사모했기 때문에 서로 혼인하는 우호를 맺고자 했는데, 어째서 거절했느냐? 귀공은 평소에 스스로 천하

무적이라 자부하더니, 오늘은 어째서 나에게 사로잡혔느냐? 그래도 이 손권에게 항복하지 않겠는가?”

관운장이 소리를 높여 꾸짖는다.

“눈이 푸른 어린아이에다 수염이 붉은 쥐 같은 자야. 나는 유황숙劉皇叔 어른과 도원桃園에서 의를 맺고 한나라 황실을 붙들어 일으키기로 맹세했는데, 어찌 나라를 반역한 너 같은 역적과 손을 잡으리요. 내 이번에 너희들의 간특한 계책에 잘못 빠져들었으니 죽을 따름이라. 무슨 여러 말 할 것 있으리요.”

손권이 모든 관리들을 돌아보고 묻는다.

“관운장은 당대의 호걸이다. 과인은 관운장을 깊이 사랑하기 때문에 예의로 대접하고 항복하도록 권할까 하니 그대들의 뜻은 어떠한가?”

주부 벼슬에 있는 좌함左咸이 대답한다.

“그건 안 될 말이올시다. 옛날에 조조가 그를 자기 사람으로 만들고자 그에게 후侯를 봉하고 벼슬을 주며 3일마다 작은 잔치를 차려 대접하고, 5일마다 크게 잔치를 차려 대접하며, 그가 말을 탈 때마다 금을 주고 말에서 내릴 때마다 은을 주어 그처럼 은혜와 예의를 베풀었건만, 결국엔 붙들어두지 못하고, 결국은 그가 관關을 지키는 여러 곳 장수들을 죽이며 가버렸다는 보고만 받고 말았습니다. 뿐만 아니라 이번에 조조는 도리어 그의 용맹에 겁을 먹고 하마터면 도읍을 딴 곳으로 옮길 뻔했습니다. 이제 주공께서 그를 사로잡았는데도 없애버리지 않으신다면, 다음날에 큰 후환이 있으리다.”

손권은 아무 말 없이 한동안 생각하다가,

“그 말이 옳도다.”

하고 마침내 끌어내어 참하라 명령하니, 이에 관운장과 관평 부자는 죽음을 당했다. 이때가 건안 24년(219) 겨울 12월이요, 관운장의 나이는

58세였다.

후세 사람이 관운장을 찬탄한 시가 있다.

　　　한나라 말년에 그 재주 당할 자 없어
　　　관운장이 홀로 뛰어났도다.
　　　신다운 위엄은 능히 무를 분발하고
　　　선비의 아량은 겸하여 글을 알았도다.
　　　하늘의 해 같은 마음은 바로 거울이요
　　　춘추의 의기는 구름을 쓸었도다.
　　　그 빛남이여, 만고에 전하니
　　　삼분 천하의 으뜸만이 아니니라.

　　　漢末才無敵

　　　雲長獨出群

　　　神威能奮武

　　　儒雅更知文

　　　天日心如鏡

　　　春秋義薄雲

　　　昭然垂萬古

　　　不止冠三分

또 이런 시도 있다.

　　　뛰어난 인물을 말할 때는 예부터 해량 땅을 일컫고
　　　백성들은 다투어 한나라 관운장께 절하는도다.
　　　어느 날 도원에서 한 번 형과 동생이 되더니

천추에 황제와 왕으로서 제사를 받는도다.

그의 기상은 바람과 우레를 옆에 낀 듯, 대적하는 자 없고

그 뜻은 해와 달을 드리운 듯 불멸의 빛이로다.

오늘에 이르도록 천하 도처에 사당과 초상이 있으니

늙은 나무 싸늘한 까치 소리에 몇 번이나 황혼은 되풀이됐던고.

人傑惟追古解良

士民爭拜漢雲長

桃園一日兄和弟

俎豆千秋帝與王

氣挾風雷無匹敵

志垂日月有光芒

至今廟貌盈天下

古來寒鴉幾夕陽

관운장이 세상을 떠나자, 그가 평소에 탔던 적토마赤兎馬는 마충에게 붙들려 손권에게 바쳐졌다. 그러나 손권은 받지 않고 적토마를 마충에게 도로 내주었다. 적토마는 수일 동안 먹지를 않더니 마침내 굶어 죽었다.

한편, 왕보는 맥성에 있는데 갑자기 저절로 살이 떨리고 뼈가 흔들려서, 주창에게 묻는다.

"어젯밤 꿈에 군후께서 온몸이 피투성이가 되어 내 앞에 오셨습니다. 급히 연유를 물으려다가, 그만 놀라 잠이 깨었소. 그 꿈이 좋은 징조인지 나쁜 징조인지 답답하오."

이렇게 말하는데, 한 군사가 뛰어들어와서 고한다.

"오군이 성 아래에 와서 관운장 부자분의 목을 보이며 항복하라 권고

하고 있습니다."

왕보와 주창은 깜짝 놀라 급히 성 위로 올라가서 굽어보니, 과연 적군이 보이는 두 목은 관운장 부자였다. 왕보는 순간 기가 막혀 크게 외마디소리를 지르며 성에서 떨어져 죽고, 주창은 칼을 뽑아 자기 목을 치고 자결했다.

이리하여 맥성도 동오의 소속이 되고 말았다.

한편, 관운장의 영용한 영혼은 흩어지지 않고 유유 탕탕히 바로 한곳으로 이르렀다. 그곳은 형문주荊門州 당양현當陽縣에 있는 산으로, 산 이름은 옥천산玉泉山이었다.

산 위에 한 노승이 살았으니, 법명은 보정普靜(제27회 참조. 전에는 보정普淨으로 되어 있다)이다. 노승은 원래 사수관汜水關 진국사鎭國寺의 장로로 있었는데, 그 후 구름처럼 천하를 떠돌다가 이곳에 이르러 밝은 산과 맑은 물을 보고, 마침내 풀을 엮어 암자를 짓고 좌선으로 세월을 보내며 도에 들어 있었는데, 조그만 행자行者(상좌) 하나가 곁에서 모시고 있었다.

이날 밤, 달은 밝고 바람은 시원한데, 3경이 지난 후였다. 보정이 암자 안에서 묵묵히 앉아 있으려니, 홀연 공중에서 어떤 사람이 큰소리로 부른다.

"나의 머리를 돌려달라!"

보정이 하늘을 우러러 자세히 보니, 공중에 한 사람이 적토마를 타고 청룡도靑龍刀를 들었는데, 그의 왼쪽에는 한 젊은 장군(관평)이 따르고, 오른쪽에는 검은 뺨에 이무기 수염이 난 사람(주창)이 따르면서 일제히 구름을 밟고 옥천산 위로 온다.

보정은 관운장을 알아보고, 불자拂子로 암자 문을 치며 묻는다.

옥천산에 나타난 관우 일행의 영혼. 왼쪽부터 주창, 관우, 관평

"관운장은 어디 있느냐?"

관운장의 영특한 영혼은 그 말에 문득 깨닫고, 즉시 말에서 내려 바람을 타더니 암자 앞에 내려와 두 손을 끼고 묻는다.

"스님은 누구십니까? 바라건대 법호를 말해주오."

보정이 되묻는다.

"이 늙은 중 보정은 옛날에 사수관 앞 진국사에서 일찍이 군후와 서로 만난 적이 있었는데, 오늘에 와서 어찌 잊었단 말이오!"

"옛날에 나를 구해주신 은혜를 어찌 잊으리까. 이제 나는 화를 입어 죽었으니, 바라건대 대사는 나의 앞길을 지시하시오."

"지난날과 오늘날의 모든 시비를 말하지 마시오. 지나간 원인과 뒤에 온 결과가 피차 유쾌하지 못한데, 이제 장군이 여몽에게 살해되어 '나의

144

머리를 돌려달라'고 크게 외치니, 그렇다면 옛날에 장군에게 살해당한 안양顔陽과 문추文醜 그리고 오관五關을 지키던 여섯 장수들은 누구에게 머리를 돌려달라고 외쳐야 하겠소?"

이 말에 관운장은 황연히 깨닫고, 보정에게 머리 숙여 감사하며 어디론지 떠나가버렸다.

그 후로 옥천산에는 가끔 관운장의 신령이 나타나서 백성들을 여러 모로 보호했다. 그래서 고을 사람들은 관운장의 덕에 감격하여, 산 위에 사당을 짓고 춘하추동으로 제사를 지냈다.

후세 사람이 그 사당 기둥에다 시를 지어서 새겨 걸었다.

붉은 얼굴에 일편단심 지니고

적토마를 타고서 바람을 쫓으니

달릴 때 적제(한제漢帝)를 잊은 적이 없어라.

푸른 등불에 청사(역사)를 읽고

청룡언월도를 짚으니

아무리 살펴보아도 푸른 하늘에 부끄러울 것이 없으시네.

赤面秉赤心

騎赤兎追風

馳驅時無忘赤帝

靑燈觀靑史

仗靑龍偃月

隱微處不愧靑天

한편, 손권은 관운장을 살해하고, 형주와 양양 일대의 땅을 모조리 거두어 차지하자, 삼군을 호궤하고 크게 잔치를 벌였다. 모든 장수들의 축하하는 소리가 분분하였다.

손권은 여몽을 윗자리에 앉히고, 모든 장수들을 돌아보며 말한다.

"과인이 오랫동안 형주 땅을 얻지 못했다가, 이제 쉽사리 차지한 것은 다 여몽의 공로로다."

여몽은 거듭거듭 사양하고 겸손해하는데, 손권이 계속 말한다.

"옛날에 영특한 주유는 출중한 계략이 있어 적벽강赤壁江에서 조조를 격파했으나 불행하여 일찍 죽었고, 다음은 노숙이 그 자리를 이어받아 과인에게 처음으로 제왕의 큰 계략을 일러줬으니 이는 첫 번째 쾌사였다. 조조가 동쪽으로 내려올 때 모든 사람들은 과인에게 항복하라 권했건만, 노숙 혼자만이 과인에게 '주유를 시켜 조조를 쳐야 한다'고 권해서 마침내 조조를 격파했으니 이는 두 번째 쾌사였다. 그러나 노숙이 과인에게 권하여 형주 땅을 유비에게 빌려준 일은 분명한 실책이었다. 이번에 여몽이 참신한 계책을 세워 단번에 형주 땅을 되찾았으니, 여몽은 노숙보다도 주유보다도 훨씬 뛰어난 공로를 세웠다."

손권은 친히 잔에 술을 가득히 따라준다.

여몽이 두 손으로 술잔을 받아 마시려다가 갑자기 술잔을 내던지더니, 대뜸 손권의 멱살을 움켜잡고 버럭 소리를 지르며 크게 꾸짖는다.

"눈알이 푸른 어린 놈아, 수염이 붉은 쥐새끼 같은 놈아, 네가 나를 알아보겠느냐!"

모든 장수들이 대경 실색하며 급히 손권을 구하려는데, 여몽은 손권을 밀어 쓰러뜨리고 뚜벅뚜벅 걸어가서 맨 위의 손권의 자리에 털썩 앉더니, 두 눈썹을 꼿꼿이 치켜세우고, 두 눈을 둥글게 딱 부릅뜨며 꾸짖는다.

"나는 황건적黃巾賊을 격파한 이래로 30여 년 동안 천하를 종횡으로 달리다가, 이번에 너의 간특한 계책에 빠졌으니, 내가 살아서 너의 살을

146

씹지 못했다마는 죽어서도 마땅히 역적 여몽의 넋을 추격하리라. 똑똑히 보아라, 나는 바로 한수정후漢壽亭侯 관운장이다!"

손권은 대경 실색하여 황망히 모든 장수들과 군사를 거느리고 내려서서 계속 절을 하는데, 여몽이 땅바닥에 나자빠지더니, 온몸의 일곱 구멍에서 피를 쏟으며 죽는다.

모든 장수들은 이 끔찍한 광경을 보고 겁에 질렸다.

손권은 여몽의 시체를 관에 안치하여 엄숙히 장사지내고, 남군南郡 태수 잔릉후孱陵侯라는 벼슬을 추증하고, 그 아들 여패呂霸에게 아비의 벼슬을 이어받게 했다.

그런 후로 손권은 관운장에 관해서 놀라움과 의아함을 금치 못하는데, 문득 아랫사람이 들어와서 고한다.

"장소가 건업 땅에서 왔습니다."

손권이 불러들이고 물으니, 장소가 대답한다.

"이번에 주공께서 관운장 부자를 살해했으니, 우리 강동에 머지않아 불행이 닥쳐올 것입니다. 관운장은 유비와 함께 도원에서 의형제를 맺었을 때 생사를 함께하기로 맹세한 사이입니다. 이제 유비는 양천兩天(한중인 동천과 촉인 서천)에 군사를 두었고, 겸하여 제갈양의 지혜와 장비 · 황충 · 마초 · 조운 등의 용맹한 장수를 거느린 상태올시다. 유비가 관운장 부자의 죽음을 아는 날이면, 반드시 모든 병력을 기울여 원수를 갚으러 쳐들어올 것이니, 우리 동오로서는 그들을 대적하기 어려울까 합니다."

손권은 이 말을 듣고, 깜짝 놀라 발을 구르며 묻는다.

"과인의 실수였구나! 일이 그 지경에 이른다면, 어찌해야 좋을까?"

장소가 대답한다.

"주공은 근심 마소서. 저에게 한 가지 계책이 있으니, 서촉의 군사들이 우리 동오를 침범하지 않게 하고, 형주 땅을 반석처럼 튼튼하게 하리다."

"그 계책이란 무엇이냐?"

"지금 조조가 백만 대군을 거느리고 천하를 차지하려고 범처럼 노리고 있습니다. 유비가 급히 원수를 갚으려면 반드시 조조와 손을 잡을 것이니, 만일 그들이 연합해서 온다면 우리 동오는 매우 위험합니다. 그러니 우리 쪽에서 먼저 관운장의 목을 조조에게로 보내고, 유비에게는 '조조가 이런 일을 저지른 장본인이다'라고 알리십시오. 그러면 유비는 반드시 조조를 저주하며, 우리 동오를 치지 않고 군사를 거느리고 위로 갈 것입니다. 우리는 그들이 싸우는 결과를 보아, 중간에서 이익을 취하는 것이 상책입니다."

손권은 그 말대로 관운장의 목을 성장盛裝하여 나무 갑에 넣게 하고, 사자에게 주어,

"밤낮을 가리지 말고 가서, 조조에게 전하여라."

하고 떠나 보냈다.

한편, 조조는 이때 마피 땅에서 낙양으로 회군해 있었는데, 동오에서 관운장의 목이 왔다는 보고를 듣자 매우 기뻐한다.

"관운장이 죽었으니, 이제부터 나는 베개를 높이 베고 편히 자겠구나."

댓돌 밑에서 한 사람이 나와 말한다.

"이는 동오가 우리에게 불행을 뒤집어씌우려는 수작입니다."

조조가 보니 그 사람은 바로 주부 사마의였다. 조조가 그 까닭을 묻자, 사마의가 대답한다.

"옛날에 유비, 관운장, 장비 세 사람은 도원에서 의형제를 맺을 때 생사를 함께하기로 맹세했습니다. 이번에 동오는 관운장을 살해하고 복수를 당할까 겁이 나서, 그래서 관운장의 목을 대왕께 바치고 유비의 분

148

노를 대왕에게 돌리게 하여, 동오를 치는 대신 우리 위를 치게 하자는 배짱입니다. 그리고 동오는 중간에서 이익을 취하자는 속셈입니다."

조조가 머리를 끄덕인다.

"중달의 말이 옳도다. 그럼 과인은 어떻게 해야 남의 원수를 사지 않을까?"

"이런 일은 조금도 염려할 필요가 없습니다. 대왕께서는 좋은 향나무로 몸을 새기게 하여 관운장의 목과 맞붙인 뒤에, 대신에 대한 예의로써 잘 장사지내주소서. 유비가 알게 되면 반드시 손권을 크게 원망하고, 전력을 기울여 남쪽 동오를 칠 것이니, 우리는 그들의 승부를 보아 서촉이 이기거든 동오를 치고, 동오가 이기거든 서촉을 쳐서, 두 세력이 하나로 남으면 그 하나인들 어찌 오래가리까. 결국은 우리 손에 쉽사리 망하리다."

조조는 만면에 웃음을 띠며 사마의의 말대로 곧 동오에서 온 사자를 불러들이라 했다. 동오의 사자가 들어와서 나무 갑을 바치니, 조조는 받아서 뚜껑을 열어본다.

보라, 관운장의 얼굴은 평소와 조금도 다르지 않았다.

조조가 웃고 묻는다.

"그래 관운장 귀공은 우리가 작별한 이래로 별고 없는가?"

말이 끝나기도 전이었다.

관운장의 목이 입을 딱 벌리고 눈알을 이리저리 움직이며, 수염이 빳빳이 일어선다. 조조가 그만 기겁하여 나자빠지자, 모든 관리들이 급히 부축하여 한참 뒤에야 겨우 깨어났다.

조조가 모든 관리들을 돌아보고 말한다.

"관운장은 참으로 하늘의 신인이로다."

이에, 동오에서 온 사자는, 관운장의 영혼이 산 사람의 몸에 옮겨 붙어 손권을 내리 꾸짖던 여몽의 일을 조조에게 고했다. 조조는 더욱 두려운 생각이 들어서, 마침내 짐승을 잡아 제물을 차려 친히 제사를 지내고, 관운장의 몸을 침향목沈香木으로 깎고 새기게 하여 목에 맞추고, 왕후에 대한 예의로써 낙양 남쪽 문 밖에다 성대히 장사를 지내는데, 대소 관원이 모두 참석했다. 조조는 친히 절하며 제사지내고, 관운장에게 형왕荊王이라는 왕호를 추증한 다음, 관리를 두어 무덤을 지키게 하고, 그런 후에 동오의 사자를 강동으로 돌려보냈다.

한편, 한중왕이 동천에서 성도로 돌아오니, 법정이 아뢴다.

"주상께서는 원래 선부인先夫人이 세상을 떠나셨고, 손부인(손권의 누이동생)은 남쪽 친정으로 돌아가셨으니, 반드시 다시 돌아오리라고 기약하기 어려운즉, 인륜의 도를 이 이상 폐할 수는 없습니다. 그러니 새로 왕비를 두시어 내정을 보살피게 하십시오."

한중왕이 허락하자, 법정은 계속 아뢴다.

"오의吳懿에게 누이동생이 한 명 있는데 아름답고 현숙하다 하며, 또한 지난날에 관상 보는 자가 그 여인의 상을 보고 '이 여인은 뒤에 반드시 크게 귀하게 되리라'고 말하였다 합니다. 그녀는 처음에 유언劉焉의 아들 유모劉瑁에게 출가했는데, 유모가 일찍 죽었기 때문에 지금은 과부입니다. 대왕은 그녀를 왕비로 삼으소서."

한중왕이 대답한다.

"유모는 나와 성이 같은 동족이니 도리상 불가하노라."

"그 계보를 따진다면, 먼 옛날에 진晉 문공文公이 회영懷嬴(춘추 전국시대 때 진 문공은 조카며느리뻘인 진秦나라 회영을 아내로 삼았기 때문에 대위에 올랐다)을 아내로 삼은 것과 뭣이 다르겠습니까?"

이에 한중왕은 허락하고, 마침내 오吳씨를 왕비로 삼았다. 뒤에 그 몸에서 아들 둘을 낳으니, 첫째의 이름은 유영劉永이요 자字는 공수公壽며, 둘째의 이름은 유리劉理요 자는 봉효奉孝였다. 동·서 양천은 백성들이 안정하고, 나라는 부유하고, 풍년이 들어 크게 넉넉하였다.

형주에서 온 어떤 사람이,

"이번에 동오의 손권이 관운장께 혼인을 청했으나, 관운장께서는 극력 거절하셨습니다."

하고 말하자, 공명이 듣고서,

"형주가 장차 위태롭겠구나. 사람을 보내어 교대시키고, 관운장을 이리로 오게 하리라."

하고 상의하는데, 싸움에 이겼다는 첩보가 형주에서 잇달아 왔다.

더구나 하루도 지나기 전에 관흥이 직접 와서 '조조의 7군을 강물로 휩쓸어버렸다'는 통쾌한 승리를 보고하는가 하면, 또 파발꾼이 말을 달려와서 '관운장께서는 강변에다 많은 봉화대를 쌓게 하고, 물샐틈없이 방비하셨으므로, 후방에 대한 염려는 하실 필요가 없습니다'고 고하는 지라, 이에 유현덕은 안심하고 믿었던 것이다.

그러던 어느 날이었다. 유현덕은 온몸의 살이 저절로 떨려서 안절부절못하다가, 밤에도 잠을 이루지 못했다.

내실에 일어나 앉아 불을 밝히고 책을 보는데, 정신이 혼미해서 책상에 엎드려 잠이 들었다. 문득 한 줄기의 찬바람이 실내에 일어난다. 등불은 꺼졌다가 다시 밝아진다. 유현덕이 머리를 들어보니, 바로 등불 밑에 한 사람이 서 있다.

유현덕이 묻는다.

"너는 뉘기에 한밤중에 나의 내실로 들어왔는고?"

"……"

그 사람은 대답을 하지 않는다. 유현덕은 의심이 나서 일어나 자세히 보니, 바로 관운장이 등불의 그늘 밑을 오가면서 몸을 피한다.

유현덕이 묻는다.

"어진 동생은 작별한 이래로 별고 없었는가. 한밤중에 여기 왔으니 반드시 무슨 일이 있는 게로구나. 나와 너의 정은 골육과 같거늘, 어째서 피하느냐?"

관운장이 울며 대답한다.

"바라건대 형님은 군사를 일으켜 나의 원한을 씻어주소서."

말이 끝나자, 갑자기 찬바람이 일어나면서 관운장은 보이지 않았다. 유현덕이 깜짝 놀라 깨고 보니 꿈이었다.

이때, 밤 3경을 알리는 북소리가 멀리서 들렸다. 유현덕은 크게 의심이 나서, 급히 전전前殿에 나가 사람을 보내어 공명을 청했다. 공명이 들어와서 뵙자, 유현덕은 꿈에 본 바를 자세히 말한다.

공명이 대답한다.

"이는 주상께서 관운장을 너무 생각하셨기 때문에 그런 꿈을 꾸신 것입니다. 지나치게 의심할 것 없습니다."

유현덕은 두 번 세 번 거듭 의심하고 염려하는데, 공명이 좋은 말로 일단 안심시키고 물러나와 중문 밖으로 나가다가, 마침 들어오는 허정許靖과 만났다.

허정이 한 발 다가서며 말한다.

"한 가지 보고할 기밀이 있어 군사 부중에 갔더니, 마침 군사께서 입궁하셨다기에 뵈러 들어왔소."

공명이 묻는다.

"무슨 기밀이오?"

"내가 바깥 소문을 들으니, 동오의 여몽이 형주를 함락하고, 관운장은 살해당했다고 합디다. 그래서 특히 군사께 고하러 왔소."

공명이 말한다.

"내 밤에 천문을 봤더니, 장수 별이 형초荊楚(초楚는 형주의 일부) 지방 쪽에 떨어지는지라. 관운장이 살해당한 것을 알았으나, 주상께서 심뇌心惱하실 것이 두려워서 감히 말을 못하는 중이오."

두 사람이 이렇게 말하고 있는데 문득 전내殿內에서 한 사람이 쓰러질 듯 뛰어나와 공명의 소매를 움켜잡고 묻는다.

"이런 흉한 소식을 군사는 어째서 나에게 숨기시오!"

공명이 보니 바로 유현덕이었다.

공명과 허정이 함께 아뢴다.

"조금 전 말은 다 소문으로 들은 것입니다. 조금도 믿을 것이 못 되니, 바라건대 주상께서는 마음을 너그러이 하시고 근심 마십시오."

"과인과 관운장은 생사를 함께하기로 맹세한 사이요. 그가 만일 죽었다면, 난들 어찌 혼자 살 수 있으리요."

공명과 허정이 한참 유현덕을 안심시키는데, 문득 시신侍臣이 와서 아뢴다.

"마양과 이적이 방금 당도했습니다."

유현덕이 급히 불러들여 물으니, 두 사람은 함께,

"형주는 이미 잃었고, 관장군은 싸움에 패하여 구원군을 청하셨습니다."

하고 관운장의 표장을 바친다.

유현덕이 미처 표장을 뜯어보기도 전에, 시신은 또 아뢴다.

"형주에서 요화가 왔습니다."

유현덕이 급히 불러들이니, 요화가 통곡하며 땅에 엎드려 절하고, 유봉과 맹달이 구원병을 보내주지 않던 일을 자세히 아뢴다.

유현덕이 크게 놀란다.

관우의 죽음을 통곡하는 유비

"그렇다면 나의 동생은 끝났도다!"

공명이 아뢴다.

"유봉과 맹달의 죄는 죽여 마땅하나, 주상께서는 마음을 너그러이 하소서. 이 제갈양이 1대의 군사를 거느리고 가서, 형주와 양양의 위급을 구출하리다."

유현덕이 흐느껴 운다.

"관운장이 죽었다면 과인은 결코 혼자 살 수 없으니, 과인이 내일 1군의 군사를 친히 거느리고 가서 관운장을 구출하리라."

유현덕은 사람을 낭중郎中 땅으로 보내어 장비에게 알리라 하고, 다른 한편으로 사람들을 보내어 군사와 말을 모으는 중이었다.

날이 새기도 전에 연달아 보고가 들어오는데,

"관운장이 밤에 임저로 빠져 나가려다가 도중에서 동오의 장수에게 붙들렸으나, 끝내 의기와 절개를 굽히지 않고, 부자분이 다 함께 세상을 떠나셨습니다."

유현덕은 보고를 듣자 크게 외마디소리를 지르며 마룻바닥에 굴러 떨어져 기절한다.

함께 생사를 맹세했던 그 당시를 생각하면
오늘날에 차마 혼자 살 수 없다.
爲念當年同誓死
忍敎今日獨捐生

유현덕의 생명은 어찌 될 것인가.

제78회

명의는 풍병을 치료하다가 죽고
간응은 유언을 남기고서 끝나다

한중왕은 관운장 부자가 살해됐다는 보고를 듣고, 통곡하다가 까무러쳤다. 모든 문무 관원이 급히 손을 써서 반나절 만에야 한중왕이 겨우 깨어나자, 부축하여 내전으로 모셨다.

공명이 권한다.

"주상은 너무 상심 마소서. 자고로 생사는 한계가 있다 합니다. 관운장은 평소 강직하고 스스로를 너무 믿었기 때문에 오늘날 이런 화를 당한 것이니, 주상은 몸을 보중하시고, 천천히 원수 갚을 일을 도모하소서."

유현덕이 대답한다.

"과인은 관운장, 장비 두 아우와 함께 도원에서 결의할 때 생사를 함께하기로 맹세했소. 이제 관운장이 죽었으니, 과인이 어찌 홀로 부귀를 누릴 수 있으리요."

말이 끝나기도 전에 관흥이 통곡하며 들어온다. 유현덕은 관흥을 보자 또다시 크게 외마디소리를 지르고, 목이 메여 기절했다.

    모든 관원들이 구하여 유현덕은 깨어났으나, 하루 사이에 통곡하다 기절하기가 세 번 내지 다섯 번씩이요, 3일 동안에 물 한 모금 마시지 않고 내리 통곡하니, 눈물이 옷깃을 적시다 못해 나중엔 피가 아롱졌다.

    공명이 모든 관리들과 함께 거듭거듭 상심 마시라 권한다.

    유현덕이 대답한다.

    "과인이 맹세코 동오와 함께는 이 세상에 살지 않으리라."

    공명이 고한다.

    "들은 바에 의하면, 그새 동오는 관운장의 목을 조조에게 바쳤는데, 조조는 왕후에 대한 예의로써 관운장을 제사지내고 장사지냈다 합니다."

    "그들이 그렇게 한 뜻은 무엇이오?"

    "동오는 닥쳐올 불행을 조조에게 미루려는 심보며, 조조는 그 속셈을 알아차렸기 때문에 관운장을 성대히 장사지내주고, 주상의 분노를 동오로 돌리려는 수작입니다."

    "내 이제 군사를 거느리고 가서, 동오의 죄를 물으리라."

    공명이 간한다.

    "지금은 안 됩니다. 지금 오吳는 우리로 하여금 위를 치게 할 작정이며, 위도 또한 우리로 하여금 오를 치게 하려고 서로가 갖은 흉계를 꾸미면서 기회만 노리고 있습니다. 주상께서는 군사를 일으키지 마시고, 관운장의 초상 준비부터 하십시오. 오와 위의 사이가 나빠지기를 기다려 그 기회를 이용해서 쳐야 합니다."

    모든 관원들이 또한 거듭거듭 권하고 간하니, 유현덕은 겨우 음식을 들고, 동천·서천의 모든 장수들과 군사들에게 상복을 입게 하고, 친히 남문南門 밖에 나가서 관운장을 초혼招魂하고 제사를 지내며 종일 통곡했다.

한편, 조조는 낙양 땅에 있으면서 관운장을 장사지낸 후로, 밤마다 눈을 감으면 관운장이 보였다. 조조는 매우 놀라고 겁이 나서, 관원들에게 물었다.

관원들이 대답한다.

"이곳 낙양 행궁行宮의 옛 전각에는 요귀들이 많으니, 새로 전각을 짓고 거처하소서."

"내 전각을 하나 짓고 그 이름을 건시전建始殿이라 하고 싶으나, 목공이 없어 한이노라."

가후가 말한다.

"낙양에 소월蘇越이라는 뛰어난 목수가 있는데, 가장 교묘히 집을 짓습니다."

조조는 목수 소월을 데려오라고 하여, 장차 지을 건물을 미리 그림으로 그리라 했다. 소월이 아홉 칸 대전과 앞뒤 낭무廊柾와 누각을 그림으로 그려서 바치니, 조조가 보고 말한다.

"너의 그림을 보니 썩 과인의 마음에 든다마는, 기둥과 대들보로 삼을 재목이 있을 것 같지 않구나."

소월이 아뢴다.

"낙양성에서 30리쯤 가면 큰 못이 있는데 그 이름을 약용담躍龍潭이라 하고, 그 앞에 한 사당집이 있으니 이름을 약용사躍龍祠라 하며, 그 곁에 큰 배나무가 있는데 높이가 10여 길이나 됩니다. 그 나무를 쓰면 건시전 대들보가 될 수 있습니다."

조조는 쾌히 응낙하고, 곧 일꾼들을 보내어 그 나무를 베게 했다.

이튿날, 사람들이 돌아와서 고한다.

"그 나무는 톱으로 썰어도 들어가지 않고, 도끼로 찍어도 도끼날이 들어가지 않아서 벨 수가 없습니다."

조조는 믿기지가 않아서, 친히 말 탄 신하 수백 명을 거느리고 가보았다. 조조가 바로 약용사 사당 앞으로 가서, 말에서 내려 그 나무를 쳐다보니 잎이 비단 일산日傘처럼 퍼져 바로 하늘을 찌를 듯하고, 덩치가 조금도 굽은 데 없이 곧고 높았다.

조조가 나무를 베라고 분부하자, 그 지방 노인 몇 사람이 와서 간한다.

"이 나무는 수백 년 된 나무올시다. 항상 신이 나무 위에 계시니, 베지 마시기 바랍니다."

조조는 크게 노하여,

"내 평생 천하를 두루 돌아다닌 지 40년이나, 위로는 천자로부터 아래로 백성에 이르기까지 모두 다 과인을 두려워했다. 그러하거늘 무슨 요물이 과인의 뜻을 어긴단 말이냐."

하고 꾸짖고 칼을 빼어 친히 나무를 친다. 그 순간 쟁그랑 소리가 나면서 나무에서 피가 터져 나와, 조조의 온몸에 뿌려졌다. 조조는 대경 실색하여 칼을 던져버리고, 곧 말을 타고 궁으로 돌아갔다.

그날 밤 2경이었다. 조조는 잠도 오지 않고 불안했다. 전각 안에 있는 안상에 기대고 있다가 겨우 잠이 들었다. 문득 보니 한 사람이 머리를 풀어 헤치고 칼을 짚고 검은 옷을 입고 뚜벅뚜벅 걸어와서, 조조에게 손가락질을 하며 꾸짖는다.

"나는 바로 배나무의 신이다. 네가 건시전을 짓고 천자의 자리를 빼앗으려고, 오늘 와서 나의 신목神木을 베려 했지만, 나는 너의 운수가 끝난 것을 알기 때문에 특히 죽이러 왔다."

조조가 깜짝 놀라 외친다.

"무사들은 어디 있느냐? 속히 와서 과인을 구하라."

그 검은 옷을 입은 사람이 칼을 빼어 내리치자, 조조는 크게 외마디소

리를 지른다. 제 소리에 놀라 깨고 보니 꿈이었다. 골머리가 쑤시고 아
파서 견딜 수 없다.

　조조는 급히 명령을 내리고, 유명하다는 의원들을 널리 데려와서 치
료를 받았으나 효과가 없었다. 모든 관원들은 근심에 잠겼다.

　화흠華歆이 들어와서 아뢴다.

　"대왕은 신의神醫 화타를 아십니까?"

　조조가 대답한다.

　"강동의 주태를 치료했다는 자 말이냐?"

　"그러합니다."

　"이름은 들었으나, 그 의술은 모르노라."

　화흠이 자세히 아뢴다.

　"화타의 자는 원화며, 원래 패국 초군 땅 사람으로, 그 신묘한 의술은
세상에 드문 바입니다. 환자가 있으면, 그는 혹 약도 쓰고 혹 침도 놓고
혹 쑥으로 뜨기도 하는데 손을 쓰기만 하면 곧 병을 고칩니다. 만일 오
장육부를 앓아서 약으로 고칠 수 없는 자에게는 마폐탕麻肺湯을 먹여
병자를 가사假死 상태로 마취시키고, 날카로운 칼로 그 배를 갈라서 약
물로 장부臟腑를 깨끗이 씻는데 병자는 조금도 아픈 줄을 모르며, 다 씻
은 뒤에는 바늘로 배를 다시 꿰매어 붙이고 약을 바르면, 혹은 한 달 혹
은 20일 만에 완전히 나으니 대저 그 신묘함이 이렇습니다. 어느 날 화
타가 길을 가다가 한 사람이 신음하는 것을 보고, '이는 먹은 음식이 내
리지 않은 병이로다' 하고 물은즉, 과연 그러하다고 대답하는지라. 화
타가 마늘 즙[蒜雨汁] 서 되[升]를 먹였더니, 그 사람이 2, 3척이나 되는
뱀 한 마리를 토해내고는 음식이 곧 내렸답니다. 또 광릉廣陵 태수 진등
陳登은 늘 가슴이 답답하고 얼굴이 붉고 음식을 먹지 못해서, 화타를 청
해다가 치료를 받은 일이 있습니다. 화타가 지은 약을 마시고 나서 진

등은 벌레 서 되를 토해냈는데, 그 벌레는 머리가 빨갛고 계속 꼬무락 거리는지라. 진등이 그 까닭을 물으니, 화타는 '이는 비린 생선을 많이 먹었기 때문에 생긴 독소인데, 이젠 나았으나 3년 뒤에 재발하면 구할 도리가 없소' 하더니, 과연 진등은 3년 만에 그 병이 재발해서 죽었습니다. 또 어떤 사람이 양미간에 혹이 생겨 가려워서 못 견디겠는지라 보였더니, 화타는 '혹 안에 날짐승이 있다'고 말하였습니다. 사람들은 다 웃고 믿지 않았습니다. 화타가 칼로 째니, 노란 참새 한 마리가 나와서 날아가버리고, 그 사람은 씻은 듯 나았으며, 또 어떤 사람은 개에게 발가락을 물렸는데, 물린 자리에 딱딱한 살이 두 개 솟아올라, 하나는 아프고 하나는 가려워서 견딜 수 없었더랍니다. 화타가 말하기를 '아픈 쪽에는 바늘 열 개가 들어 있고, 가려운 쪽에는 검고 흰 바둑돌 두 개가 들어 있다'고 했습니다. 사람들은 그 말을 믿지 않았으나, 화타가 칼로 째니, 과연 그의 말대로 바늘과 바둑돌이 들어 있었다고 합니다. 화타야 말로 참으로 편작扁鵲(춘추 시대의 명의), 창공倉公(전한 시대前漢時代의 명의인 순우의淳于意)과 견줄 만한 명의입니다. 그가 지금 금성金城 땅에 있고, 이곳에서 과히 멀지 않은데, 대왕은 어찌하여 그를 부르시지 않나이까."

조조는 곧 사람을 금성으로 보냈다. 이에 화타가 와서 조조를 진맥하고 말한다.

"대왕의 머리가 아픈 원인은 풍風으로 생긴 병이니, 이미 병근病根은 뇌수 속에 박혀 풍연風涎이 고였습니다. 탕약으로는 치료할 수가 없습니다. 저에게 한 가지 방법이 있으니, 먼저 마폐탕을 잡수시고, 그 후에 제가 날카로운 도끼로 두골을 열고 뇌수에 괸 풍연을 씻어내면, 가히 병의 뿌리를 없앨 수 있습니다."

조조가 격노한다.

명의 화타를 죽이려 하는 조조

"네가 과인을 죽일 작정이구나."

"대왕께서도 들어서 아시겠지만, 지난날 관운장이 독 바른 화살을 맞고 오른팔이 상했을 때, 제가 그 뼈를 긁어 독을 치료했는데, 관장군은 조금도 두려워하지 않았습니다. 그런데 대왕은 조그만 병인데도, 어찌 이리도 의심하십니까."

"팔이 아프면 뼈를 긁어낼 수도 있지만, 뇌수를 어찌 칼질한단 말이냐. 네가 관운장과 친했기 때문에, 이 기회에 내게 원수를 갚으려는 짓이 분명하다."

하고 조조는 좌우 무사를 불러 호령한다.

"이놈을 옥에 가두고, 실정을 토할 때까지 고문하여라."

가후가 간한다.

"이런 훌륭한 의원은 세상에 둘도 없습니다. 죽여서는 안 됩니다."

조조가 꾸짖는다.

"그놈이 기회로 알고 나를 살해하려는 짓이 바로 길평吉平과 같으니, 급히 당조짐하여라."

이에 화타는 옥에 갇혔다. 성이 오吳인 한 옥졸이 있으니, 사람들은 그를 오압옥吳押獄이라 불렀다. 오압옥은 날마다 화타에게 술과 음식을 대접하며, 극진히 공경했다.

화타는 은혜에 감심하고, 오압옥에게 말한다.

"나는 이번에 죽는다마는 『청낭서靑囊書』(의서)를 세상에 전하지 못하는 것이 한이다. 그대의 각별한 대우를 받았으나 갚을 길이 없는지라, 편지를 써줄 테니, 그대는 사람을 우리 집으로 보내어 편지를 전하고 『청낭서』를 받아오너라. 내 그대에게 책을 전하고 의술을 계승시키리라."

오압옥은 크게 감격했다.

"제가 그 책을 갖게 되면, 이 일을 버리고 천하의 병든 사람들을 치료하여 선생의 덕을 전하겠습니다."

화타는 편지를 써서 오압옥에게 줬다. 오압옥은 직접 금성의 화타 집으로 가서 편지를 전하고, 화타의 아내가 내주는 『청낭서』를 받아가지고 옥으로 돌아와 화타에게 바쳤다.

화타는 책을 살펴보고 나서 오압옥에게 주었다. 오압옥이 집으로 돌아가서 책을 간직한 지 열흘이 지났을 때, 화타는 마침내 옥에서 죽었다.

오압옥은 널을 사서 시체를 염하고 장사까지 잘 지내주고 난 뒤에, 옥졸직을 내놓고 『청낭서』를 공부하려고 집으로 돌아갔다.

집 안으로 들어서면서 보니, 아내는 『청낭서』에 불을 붙여 불쏘시개로 쓰는 중이었다. 깜짝 놀란 그는 단숨에 쫓아가서 황망히 끌어냈으나, 아궁이에서 나온 책은 이미 다 타버리고 겨우 두 장이 남아 있었다.

오압옥은 화가 나서 마구 욕하는데, 아내가 말대답한다.

"그런 걸 배워서 화타처럼 의술에 신통하게 된대도 결국은 옥에 갇혀 죽기나 할 테니, 그깟 것이 무슨 소용 있단 말이오."

오압옥은 연방 탄식만 하다가 말았다.

이리하여 『청낭서』는 세상에 전해지지 못했고, 겨우 전해진 것이라고는 불알을 까서 닭과 돼지를 살찌게 하는 조그만 방법뿐이었으니, 이는 그 타고 남은 책장에 적혀 있던 것이다.

후세 사람이 화타를 찬탄한 시가 있다.

> 화타의 신비한 의술은 장상군長桑君과 견줄 만하여
> 정신으로써 남의 집 담 안을 환히 보는 듯했도다.[1]
> 슬프다, 사람도 죽고 책도 또한 없어졌으니
> 후세 사람은 『청낭서』를 다시 보지 못하네.
> 華陀仙術比長桑
> 神識如窺垣一方
> 趣刴人亡書亦絶
> 後人無復見靑囊

조조는 화타를 죽인 후로 병이 악화되었다. 또 오와 촉에 대한 일로 근심이 겹쳐서 걱정하는데, 신하가 들어와서 아뢴다.

"동오에서 사자가 서신을 가지고 왔습니다."

---

1 춘추 시대의 장상군이 편작에게 의술을 전했는데, 편작은 담 너머 사람도 환히 알아보았으므로, 환자의 오장육부도 투시했다는 고사가 있다.

조조가 불러들이고 서신을 받아보니, 그 대략에 하였으되,

신臣 손권은 오래 전부터 천명이 왕께 내리신 줄로 아오니, 엎드려 바라건대 속히 천자의 자리를 잡으시고, 장수를 보내어 유비를 쳐 없애고, 양천(동천·서천)을 소탕하시면, 신은 곧 모든 아랫사람을 거느리고 강남 일대를 바치고 항복하겠나이다.

조조는 껄껄 웃고, 모든 신하들에게 서신을 보이며 말한다.

"이 아이가 나더러 화롯불(한나라는 화덕火德으로 일어났으므로, 이는 한 황실을 말한 것으로도 해석할 수 있다) 위에 앉으라고 하는 것이 아니냐."

시중侍中인 진군陳群 등이 아뢴다.

"한나라 황실은 이미 쇠약하고 전하의 공덕은 높고 높아서 천하 백성이 대위大位에 오르시기를 우러러 바라며, 이제 손권이 신하라 일컫고 복종하겠다고 하니, 이는 하늘의 뜻에 응함이며 모든 사람들이 한결같이 원하는 바입니다. 전하는 마땅히 하늘의 뜻을 받고 백성의 소원을 따라 속히 대위에 오르소서."

조조는 웃는다.

"내가 오랫동안 한을 섬겨 많은 공덕을 백성에게 끼쳤으나, 이제 나는 왕의 지위에 앉아 명성과 벼슬이 높으니, 이 이상 어찌 딴생각을 품으리요. 진실로 천명이 내렸다면, 과인은 주周 문왕文王이나 되리라." 주 문왕은 끝까지 은나라를 섬겼고, 그 아들 주 무왕 대에 이르러 천자가 되었다. 조조는 스스로 천자가 될 생각은 없고, 그 아들이 천자가 되기를 바란다는 뜻이다.

사마의가 아뢴다.

"이제 손권이 신하라 일컫고 따르니, 왕께서는 벼슬을 주어 유비를

막으라 하십시오."

조조는 머리를 끄덕이고 천자에게 표문을 올려, 손권을 표기장군驃騎
將軍 남창후南昌侯로 봉하여 형주를 다스리도록 하게 하고, 칙사를 동오
로 보내어 천자의 조서를 전하게 했다.

날이 갈수록 조조의 병세는 더 악화되었다.

어느 날 밤에 조조는 말 세 마리가 한 구유통에서 죽을 먹는 꿈을 꾸
었다.

새벽이 되자, 조조는 가후에게 묻는다.

"과인은 오래 전에, 말 세 마리가 한 구유통에서 말죽 먹는 꿈을 꾸었
는데, 그때는 혹 마등馬騰 부자(마등, 마휴馬休, 마철馬鐵)가 큰일을 저지
르지나 않을까 의심이 나서 그들을 다 죽여버렸지만, 어젯밤에 또 세 마
리 말이 한 구유통에서 말죽 먹는 꿈을 꾸었으니 이 무슨 징조일까?"

가후가 대답한다.

"녹마祿馬(녹은 복福이니 복 많은 말)는 길한 징조입니다. 그 복 많은
말이 조槽(조조曹操의 조曹 자와 구유통이라는 조槽 자는 음이 같다)로
모였으니 크게 길한 징조입니다. 대왕은 뭣을 의심하십니까."

조조는 가후의 말을 믿고 안심하였다. 그러나 말 세 마리는 사마의 · 사
마사司馬師 · 사마소司馬昭 세 사람이니, 조曹씨는 결국 그들 사마씨에 의해서 망
한다.

후세 사람이 이 일을 읊은 시가 있다.

　　말 세 마리가 한 구유통에 있는 꿈은 보통 일이 아니건만
　　진나라 기초가 벌써 시작된 것을 몰랐구나.
　　간특한 영웅 조조는 쓸데없는 계략만 품었을 뿐
　　사마사가 바로 그 사람일 줄이야 어찌 알기나 하였으리요.

三馬同槽事可疑

不知已植晋根基

曹瞞空有奸雄略

豈識朝中司馬師

이날 밤에 조조는 침실에 누웠는데, 2경 때부터 현기증이 났다. 조조는 눈앞이 캄캄해서 겨우 일어나 안상에 엎드려 있는데, 갑자기 전내殿內에서 비단을 찢는 듯한 소리가 난다. 조조가 놀라 보니, 복황후伏皇后, 동귀인董貴人과 두 황자와 복완伏完, 동승 등 20여 명이 온몸이 피투성이가 된 채로 우울한 구름[愁雲] 속에 서서 '내 목숨을 돌려달라!'며 외치는 소리가 은은하게 들려온다.

조조는 급히 칼을 뽑아 허공을 향하여 마구 치는데, 갑자기 큰소리가 나면서 정전正殿 서남쪽 한 구석이 무너지는 바람에 놀라 나자빠졌다. 가까이 모시는 신하들이 달려와서 조조를 구출하여 별궁으로 모시고 병을 조섭하게 하였다.

이튿날 밤에도 또 전각 바깥에서 남자와 여자들의 곡성이 그치지 않고 들려왔다.

새벽이 되자 조조는 모든 신하들을 불러들였다.

"과인이 30여 년을 전쟁 속에 달렸지만, 괴상하고 이상한 일이라고는 한 번도 믿지 않았는데, 요즘은 이게 웬일이냐?"

모든 신하들이 아뢴다.

"대왕은 도사들에게 기도하여 살풀이를 하라 명하십시오."

"성인(공자孔子)이 말하되 '하늘에 죄를 지은 자는 기도하여도 소용이 없다'고 했으니, 과인의 목숨이 이제 다하였거늘 어찌 구원을 바라리요."

탄식하고, 끝내 살풀이를 말라 했다.

이튿날, 조조는 병 기운이 가슴에 치밀어 오르자 눈앞이 보이지 않아서, 급히 상의하려고 하후돈을 불러오라 했다.

하후돈이 정전 문 앞까지 왔을 때였다. 문득 보니 복황후, 동귀인과 두 황자와 복완, 동승 등이 우울한 구름 속에 서 있는지라, 하후돈이 크게 놀라 쓰러져 기절하니, 좌우 사람들이 부축해서 나갔다. 이때부터 하후돈도 병들어 눕게 됐다.

조조는 조홍, 진군, 가후, 사마의 등을 들라 하여 침상 가까이 오게 하고 뒷일을 부탁하려는데, 조홍 등이 머리를 조아린다.

"대왕은 옥체를 잘 보중하소서. 머지않아 완쾌하리다."

조조가 말한다.

"과인이 30여 년 간 천하를 종횡으로 달려 모든 영웅은 다 멸망하고, 남은 것이라고는 강동의 손권과 서촉의 유비뿐인데, 그들을 없애버리기도 전에, 과인은 이제 병이 위중하여 다시 경들과 서로 의논할 기회가 없었기에, 특히 집안일을 부탁하노라. 과인의 장자 조앙曹冷은 유劉씨 소생인데 불행하여 젊은 나이로 완성宛城에서 죽었고, 이제 변卞씨가 낳은 네 아들이 있으니, 비丕와 창彰과 식植과 웅熊이라. 과인이 평생 사랑한 셋째 아들 조식은 사치스럽고 좀 성실하지 못하며 술을 좋아하고 방종하니 세자로 세울 수 없으며, 둘째 아들 조창은 용기는 있으나 지혜가 없고, 넷째 아들 조웅曹熊은 병이 많아 늘 앓으니 앞날을 보장하기 어렵고, 오직 맏아들 조비가 열심이고 도량이 너그럽고 공손하고 치밀하여, 가히 나의 업적을 계승할 만한지라. 경들은 그를 잘 보좌하라."

조홍 등은 울며 분부를 받고 물러나갔다.

조조는 가까이 있는 신하를 시켜 평소 간직하고 있던 좋은 향을 가져오라고 하여, 모든 시첩에게 나누어주고 유언한다.

"내 죽은 뒤에 너희들은 부지런히 여공女工을 익히고, 실로 뜨는 신[絲履]이라도 많이 만들어서 팔면, 가히 자급자족은 하리라."

또 모든 첩들에게,

"그대들은 되도록 동작대銅雀臺에 살면서 매일 내게 제사를 지내되, 반드시 여자 악공들을 시켜 음악을 연주하고 상식상上食床을 올려라."

하고 조조는 계속 유언한다.

"창덕부彰德府 강무성講武城 밖에다 무덤 72개를 만들고, 어느 무덤에 내가 묻혔는지를 세상이 모르게 하여라. 후세 사람이 내가 묻힌 곳을 알면 혹 파낼까 두렵다."

유언을 마치자 길이 탄식하고 눈물이 비 오듯한다. 이윽고 숨이 끊어져 죽으니, 이때 조조의 나이는 66세요, 때는 건안 25년(220) 봄 정월이었다.

후세 사람이 조조를 탄식한 「업중가鄴中歌」가 있다.

성은 바로 업성이요, 물은 장수니
반드시 특이한 인물이 이곳에서 일어나리라.
영웅의 계략과 시를 짓는 일도 문장의 마음이니
임금과 신하며 형과 아우요, 또한 아버지와 아들 간이더라.
영웅이란 세속 사람과 원래 다르니
어찌 사람들의 눈길을 따라 출몰하리요.
큰 공을 세우는 거나 큰 죄를 짓는 것은 종이 한 장 사이니
후세에 욕을 먹고 칭찬을 듣는 것도 근본은 사람이 하는 일이라.
글에는 정신이 들어 있고 기상은 패기가 넘치니
어찌 시시한 보통 사람이 될 수 있으리요.
흐르는 물가에 대를 쌓아 태행太行과 사이를 두고

기운과 이치와 형세가 서로 맞겨루는 판이라.

어찌 이러한 사람이 역적질할 생각이 없을지며

작게는 패권을 잡거나 크게는 왕이 되지 않으리요.

패왕으로서 아녀자의 울음을 우니

가득한 불평을 어쩔 수 없었도다.

기도를 드려도 소용없다는 것을 너무나 잘 알았고

첩들에게 향을 나눠주었으니 인정이 없다고는 못하리로다.

오호라!

옛사람은 일을 할 때 크고 작은 것을 분간하지 않았으니

적막도 호화도 다 속뜻이 있었도다.

책상물림들이 무덤 속 사람을 경솔히 논평하면

무덤 속의 사람은 너희들을 철부지라고 웃으리라.

城則橙城水仰水

定有異人從此起

雄謀韻事與文心

君臣兄弟而父子

英雄未有俗胸中

出沒豈隨人眼底

功首罪魁非兩人

遺臭流芳本一身

文章有神覇有氣

豈能苟爾化爲群

橫流築臺距太行

氣與理勢相低昂

安有斯人不作逆

小不爲覇大不王

覇王降作兒女鳴

無可奈何中不平

請禱明知非有益

分香未可謂無情

嗚呼

古人作事無鉅細

寂寞豪華皆有意

書生輕議塚中人

塚中笑爾書生氣

조조가 죽자 문무 백관들은 모두 초상 치를 준비를 하며 통곡하고, 세자 조비와 언릉후瘀陵侯 조창과 임치후臨淄侯 조식과 소회후蕭懷侯 조웅曹熊에게 부음을 보냈다. 그리고 조조를 염하여 금관金棺 은곽銀槨에 넣어, 영구를 모시고 밤낮을 가리지 않고 업군으로 간다.

조비는 부친이 죽었다는 소식을 듣자 방성통곡하며 대소 관원들을 거느리고 업성 10리 밖까지 나와서 길이 엎드려 부친의 상여를 영접하고, 성으로 들어가서 편전에 모신다. 그는 모든 관료들과 함께 상복을 입고, 편전 위에 모여 서서 우는데, 문득 한 사람이 썩 나서며 청한다.

"세자는 그만 슬퍼하시고, 곧 대사를 의논하십시오."

모든 사람들이 보니, 바로 중서자中庶子인 사마부司馬孚였다.

사마부가 계속 말한다.

"위왕이 승하하셨음에 천하가 진동하니, 속히 왕위를 계승하고 모든 마음을 안정시켜야 하거늘, 어찌 울고만 있소?"

모든 신하들이 대신 대답한다.

위왕이 된 조비. 검을 들고 있는 진교와 조칙을 올리는 하흠

"세자께서 마땅히 왕위를 계승하셔야 하지만, 아직 천자의 조명詔命을 받지 못했으니 어찌 갑자기 할 수 있으리요."

병부상서兵部尙書 진교陳矯는,

"왕이 밖에서 승하하셨으니, 사랑하는 아들들이 각기 왕위를 계승한답시고 피차간에 변을 일으키면, 곧 사직이 위태롭소."

하고 칼을 뽑아 자기 도포 소매를 선뜻 베어 보이면서 위협한다.

"오늘로 세자께서 왕위에 오르시기를 청하노니, 이 중에 딴소리를 하는 자가 있으면, 이 도포 소매처럼 요정了定을 내리라."

문무 백관들은 송구해서 어쩔 줄을 모르는데, 허창許昌(허도)에서 화흠이 말을 달려왔다고 알린다. 모두가 크게 놀라는데, 이윽고 화흠이 들어온다. 모든 관원들이 온 뜻을 물으니, 화흠이 대답한다.

"위왕이 승하하사 천하가 진동하거늘, 왜 세자에게 청하여 빨리 왕위에 오르시도록 청하지 않소?"

모든 관원들이 대답한다.

"그러지 않아도 조명을 기다릴 수가 없어서, 왕후王后 변卞씨(조조의 아내)의 분부로 세자를 왕으로 삼으려는 참이오."

"내가 이미 한제漢帝에게서 조명을 받아가지고 왔으니, 그건 염려 마시오."

이 말을 듣자, 문무 백관들은 좋아 날뛰며 분분히 칭찬한다. 화흠은 어깨가 으쓱해서 품에서 조서를 내어 읽는다.

원래 화흠은 위魏에 아첨하는 인물이라, 스스로 조서를 만들고 헌제에게 가서 우격다짐으로 재가裁可를 청했던 것이다. 그래서 헌제는 하는 수 없이 조비를 위왕, 승상 기주목冀州牧으로 봉한다는 조서를 승인했던 것이다.

이리하여 조비가 그날로 왕위에 올라 대소 관료의 하례를 받고 축하 잔치를 하는 중에, 문득 언릉후 조창이 장안長安에서 10만 대군을 거느리고 왔다는 보고가 들어왔다.

조비가 깜짝 놀라 모든 신하들에게 묻는다.

"수염 노란 아우 놈이 평소 억세고 무예에 능통하더니, 이제 군사를 거느리고 먼데서 왔구나. 이는 반드시 나와 왕위를 다투려는 수작이니, 어찌하면 좋겠소?"

밑에서 한 사람이 분연히 나서며 대답한다.

"청컨대 신이 가서 언릉후를 만나보고, 단 한마디로 물리치겠습니다."

"그렇소. 대부가 아니면, 이 일을 담당할 사람이 없소."

하고 모든 관원들이 말하니,

조비, 조창 형제의 일을 구경하라.

거의 원씨 형제의 싸움과 같다.

試看曹氏丕彰事

幾作袁家譚尙爭

이 일을 담당하겠다고 나선 그 사람은 누구일까.

제79회

형은 동생에게 시를 짓도록 위협하고
한중왕은 양아들을 참하다

조비는 조창이 군사를 거느리고 왔다는 말을 듣고 놀라, 모든 관원들에게 대책을 묻는데, 한 사람이 썩 나서더니 '신이 가서 복종시키겠다'고 하는지라, 모두가 보니 그는 바로 간의대부諫議大夫 가규賈逵였다.

조비는 기쁜 마음으로 머리를 끄덕인다. 가규는 분부를 받고 성문을 나가서, 조창을 맞이하였다.

조창이 묻는다.

"선왕의 옥새는 어디 있소?"

가규가 정색하고 대답한다.

"집안에는 맏아들이 있고 나라에는 임금이 있는 법이니, 군후가 선왕의 옥새를 상관할 바 아니오이다."

조창은 가규와 함께 묵묵히 성안으로 들어가서 궁문 앞에 이르렀다.

가규가 묻는다.

"군후는 이번에 분상奔喪하러 오셨소, 아니면 왕위를 다투러 오셨소?"

"나는 분상하러 왔소. 별로 딴 뜻은 없소."

"딴 뜻이 없다면, 어찌 군사를 거느리고 오셨소?"

조창은 즉시 좌우 군사들을 꾸짖어 물러가라 한다. 그는 혼자서 궁 안으로 들어가 조비를 뵙고, 서로 얼싸안고 방성통곡하며, 자기가 거느리고 온 군사를 모조리 바쳤다. 조비가 조창에게 언릉鄢陵 땅으로 돌아가서 지키라 하니, 조창은 하직하고 돌아갔다.

이에 조비는 왕위에 편안히 있으면서, 건안 25년을 개원하여 연강延康 원년이라 하고, 가후를 태위太尉로, 화흠을 상국相國으로, 왕낭王朗을 어사대부御史大夫로 삼았으며, 대소 관료들을 승진시키거나 아니면 상을 주었다. 죽은 조조에게 무왕武王이라는 시호를 드리고, 업군 고릉高陵에 장사지낸 다음, 우금에게 능陵 일을 총감독하라 했다.

우금이 명령을 받고 고릉에 이르러, 왕릉王陵 안 방에 들어가보니, 하얀 분벽粉壁에는 관운장이 7군을 강물로 휩쓸어버리고 우금을 사로잡던 지난날의 광경을 그렸는데, 관운장은 엄연히 윗자리에 앉아 있고, 방덕은 분노하여 굽히지 않는데, 우금은 땅에 엎드려 목숨만 살려달라고 애걸하는 장면이었다.

원래 조비는 우금이 싸움에 지고 사로잡힌 후에도 능히 죽음으로써 절개를 지키지 못하고 항복한 후 다시 돌아온 데 대해 마음으로 더러운 놈이라 치부했기 때문에, 미리 사람을 시켜 왕릉 속 방[陵室]에다 그런 그림을 그리게 하고, 일부러 우금을 그리로 보냈던 것이다.

우금은 그림에 나타난 자기 꼴을 보자 부끄럽고 괴로워서 분한 기운을 삭이지 못하다가, 마침내 얼마 뒤 병들어 죽었다.

후세에 사람이 우금을 탄식한 시가 있다.

30년 동안을 사귄 사이지만
가엾구나! 위기에 몰리자 조씨에게 충성을 못했도다.

사람을 알아도 아직 그 마음을 몰라주고서

범을 그리되 그 속뼈까지 까뒤집어놨도다.

三十年來設舊友

可憐臨難不忠曹

知人未向心中識

畫虎今從骨裡描

화흠이 조비에게 아뢴다.

"언릉후는 군사를 내놓고 자기 나라로 돌아갔지만, 임치후 조식과 소회후 조웅 두 사람은 끝내 분상하러 오지 않으니, 이치로도 마땅히 그 죄를 물어야 합니다."

조비는 머리를 끄덕이고, 두 사자를 두 곳으로 보내어 문죄問罪했다.

하루가 지나, 소회蕭懷에 갔던 사자가 돌아왔다.

"소회후 조웅은 자기 죄에 겁을 먹고 스스로 목을 매어 자살했습니다."

이에 조비는 성대히 장사를 지내주라 하고, 소회왕蕭懷王으로 추증하였다.

다시 하루가 지나자 임치에 갔던 사자가 돌아왔다.

"임치후는 정의丁儀, 정이丁廙 형제 두 사람과 함께 잔뜩 취하여 건방지게 굴고 있었습니다. 신이 들어가서 분부를 전하자, 임치후는 단정히 앉아 꼼짝을 않는데, 정의가 '지난날 선왕께서는 우리 주인을 세자로 삼을 작정이셨는데 간신들이 참소하여 방해하였거니와, 이제 선왕께서 세상을 떠나신 지도 얼마 되지 않았는데 친형제에게 문죄하는 법이 어디 있다더냐!' 하며 욕질을 하고, 또 정이는 '우리 주인은 세상에서 가장 총명한 분이시라, 왕위를 계승해야 마땅하거늘, 이제 이러고 계시니 그래 너희들 묘당의 신하들은 어찌 이리도 인재를 못 알아보느냐!' 하니,

그 바람에 임치후는 크게 노하여 무사들을 시켜 신을 몽둥이로 마구 때려 내쫓았습니다."

조비는 보고를 듣고 버럭 화를 내며, 즉시 허저에게 명령한다.

"호위군虎衛軍 3천 명을 거느리고 속히 임치 땅으로 가서, 조식 등 천 명을 사로잡아오너라."

허저는 명령을 받고 군사를 거느리고 갔다.

허저가 임치성으로 들어가려는데, 성문 지키는 장수가 앞을 가로막는다. 허저가 그 자리에서 그를 베어 죽이고 바로 성안으로 들어가니, 감히 나와서 대드는 자가 없었다.

바로 부중 당堂에 이르러 보니, 조식은 정의, 정이 형제와 함께 술에 진창 취해 쓰러져 있었다. 허저는 취해 자빠진 그들을 몽땅 결박하여 수레에 싣고, 아울러 대소 관리들을 모조리 잡아 업군으로 돌아와서 조비의 명령을 기다렸다.

조비는 우선 정의, 정이 형제와 그 나머지 사람들까지 모조리 죽이도록 명령을 내렸다.

정의의 자는 정례正禮요 정이는 선례先禮니, 그들 형제는 패군 땅 출신으로 당대 유명한 문사였기 때문에, 죽음을 당하자 애석해하는 사람들이 많았다. 이때 조비의 어머니 변씨는 아들 조웅이 목을 매어 자살했다는 소식을 듣고 매우 슬퍼하던 참인데, 이번엔 조식이 또 붙들려오고, 그 일당인 정의 등이 죽음을 당했다는 말을 듣자 크게 놀라, 급히 내전에서 나왔다.

조비는 내전에서 나오는 어머니를 보자, 황망히 가서 절한다.

변씨는 울면서 조비에게 말한다.

"네 동생 식이 평소에 술을 좋아하고 미친 체하는 것은, 자기 가슴속 재주를 믿기 때문에 방종함이라. 네가 형제간의 정을 생각하고 그 목숨을 살려주면, 나는 저승에 가서라도 눈을 감을 수 있겠다."

"소자가 그의 재주를 깊이 사랑하는 터이온데, 어찌 살해할 리가 있겠습니까. 다만 그 버릇을 가르치려는 것뿐입니다. 모친은 근심 마소서."

변씨는 흐느껴 울면서 내전으로 돌아갔다.

조비는 편전으로 나가서 조식을 불러들이는데, 곁에서 화흠이 묻는다.

"조금 전에 태후께서 나오셨는데, 전하께 자건子建(조식의 자)을 죽이지 말라 사정하시지나 않습디까?"

"그렇게 말씀하셨소."

"자건은 재주와 지혜를 품은 자이니, 끝내 가만히 있을 인물이 아닙니다. 속히 없애버리지 않으면 반드시 후환이 있으리다."

"모친의 명령을 어길 수는 없지 않소."

"사람들이 말하기를, 자건은 입만 벌리면 문장이 나온다고 하지만, 신은 곧이 믿지 않습니다. 주상께서는 그를 불러들여 재주를 시험하여, 못하거든 곧 죽여버리고 잘하거든 귀양을 보내어, 천하 문인들의 입부터 틀어막으십시오."

조비는 화흠의 말에 머리를 끄덕인다.

이윽고 조식이 황공한 자세로 들어와서 꿇어 엎드려 사죄한다.

조비가 굽어보고 말한다.

"정리로 말하면 나와 너는 형제간이지만, 의리로 말하면 임금과 신하간이니, 너는 어찌 감히 재주만 믿고 예의를 업신여기느냐. 선군先君께서 생존하셨던 지난날에 너는 늘 사람들 앞에서 문장을 자랑했지만, 나는 네가 딴사람의 대필을 빌려다가 제 글인 양 행세하는 줄로 의심해왔다. 이제 너에게 일곱 걸음을 걷는 동안에 시 한 수를 지어 읊도록 분부하노니, 과연 지으면 살려줄 것이요, 짓지 못하면 거짓으로 알고 용서하지 않으리라."

조비 앞에서 시를 짓는 조식

"바라건대 제목을 주소서."

이때 정전 위에는 수묵화가 걸려 있었다. 그 그림은 두 마리 소가 흙 담 밑에서 싸우다가, 그 중 한 마리가 우물에 빠져 죽는 광경을 그린 것 이었다.

조비가 그림을 가리킨다.

"저 그림으로 제목을 삼되, 두 마리 소가 담 밑에서 싸웠다二牛鬪墻下 든가, 그 중 한 마리가 우물에 떨어져 죽었다一牛墜井死는 식의 상식적인 말을 써서는 안 된다."

이에, 조식은 일곱 걸음을 걷는 동안에 이미 시를 지어 부르니,

　　두 살[肉]이 동시에 길을 가는데

머리 위에 요凹뿔이 달렸다.

철凸산 밑에서 만나

갑자기 달려 서로 싸우도다.

두 적이 다 굳세지 못해서

한 살[肉]은 토굴에 드러누웠다.

이는 힘이 없어서 그런 것이 아니고

넘치는 기운을 풀지 못한 때문이더라.

兩肉齊道行

頭上帶凹骨

相遇凸山下

4起相蓆突

二敵不俱剛

一肉臥土窟

非是力不如

盛氣不泄畢

조비와 모든 신하들은 놀랐다. 그러나 이 정도로 그만둘 조비가 아니었다.

"일곱 걸음에 시를 지었으나, 나는 별로 빨리 지었다고는 생각하지 않는다. 너는 제목을 받는 즉시로 시 한 수를 지을 수 있겠느냐?"

"바라건대 제목을 주소서."

"나와 너는 형제간이니 형제로 제목을 삼되, 형이니 동생이니 그런 뻔한 글자는 쓰지 마라."

조식은 주저하는 빛도 없이 즉석에서 시를 지어 부른다.

콩을 찌는데 콩깍지로 불을 지피니

콩은 가마솥에서 소리내어 우는도다.

원래는 한 뿌리에서 나서 함께 자랐거니

왜 이다지도 급히 볶아대느냐.

煮豆燃豆箕

豆在釜中泣

本是同根生

相煎何太急

조비는 조식의 시를 듣자, 자기도 모르게 주르르 눈물이 흐른다. 모친인 변씨가 내전에서 나오며 말한다.

"형은 왜 아우를 이처럼 괴롭히느냐?"

조비는 황망히 자리에서 내려와,

"나라의 법을 폐할 수는 없습니다."

하고 조식을 안향후安鄕侯로 관등을 깎아 내리니, 조식은 하직의 절을 하고 말에 올라 떠나갔다.

조비는 왕위를 계승한 후로 법령을 일신하고, 한나라 천자께 위세를 부리며 윽박지르기를 제 아비보다도 심하게 굴었다.

이러한 사실은 즉시 첩자에 의해서 성도로 보고되었다. 한중왕은 보고를 듣자 크게 놀라, 문무 관원들과 함께 상의한다.

"조조는 이미 죽었고, 조비가 그 자리를 계승하여 천자를 윽박지르기를 조조보다도 심하게 하고, 그런가 하면 동오의 손권은 두 손을 끼고 신하로서 행세한다 하니, 과인은 먼저 동오를 쳐서 관운장의 원수부터 갚고, 다음에 중원으로 쳐들어가서 역적 놈들을 소탕할 작정이오."

말이 끝나기도 전에 요화가 앞으로 나와 절하고 통곡한다.

"관운장 부자가 살해당한 것은 실로 유봉과 맹달의 죄입니다. 바라건 대 그 두 놈부터 죽이소서."

유현덕은 곧 사람을 보내어 두 놈을 잡아오라 하는데, 공명이 간한다.

"그러면 안 됩니다. 이 일은 천천히 도모해야지, 급히 서두르면 변變 이 생깁니다. 그러니 두 사람을 군수郡守로 승진시켜 따로 떼놓은 뒤에 사로잡으소서."

마침내 유현덕은 공명의 말대로 유봉을 면죽綿竹 땅 태수로 승진 도 임케 하고, 맹달을 상용上庸 땅 태수로 승진시켜 그냥 그곳에 유임케 한 다는 전지를 내리고 사자를 떠나 보냈다.

그런데 팽양彭@은 원래 맹달과 매우 친한 사이였다. 팽양은 이 일을 듣자마자, 급히 집으로 돌아가 서신을 써서 심복 부하에게 주며,

"이 편지를 속히 맹달께 갖다 드려라."

하고 떠나 보냈다.

팽양의 심복 부하가 성도 남문을 나가다가 마침 순찰 돌던 마초의 군 사들에게 붙들렸다. 마초는 그자를 심문하고, 그 서신을 읽은 후에 팽양 의 집을 방문했다.

팽양은 마초를 영접해 들이고 술상을 차려오라고 하여 함께 여러 순 배를 나눴을 때였다.

마초가 슬쩍 수작을 건다.

"지난날에는 한중왕이 귀공을 끔찍이 대우하더니, 요즘은 어쩐 일인 지 귀공을 너무 박대하더군요."

취한 팽양은 원한을 털어놓는다.

"그 늙고 망령된 자를 내 반드시 보복할 작정이오."

마초는 한술 더 떠본다.

"실은 나도 원한이 쌓인 지 오래요."

"그럼 됐소. 귀공은 본부군을 일으켜 밖으로 맹달과 긴밀히 짜시오. 나는 양천兩川 군사를 거느리고 안에서 호응하겠소. 그러면 큰일을 도모할 수 있소."

"선생의 말씀이 매우 마땅하니, 내 내일 다시 와서 상의하리다."

마초는 팽양의 집에서 돌아오는 길로 그 심부름꾼을 이끌고 한중왕에게 가서 서신을 바치며 자세한 내막을 고했다. 유현덕이 격노하여 팽양을 잡아오라고 하여 옥에 가두고 이실직고하라 고문하니, 팽양은 옥중에서 후회하나 무슨 소용이 있으리요.

유현덕이 공명에게 묻는다.

"팽양이 모반할 뜻을 품었다니 어떻게 처벌할까요?"

"비록 미친 자라고 하지만 그냥 두면 언젠가는 또 변을 일으키리다."

유현덕은 팽양에게 죽음을 내렸다. 팽양이 죽음을 당했다는 소식은 즉시 상용 땅 맹달에게 전해졌다. 너무나 놀란 맹달은 당황하면서, 이러한 사태가 일어나지 않도록 미리 조처하지 못한 것을 탄식했다.

이때 마침 한중왕의 사신이 당도하여 유봉에게 분부를 내린다.

"면죽 태수로 승진시키노니, 즉시 부임하라는 명령이오."

그날로 유봉은 맹달과 작별하고 상용 땅을 떠나 면죽으로 갔다.

혼자 남은 맹달은 황망히 상용, 방릉房陵의 도위都尉인 신탐申耽, 신의申儀 형제를 초청하고 상의한다.

"나와 법정은 한중왕을 위해 많은 공로를 세웠는데, 법정이 이미 죽어서 없고 보니, 한중왕은 나의 전날 공로는 잊어버리고 도리어 나를 살해하려 하네. 이 일을 어찌하면 좋겠는가?"

신탐이 대답한다.

"한 가지 계책이 있으니, 한중왕이 귀공에게 손을 쓰지 못하도록 하

184

리다."

맹달은 안도하며 급히 묻는다.

"그 계책을 들려주게."

신탐이 대답한다.

"우리 형제는 전부터 위魏에 가서 투항할 생각이었지요. 귀공은 하직하는 표문을 지어 한중왕에게 보내고, 먼저 위왕 조비에게 가서 투항하십시오. 조비는 반드시 환영할 것입니다. 물론 우리도 곧 뒤따라가서 투항할 작정입니다."

맹달은 순간 크게 깨닫고, 즉시 표문을 지어 사자에게 주고, 그날 밤으로 말 탄 부하 50여 명을 거느리고 위나라로 떠나갔다.

사자는 표문을 가지고 성도로 돌아가서 한중왕에게 보고한다.

"맹달이 위로 투항해갔습니다."

한중왕이 크게 노하여 그 표문을 보니,

신 맹달은 엎드려 생각건대, 전하께서는 장차 이伊 · 여呂(건국 공신인 상商나라 이윤伊尹과 주周나라 여상呂尙의 약칭)의 공업을 세우고 환桓 · 문文(춘추 시대 패후覇侯인 제齊 환공桓公과 진晉 문공 文公의 약칭)의 공로를 본받고자 천하 대사를 처음으로 일으키고, 오吳 · 초楚(양자강 유역)에서 형세를 벌릴새, 그러므로 유능한 인사들이 사방에서 덕망을 따라 모여든지라. 신은 전하에게 몸을 맡긴 이래로 잘못한 허물이 산 같음을 스스로 알고 있거니와, 하물며 전하께서는 오죽 잘 아시리까. 이제 왕조王朝에는 영특하고 뛰어난 인재들이 구름처럼 모였건만, 신은 안으로 보좌할 만한 지혜가 없으며 밖으로는 군사를 지휘할 만한 장수의 재질이 없는 몸으로서, 공신들의 열에 끼어 있음을 진실로 부끄러워하노이다. 신이 듣건대 범여范蠡[1]는 기회를 알아 오호五湖에 배를 띄웠으며, 구범舅犯[2]은 지난날을 생각하고 앞날을 위해 사죄하고 강을 따라 소요했다 하니, 자고로 성공하였을 때 물러가는 뜻은 무엇입니까. 나아가고 물러서는 한계를 깨끗이 하고자 함입니다. 더구나 신은 원래 무능하여 큰 공훈도 없이 시간만 보내는 처지이기에, 옛 어진 인물들의 고사를 사모하는 동시, 장차 닥쳐올 수치도 미리 생각하게끔 되었습니다. 옛날에 신생申生[3]은 지극한 효자였으나 부모에게 미움을 샀으며, 오자서伍子胥[4]는 지극한 충신이었으나 임금에게 죽음을 당했으며, 몽념蒙恬[5]은 변방을 개척했으나 큰 형벌을 입었으며, 악의樂毅[6]는 제齊나라를 격파했으나 중상모략을 당했습니다. 신은 그들에 관한 책을 읽을 때마다 비분 강개하여 울었더니, 이제 직접 이런 일을 당하고 본즉 더욱 슬프고 가슴 아프나이다. 근자에 형주가 패하여 함락됐을 때는, 제법 벼슬 높은 책임자들도 절개를 굽혀 백 명에 하나도 돌아온 자가 없었으나, 다만 신은 스스로 방릉 땅과 상용 땅을 완전히 지켜 이제 돌려드리고 스스로 떠나오니 엎드려 바라건대, 전하께서는 느끼고 깨달으사 신의 심정을 불쌍히 여기시고, 떠나는 이 몸을 슬피 여기소서. 신은 진실로 소인이라, 능히 시종여일始終如一하지 못하여, 이런 줄 알면서도 떠나니 어찌 감히 죄가 없다 하리까. 신은 매양 듣건대 '교제를 끊을지라도 욕하는 말이 없고, 신하를 떠나 보내되 원망하는 말이 없다'고 하더이

1 춘추 시대 초楚나라 사람. 오吳를 토멸討滅했으나 벼슬을 버렸다.
2 춘추 시대 진晉나라 대부로 이름은 호언狐偃이다. 그도 진 문공을 도와 공을 이루자 떠났다.
3 춘추 시대 진晉 헌공獻公의 아들. 계모 여희의 계략으로 누명을 쓰고 자살했다.
4 춘추 시대 초楚나라 사람. 월越나라를 크게 격파했지만, 모략에 걸려 자살했다.
5 진 시황을 섬긴 대장군. 싸움에 이기고 장성長城을 쌓아 큰 공을 세웠으나, 모략에 걸려 역시 자살했다.
6 전국 시대 연燕나라 사람. 제齊나라를 격파했으나 결국은 망명객 신세가 되었다.

다. 신은 허물이 많아 군자의 가르침을 받들지 못하나, 바라건대 전하께서는 이를 힘쓰소서. 신은 황공함을 견디지 못하겠나이다.

유현덕은 표문을 읽고서 크게 노한다.

"되지못한 자가 나를 배반하고, 어찌 감히 또 나를 글로 희롱한단 말이냐."

유현덕이 즉시 군사를 일으켜 맹달을 사로잡으려 하는데, 공명이 말한다.

"군사를 보낼 것 없이, 유봉에게 맹달을 사로잡으라는 명령을 보내시고, 두 범이 서로 싸우게 하십시오. 유봉은 이기거나 지거나 간에 반드시 성도로 돌아올 것인즉, 그때에 없애버리면 두 사람을 다 처치할 수 있습니다."

유현덕은 그 말대로 곧 사신을 면죽 땅으로 보내어 유봉에게 명령을 내렸다. 이에 유봉은 명령을 받아 군사를 거느리고 맹달을 잡으러 떠나갔다.

한편 조비가 문무 신하들을 모으고 앞일을 상의하는데, 문득 신하 한 사람이 들어와서 아뢴다.

"촉의 장수 맹달이 항복해왔습니다."

조비가 데리고 오라고 하여 묻는다.

"네가 여기 온 건 거짓 항복을 하려는 게 아니냐?"

맹달이 대답한다.

"신은 관운장이 위급했을 때 돕지 않았기 때문에, 한중왕이 신을 죽이려 하므로, 겁이 나서 항복하러 온 것입니다. 결코 딴 뜻은 없습니다."

조비는 그래도 의심하는데, 아랫사람이 들어와서 고한다.

"유봉이 군사 5만 명을 거느리고 양양으로 와서, 맹달 하나만 죽이겠다며 싸움을 건다는 보고가 왔습니다."

조비는 맹달에게 말한다.

"네가 진심으로 항복한다면, 곧 양양에 가서 유봉의 목을 베어오너라. 그래야만 너를 믿겠다."

"신이 가서 이해로써 타이르면, 군사를 출동하지 않아도 유봉 또한 항복하리다."

조비가 매우 흡족해하며, 마침내 맹달을 산기상시散騎常侍 건무장군建武將軍 평양정후平陽亭侯로 삼고, 신성新城 태수로 가서 양양과 번성을 지키게 하니, 원래 하후상과 서황은 이미 양양에 있으면서 바로 상용 일대의 모든 군을 쳐서 차지하던 참이었다.

맹달은 양양에 이르러 하후상, 서황 두 장수에게 인사를 마치고, 성에서 50리 떨어진 곳에 유봉이 영채를 세우고 있다는 것을 탐지한 뒤에, 곧 한 통의 서신을 써서, 사람을 시켜 보냈다. 그 서신은 유봉에게 항복을 권하는 내용이었다.

유봉이 서신을 받아보고서,

"이 도둑놈이 나에게 숙부(관운장)와 조카 간의 의리를 저버리게 하더니, 이젠 우리 부자간 정리마저 이간하여 나를 불충불효한 사람으로 만들 작정이구나."

하고 마침내 서신을 찢고 사자를 참했다.

이튿날, 유봉은 군사를 거느리고 가서 싸움을 걸었다.

맹달은 유봉이 서신을 찢고 사자를 참한 것을 알자 잔뜩 분노하여 또한 군사를 거느리고 나와서, 서로 둥글게 진영을 벌였다.

이에 유봉이 말을 타고 문기 아래로 나서서 칼을 들어 맹달을 가리키며 저주한다.

"나라를 배반한 역적아! 네 어찌 감히 되지못한 서신을 보냈느냐!"

맹달이 대답한다.

"네 머리 위에 죽음이 닥쳐왔거늘, 그래도 정신을 못 차리고 이러느냐?"

유봉이 화를 못 이겨 말에 박차를 가하고 칼을 휘두르며 서로 어우러져 싸운 지 불과 3합에 맹달이 패하여 달아난다. 유봉이 이긴 김에 20여 리를 뒤쫓아갔을 때였다. 갑자기 함성이 일어나면서 복병이 일제히 뛰어나오니, 왼쪽에선 하후상이 쳐들어오고, 오른쪽에선 서황이 쳐들어오고, 달아나던 맹달 또한 몸을 돌려 다시 쳐들어온다. 뒤쫓던 유봉은 갑자기 삼면으로 협공을 받아, 크게 패하여 밤새도록 달아나 상용으로 가는데, 뒤에서 위병이 추격해온다.

겨우 상용성 밑에 이른 유봉은 성문을 열라고 외쳤다. 그런데 뜻밖에 성 위에서 화살이 어지러이 날아 내리며, 신탐이 성루 위로 썩 나오더니 외친다.

"나는 이미 위나라에 항복했노라."

유봉이 격분하여 성을 공격하려는데, 뒤쫓아온 적군이 들이닥친다. 유봉은 하는 수 없이 방릉으로 달아난다. 방릉에 이르러 보니, 방릉성 위에는 위나라 기가 죽 꽂혔는데, 성루에 신의가 나서서 기를 한 번 휘젓자, 성 뒤에서 한 떼의 군사가 쏟아져 나오는데, 기에는 '우장군 서황右將軍徐晃'이라고 크게 씌어 있었다. 유봉은 대적할 수 없어 급히 서천으로 달아나는데, 서황이 군사를 거느리고 뒤쫓아오며 무찌르니, 유봉을 따르는 군사라고는 말 탄 자 겨우 백여 명에 불과했다.

유봉은 성도에 당도하자, 즉시 들어가서 한중왕을 뵙고 땅에 엎드려 통곡하며 그간 일을 자세히 아뢰었다

유현덕이 진노한다.

"불효한 네가 무슨 면목으로 다시 날 보러 왔느냐?"

首傳階下無辜愛子遍遭刑

怒上心頭有道嚴君偏執法

漢中王怒殺劉封

노하여 유봉을 죽이는 유비

유봉이 대답한다.

"숙부께서 세상을 떠나신 것은 소자의 잘못이 아니고, 실은 맹달이 농간을 부린 때문입니다."

유현덕은 더욱 노기 충천하여,

"너도 사람이 먹는 음식을 먹고, 사람이 입는 옷을 입는다고 하겠느냐. 흙이나 나무로 만든 병신이 아닌 바에야 어찌 역적 놈의 말을 듣는 단 말이냐?"

하고 좌우에 명하여 끌어내어 참하라 했다.

한중왕은 양아들 유봉을 참한 수일 뒤에야, 지난날 맹달이 항복을 권하는 서신을 보냈을 때, 유봉이 그 서신을 찢고 사자를 참했다는 과거 일을 들었다. 그는 유봉을 죽인 것을 마음속으로 매우 후회했으며, 또 관운장의 죽음을 애달파하던 나머지, 그만 병이 들어 군사를 일으키지 못했다.

한편, 위왕 조비는 왕위에 오른 뒤로 모든 문무 관료들을 승진시키며 또 상을 주었다. 마침내 무장한 군사 30만 명을 거느리고 남쪽 패국 초현을 순시하여 조상의 무덤들에 성대히 제사지내고, 고향 노인들을 배불리 대접할새, 가는 곳마다 백성들이 길을 막고 술을 따라 바치니, 이야말로 옛날에 한 고조가 자기 고향 패沛 땅에 들렀을 때의 일을 조비가 본받고자 함이었다.

그런데 조비는 대장군 하후돈이 병으로 위독하다는 보고를 받고, 즉시 업군으로 돌아갔다. 그러나 하후돈은 이미 죽어 있었다. 이에 조비는 몸소 상복을 입고 하후돈을 성대히 장사지내줬다.

이해 8월에 석읍현石邑縣에서는 봉황이 나타나고, 임치성에서는 기린이 나타나고, 업군에서는 황룡이 나타났다고 보고하는지라. 이에 중랑장中郎將 이복李復과 태사승太史丞 허지許芝는

"가지가지 상서祥瑞가 나타난 것은, 바로 위가 한을 대신해서 천하를 다스려야 할 징조이니, 어서 수선지례受禪之禮(천자가 황제의 자리를 남에게 물려주는 의식)를 베풀어, 한 황제가 천하를 위왕에게 양도하도록 서두릅시다."

상의하고, 마침내 화흠·왕낭·신비辛毗·가후·유이劉廙·유엽·진교·진군·환해桓楷 등 일반 문무 관원 40여 명과 함께 바로 내궁內宮으로 들어가서, 한 황제에게,

"위왕 조비에게 폐하의 자리를 양도하소서."
하고 윽박지르니,

위나라 사직이 이제 서려고 하니

한나라 강산이 문득 옮겨간다.

魏家社稷今將建

漢代江山忽已移

한나라 헌제는 뭐라고 대답할 것인가.

제80회

조비는 황제를 폐위하여 한나라 유씨 자리를 빼앗고
한중왕은 위位를 바로잡아 대통을 계승하다

화흠은 일반 문무 관원들과 함께 헌제를 뵙고 아뢴다.

"위왕이 왕위에 오른 후로 고금에 뛰어난 덕을 사방에 폈습니다. 요堯 임금 시대도 오늘만은 못하였을지라, 이제 모든 신하들이 모여 한나라 운수가 끝났다고 합니다. 바라건대 폐하는 옛 요순堯舜의 도를 본받아, 강산과 사직을 위왕에게 물려주어 위로는 하늘의 뜻에 응하고 아래로는 백성의 마음에 맞추면, 폐하는 편안히 맑고 한가한 복을 누리시리니, 조종과 만백성이 보더라도 이보다 다행한 일은 없으리이다. 그래서 신들은 의논을 정하고 특히 아뢰러 왔습니다."

황제는 이 말을 듣자 크게 놀라, 한동안 아무 말도 못하다가 모든 신하들을 보며 운다.

"짐은 아노니, 고조께서 3척 칼로 흰 뱀을 참하고 대의명분을 일으켜, 진秦나라를 평정하고 초楚나라를 무찌르고 창업創業하여 대대로 내려온 지가 이제 4백 년이라. 짐이 비록 재주는 없으나 별로 잘못이 없는데, 어찌 차마 조종 대업을 등한히 버릴 수 있으리요. 너희들 모든 신하들은 다시 공론을 따라 생각하고 의논하라."

화흠은 이복과 허지를 데리고 황제 앞에 바짝 다가가서 아뢴다.

"폐하가 믿지 못하시겠거든, 이 두 사람에게 물어보소서."

이복이 아뢴다.

"위왕이 위位에 오른 후로 기린이 나오고, 봉황이 거동하며, 황룡이 나타나고, 아름다운 벼가 빽빽히 솟아나고, 감로甘露가 하강하니, 이는 하늘이 상서를 보여 위가 한을 대신해서 다스릴 징조입니다."

허지도 아뢴다.

"신들은 사천司天하는 직분에 있으므로 밤에 천문을 보니, 타오르던 한나라 운수는 끝나고 폐하의 제성帝星은 숨어서 보이지 않으나, 위나라 건상乾象은 하늘과 땅에 가득하여 이루 다 말씀 드릴 수 없을 정도였습니다. 겸하여 도참圖讖(비결秘訣)과도 들어맞았으니, 비결에 이르기를 '귀鬼 변에 위委가 연하니 한을 대신해서 설 것은 말할 것도 없으며, 언言은 동쪽에 있고 오午는 서쪽에 있어 두 개의 해[日]가 서로 빛나 위아래로 옮긴다' 하였으니, 폐하는 속히 자리를 양도하셔야 합니다. 즉 비결을 풀이하면 귀鬼 변에 위委가 연했으니 이는 바로 위魏 자며, 언言은 동쪽에 있고 오午는 서쪽에 있다 했으니 이는 허許 자며, 두 개의 해가 서로 빛나 위아래로 옮긴다는 것은 바로 창昌 자니, 그 뜻은 위가 허창(허도)에서 한나라 천하를 받아 번창한다는 뜻입니다. 바라건대 폐하는 깊이 살피소서."

황제는 대답한다.

"상서니 도참이니 하는 것은 다 허황한 일이다. 어찌 그런 허황한 일로 짐이 조종 대업을 갑자기 버려야 한단 말이냐?"

왕낭王朗이 아뢴다.

"자고로 한 번 흥하면 한 번 무너지게 마련이요 성하면 반드시 쇠하

194

나니, 어찌 망한 나라와 패가한 집이 없단 말씀입니까. 한나라 황실은 4백 년을 내려오다가 폐하의 대에 이르러 운수가 끝났습니다. 속히 물러서는 것이 마땅하며, 추호도 지체해서는 안 됩니다. 지체하면 변이 일어납니다.”

황제가 크게 통곡하며 후전으로 들어가니, 모든 신하들은 소리 없이 웃으며 물러갔다.

이튿날, 모든 신하들은 또 대전에 모여 환관을 시켜 황제를 뵙자고 청했다. 황제는 괴롭고 무서워서 나가지 않는다.

조후曹后가 묻는다.

“모든 신하들이 조회하시기를 청하는데, 폐하는 어찌하여 나가지 않으십니까?”

황제는 운다.

“너의 친정 오라버니가 짐의 자리를 빼앗으려고 모든 신하를 시켜 핍박하기 때문에, 짐은 감히 나가지 못하노라.”

조후는 크게 노한다.

“나의 오라버니가 어찌 이런 역적질을 한단 말인가!”

말이 끝나기도 전에 조홍과 조휴가 칼을 차고 들어와서 황제에게 나가기를 청하니, 조후가 큰소리로 저주한다.

“너희들이 부귀를 탐하여 한통속이 되어 역적질을 하는구나. 나의 부친은 공로가 세상을 덮고 위엄이 천하를 진동했으나 그래도 감히 천자의 위를 넘보지 않았거늘, 이제 나의 오라비는 왕위를 이어받은 지도 얼마 안 됐는데 한나라 황제 자리를 빼앗으려 하다니, 하늘이 반드시 네놈들을 그냥 두지 않으시리라.”

말을 마치고 통곡하며 내궁으로 들어가니, 좌우에서 모시는 자들은 다 흐느껴 운다.

조홍과 조휴가 황제에게 굳이 대전으로 나가도록 청한다. 황제는 부대끼다 못해 겨우 옷을 갈아입고 나갔다.

화흠이 아뢴다.

"폐하는 어제 신들이 의논한 바를 받아들이고, 큰 불행을 면하도록 하소서."

황제는 통곡한다.

"경들은 모두 한나라 녹을 먹은 지 오래며, 이 중에는 한나라 공신의 자손도 많을 터인데, 어찌 차마 신하로서 못할 일을 꾸미는가?"

화흠이 계속 아뢴다.

"폐하가 만일 신하들의 중론을 따르지 않으면 조석간에 큰 불행이 일어날 터인즉, 그때 폐하는 신들을 불충하다 마십시오."

황제는 더 참을 수가 없었다.

"누가 감히 짐을 죽일 테냐?"

화흠이 버럭 소리를 지른다.

"폐하는 임금이 될 만한 복이 없기 때문에 세상이 크게 어지럽다는 것을 천하 사람들이 다 알고 있습니다. 위왕이 조정을 거느리지 않으면 폐하를 죽일 자가 어찌 한 사람뿐이겠습니까. 그래도 폐하는 고마운 줄 모르고 도리어 천하 사람들이 폐하를 칠 때를 기다리나이까."

황제는 소스라치게 놀라 소매를 떨치며 일어선다. 왕낭이 화흠에게 눈짓을 한다. 화흠은 즉시 황제 앞으로 성큼성큼 걸어가서 용포 자락을 움켜잡고 협박한다.

"하느냐 못하느냐를 속히 말씀하소서."

황제는 벌벌 떨기만 하고 말을 못하는데, 조홍과 조휴가 칼을 뽑아 들며 큰소리로 외친다.

"부보랑符寶郞은 어디 있느냐?" 부보랑이란 황제의 옥새를 보관하는 벼슬이다.

조필祖弼이 감연히 나서며 대답한다.

"부보랑은 여기 있소."

조홍이 옥새를 내놓으라고 위협한다.

조필이 꾸짖는다.

"옥새는 천자의 보물이다. 어찌 맘대로 내놓으라 하느냐?"

조홍이 끌어내어 참하라 호령하니, 조필은 크게 저주하다가 무사들에게 죽음을 당했다.

후세 사람이 조필을 찬탄한 시가 있다.

간신들이 권세를 맘대로 하여 한나라를 망치니
나라를 양도하고 요임금을 본받으라며 윽박질렀도다.
만조 백관이 다 위魏를 떠받드는데
충신은 겨우 부보랑 한 사람뿐이더라.
奸宄專權漢室亡
詐稱禪位效虞唐
滿朝百隻皆尊魏
僅見忠臣符寶郎

황제가 벌벌 떨며 바깥을 보니, 갑옷 입고 창을 든 자 수백 명이 모두 위병인지라, 울면서 모든 신하들에게 말한다.

"짐이 바라건대 천하를 위왕에게 넘겨줄 테니, 다행히 남은 목숨이나마 보존하여 여생을 마치게 해다오."

가후가 대답한다.

"위왕이 반드시 폐하를 저버리지 않으리니, 폐하는 속히 조서를 내려 모든 사람들의 마음을 안심시키소서."

황제는 진군에게 나라를 양도한다는 조서를 짓게 하고, 마침내 화흠에게 조서와 옥새를 내주었다. 화흠은 문무 백관을 데리고 바로 위魏 왕궁으로 가서 옥새를 바쳤다.

조비가 몸둘 바 모르게 기뻐하며, 그 읽는 소리를 들은즉,

짐이 위位에 있은 지 30년 동안에 천하가 크게 어지러웠지만, 다행히 조종의 도우심을 받아 위급한 중에 그나마 유지해왔으나, 이제 천문을 보고 만백성의 뜻을 살피니, 한나라 운수는 이미 끝났고 운수가 조曹씨에게 있는지라. 그러므로 전왕前王(조조)이 이미 신무神武한 공적을 세웠고, 금왕今王(조비)이 또 밝은 덕을 빛내어 그 징조에 응하니, 천지 이치가 분명함을 진실로 알지라. 대저 큰 도는 천하의 백성을 위하는 길이기에, 옛 요임금은 아들에게 나라를 전하지 않음으로써 그 이름을 길이 남긴 일을, 짐이 은근히 사모한지라. 이제 옛 요임금의 법을 따라 승상 위왕에게 위를 양도하나니, 왕은 사양하지 말라.

조비는 다 듣고 나서 즉시 조서를 받으려 하는데, 사마의가 간한다.
"그러면 안 됩니다. 조서와 옥새가 왔지만, 전하는 마땅히 표문을 올리고 사양함으로써 천하 사람들의 비난을 사지 않도록 하소서."

조비가 머리를 끄덕이고 왕낭을 시켜 표문을 지은즉, '나는 덕이 없으니 따로 크게 어진 사람을 구하여 천자의 위를 잇게 하라'는 글을 보냈다.

황제는 표문을 보자 더욱 의심이 나고 놀라서 모든 신하들에게 묻는다.

"위왕이 겸손하니 어찌할꼬?"

화흠이 대답한다.

"옛날에 위魏 무왕武王(조조)께서는 왕호를 받을 때 세 번 사양하였으나, 조서로써 허락하지 않은지라. 그런 뒤에 왕위에 올랐으니, 이제 폐하가 다시 조서를 내리면, 위왕이 스스로 알아서 받으리다."

황제는 하는 수 없이 환해를 시켜 다시 조서를 짓게 하며 종묘에 고하고, 장음張音에게 절과 옥새와 조서를 주어 위 왕궁으로 보냈다.

조비가 조서를 받아보니,

아아 그대 위왕이여, 글을 올리고 사양하지만 짐은 한이 이미 오래 전에 기울어진 것을 알았노라. 그러나 다행히도 무왕武王 조조가 상서로운 운을 이어 그 신무함을 드날리고 흉악한 것들을 무찔러, 천하를 안정시킨 데 짐은 힘입었더니, 이제 위왕 조비가 그 뒤를 계승하여 지극한 덕을 빛내고 교화를 세상에 펴서 어진 바람을 천하에 일으키니, 하늘의 운수가 마땅히 그대 몸에 있음이라. 옛날에 순임금은 20가지 큰 공로를 세웠으므로 요임금이 천하를 넘겨줬으며, 우禹는 치산 치수治山治水한 공을 성취했기에 순임금이 제위를 넘겨줬으니, 한도 옛 요임금을 본받아 천하를 전하고 더욱 신령한 마음으로 순종하며 하늘의 뜻을 밝히고자, 이에 행어사대부 行御史大夫 장음에게 절과 옥새를 주어 보내노니, 왕은 이를 받으라.

조비는 조서를 다 보고 기뻐하며 가후에게 말한다.

"두 번씩이나 조서가 왔지만, 그러나 천하 후세 사람이 '황제 자리를 강제로 빼앗았다'고 과인을 비난할까 두렵다."

가후가 대답한다.

"그건 염려 마십시오. 이러면 됩니다. 즉 장음에게 옥새를 주어 다시 돌려보내고, 화흠에게 '황제가 한 개의 대臺를 쌓되 수선대受禪臺(수선受 禪은 나라를 주고받는다는 뜻이다)라 이름하고 택일하여 만조 백관을 모두 수선대 아래에 집합시키고, 그런 뒤에 천자가 친히 옥새를 바치고 나라를 왕에게 양도하도록 일을 추진하라'고 하십시오. 그러면 의심할 사람이 없을 것이며, 이러고저러고 뒷공론할 사람도 없을 것입니다."

조비는 득의 만면하여, 즉시 장음에게 옥새를 주어 돌려보내고, 다시 사양하는 글을 올렸다.

황제가 모든 신하들에게 묻는다.

"위왕이 거듭 사양하니, 이 무슨 뜻일까?"

화흠이 아뢴다.

"폐하는 대를 쌓고 수선대라 명명하고, 만조 백관과 백성들까지 집합 시켜 위位를 양도한다는 뜻을 밝히십시오. 그러면 폐하의 자손은 대대 로 길이 위나라의 은혜를 입으리다."

황제는 시키는 대로 태상원太常院 관리를 보내어 번양繁陽 땅에 자리 를 잡고 3층 고대高臺를 쌓아 10월 경오일庚午日 인시寅時에 나라를 양도 하기로 결정했다. 그날이 되어 황제가 위왕 조비를 초청하여 천하를 양 도하는데, 수선대 아래에 대소 관원 4백여 명과 어림군御林軍, 호분군虎 賁軍, 금군禁軍 30여만 명이 모였다.

황제가 친히 옥새를 바치니 조비는 받고, 수선대 밑의 모든 신하들은 무릎을 꿇고, 책문 읽는 소리를 듣는다.

자껌흡다 그대 위왕이여, 옛날에 요임금은 천하를 순임금에게 양도하시고 순임금은 우임금에게 양도하셨으니, 천명은 한곳에 머물지 않고 오직 덕 있는 분에게로 돌아감이라. 한漢은 도리가 무너지고 대대로 그 질서를 잃어서, 급기야 짐의 대에 이르러서는 크게 난리가 일어나고 매우 혼탁하고 뭇 흉악한 것들이 들고일어나서 세상을 뒤엎으려 하더니, 다행히도 무왕 조조의 신무함을 힘입어 사방의 어지러움을 구제하고 나라를 안정시켜 종묘를 편안케 하였으니, 어찌 나 한 사람만의 요행이리요. 온 누리가 다 그 덕을 입었음이라. 이제 위왕이 그 뒤를 계승하여 그 덕을 빛내고 문무의 대업을 넓히고, 그대 선고先考(조조)의 높은 뜻을 밝히니, 이에 황령皇靈은 상서를 내리고, 사람과 신이 다 그 징조를 고하는지라. 이에 짐이 그 빛남을 생각하고 뜻을 전하려 하는데, 모든 신민臣民이 말하기를 '옛 요, 순을 본받으소서' 하는지라. 따라서 옛 요임금의 법을 본받고 공손히 그대에게 황제의 자리를 양도하노라. 오희라, 하늘의 운수가 그대 몸에 있으니, 삼가 대례大禮를 따라 만국萬國을 향연하고, 엄숙히 하늘의 명을 받으라.

책문을 읽는 소리가 끝났다. 위왕 조비는 즉시 나라를 물려받는 대례를 지내고, 바로 황제의 자리에 올랐다. 가후가 대소 관료들을 이끌고 수선대 아래서 조례朝禮를 한다.

이에 연강延康 원년을 황초黃初 원년이라 개원하고, 국호를 대위大魏라 하였다. 조비는 즉시 천하에 대사령大赦令을 내리고, 그 아비 조조를 태조太祖 무황제武皇帝로 높였다.

화흠이 아뢴다.

"하늘에 해가 둘이 없듯이 백성에게도 두 임금이 있을 수 없습니다. 한제는 이미 천하를 양도했으니 마땅히 변방으로 물러가야 합니다. 바라건대 유劉씨(한 황제)를 어느 곳으로든지 안치시키라 분부하십시오."

말을 마치자 화흠이 헌제를 수선대 아래로 끌어내려 꿇어앉힌다. 조

黄帝의 자리에 올라 헌제를 폐위하는 조비

비는 헌제를 산양공山陽公으로 봉하고 그날로 떠나라 분부했다.

화흠이 한 손에 칼을 잡고 헌제에게 손가락질하며 호령한다.

"한 임금을 세우고 한 임금을 몰아내는 것은 예부터 있는 일이라, 금 상今上이 인자하여 차마 죽이지 않으시고 너를 산양공으로 봉하여 오늘 안으로 떠나라 하시니, 부르심이 없는 한 다시 조정에 오지 말라."

헌제는 눈물을 머금고 절하며 감사하고 말을 타고 떠나간다. 수선대 밑에 모인 군사와 백성들은 슬퍼하여 마지않았다.

조비가 모든 신하들에게 말한다.

"천하를 양도받은 옛 순임금과 우임금의 업적을 짐은 아노라."

모든 신하들은 일제히 만세를 외쳤다.

후세 사람이 수선대를 두고 탄식한 시가 있다.

서한, 동한의 경영이 매우 어려워서

하루아침에 잃었구나, 옛 강산을!

조비가 옛 요, 순을 배우고자 했다면

훗날에 사마씨는 어찌할 것인지 두고 볼 일이다.

兩漢經營事頗難

一朝先却舊江山

黃初欲學唐虞事

司馬將來作樣看

문무 백관이 조비에게 청한다.

"하늘과 땅에 답례하고 감사하소서."

조비가 바야흐로 내려와 절하려는데, 홀연 수선대 앞에서 한바탕 괴상한 회오리바람이 일어난다. 모래는 날고 돌은 말려 올라가서 소낙비처럼 떨어진다. 서로 얼굴을 분별할 수 없을 정도다. 수선대 위의 모든 촛불이 일제히 꺼졌다.

조비는 수선대 위에서 놀라 까무러친다. 문무 백관들이 급히 부축하여 수선대에서 내려온 지 반식경 만에야 조비는 겨우 깨어났다. 조비는 시신들이 부축하여 궁으로 들어간 지 수일 동안 조회도 못하다가 병이 좀 그만하자 비로소 대전에 나와 모든 신하들의 조정 하례를 받고, 화흠을 사도司徒로, 왕낭을 사공司空으로 봉하고, 대소 관료들을 모두 승진시키며 상까지 일일이 하사했다.

조비는 병이 잘 낫지를 않아서 허도 궁실에 요귀가 있지 않나 의심하고, 낙양으로 가서 크게 궁전을 짓기 시작했다.

이렇듯 급변한 사태는 즉시 성도에 보고됐다.

"조비가 스스로 대위大魏 황제皇帝가 되고, 낙양 땅에 궁전을 짓습니다."

계속 첩자가 와서 보고한다.

"한나라 황제께서 산양으로 가시는 도중에 살해당하셨습니다."

한중왕은 보고를 듣고 종일 통곡하다가, 모든 신하들에게 국상에 당한 상복을 입게 하고, 멀리 허도 쪽을 바라보며 제사를 지내고, 세상을 떠난 헌제에게 효민황제孝愍皇帝라는 시호를 드리고 높였다.

이때부터 유현덕은 근심 걱정으로 병이 나서 매사를 능히 다스리지 못하고, 공명에게 모든 일을 맡겼다.

공명이 태부太傅 허정, 광록대부光祿大夫 초주初周와 함께 상의한다.

"천하에 하루도 임금이 없을 수 없으니, 한중왕을 황제로 모셔야 하오."

초주가 대답한다.

"근자에 상서로운 바람이 불고 경사로운 구름이 일고, 또 성도 서북쪽에서 누른 기운이 수십 길이나 밤 하늘에 솟았고, 제성帝星이 필畢, 위胃, 묘昴(28수宿 중의 별 이름) 방위에 나타나 밝기가 달 같으니, 이는 바로 한중왕이 황제의 자리에 올라 한나라 계통을 계승할 징조라. 다시 무엇을 의심하리까."

공명은 허정과 함께 대소 관원들을 거느리고 한중왕에게 가서, 황제의 자리에 즉위하시라는 표문을 올렸다.

한중왕이 표문을 읽고 크게 놀란다.

"경들이 과인을 불충 불의한 사람으로 만들 작정인가?"

공명이 아뢴다.

"그런 것이 아닙니다. 조비는 한나라를 빼앗고 스스로 황제라 자칭하지만, 왕은 바로 한 황실의 후손으로서 이치로 따져도 대통을 계승하고 한나라 사직을 보존하는 것이 마땅합니다."

한중왕은 발연 변색하며,

"과인이 어찌 역적을 본받을 수 있으리요!"

하고 소매를 떨치고 일어나 후궁으로 들어가버렸다. 모든 관원들은 하는 수 없이 흩어져 돌아갔다.

3일 후에, 공명은 다시 모든 관원들을 거느리고 조정에 들어가서 한중왕을 납시도록 청하고, 그 앞에 꿇어 엎드렸다.

허정이 아뢴다.

"이미 한나라 천자는 조비에게 죽음을 당하셨습니다. 왕께서 황제가 되어 군사를 일으키고 역적을 치지 않으시면 이야말로 충의忠義가 아닙니다. 이제 천하가 다 왕을 임금으로 삼아 효민황제의 원한을 갚고자 하는데, 왕께서 신들의 청을 듣지 않으시면 이는 만백성의 기대를 저버리는 결과가 됩니다."

한중왕이 대답한다.

"과인이 비록 경제景帝의 자손이지만 아직 천하 백성들에게 아무런 덕도 베풀지 못했는데, 하루아침에 황제가 된다면 자리를 빼앗은 것과 다를 것이 무엇이리요."

공명이 괴로이 거듭거듭 권하였으나 한중왕은 끝내 듣지 않았다. 마침내 공명이 한 계책을 세우고 여러 관원들에게 귀띔한다.

"이러이러히 하시오."

공명은 드디어 병들었다 핑계하고 출입하지 않았다. 한중왕은 공명의 병이 대단하다는 말을 듣자 친히 부중으로 가서, 바로 병상 곁에 앉아 묻는다.

"군사는 어디가 편찮으시오?"

공명이 대답한다.

"근심 걱정이 불처럼 타올라서 오래 살 것 같지 않습니다."

"군사가 근심하는 바가 무엇인지요?"

하고 연달아 묻는다. 공명은 그저 병만 핑계 대고 눈을 감고 대답을 않는다.

한중왕이 거듭거듭 묻자, 공명은 한숨을 내쉬며 탄식한다.

"신이 대왕을 만나 초려草廬(풀로 엮은 집)에서 나온 이래로 오늘날까지 상종하였습니다. 계책을 말하면 반드시 들어주셔서 이제 대왕은 다행히 양천兩川 땅을 거느리시고 신의 생각을 저버리지 않았습니다. 그런데 지금 조비는 황제의 자리를 빼앗고 한나라 종묘는 끝장이 나려는 참이어서, 문무 관원들이 모두 대왕을 황제로 모셔 위를 쳐 없애고 유劉씨를 다시 일으켜 함께 공명을 세우기를 원합니다. 그런데 대왕은 끝내 고집하시어 거절하시니, 모든 관원들은 원망하고 머지않아 다 흩어질 것입니다. 문무의 신하들이 떠나고, 오와 위가 쳐들어오면 양천을 유지할 수 없으니, 신이 어찌 근심하지 않을 수 있습니까."

한중왕이 실토한다.

"내가 거절하는 것이 아니오. 천하 사람들의 뒷공론이 두렵기 때문이오."

"성인이 말씀하기를 '명분이 옳지 않으면 그 말을 따르지 말라' 하셨습니다. 이제 대왕은 명분이 옳고 말이 바르거늘, 그 누가 비난하겠습니까. 자고로 '하늘에서 주는 것을 받지 않으면 도리어 벌을 받는다' 하였습니다."

"그럼 군사의 병이 완쾌된 뒤에 다시 의논한대도 늦지 않을 것이오."

이 말을 듣자 공명이 병상에서 벌떡 일어나 병풍을 손으로 친다. 병풍이 넘어지자, 밖에서 문무 관원들이 일제히 들어와 절한다.

"대왕이 이미 허락하셨으니, 곧 택일하여 대례를 올리겠습니다."

한중왕이 보니, 바로 태부 허정, 안한장군安漢將軍 미축, 청의후靑衣侯 상거向擧, 양천후陽泉侯 유표劉豹, 별가別駕 조조趙祚, 치중治中 양홍楊洪, 의

206

유비에게 황제 즉위를 권하는 제갈양

曹義曹 두경杜瓊, 종사從事 장상張爽, 태상경太常卿 뇌충賴忠, 광록경光祿卿 황권黃權, 좨주祭酒 하증何曾, 학사學士 윤묵尹黙, 사업司業 초주, 대사마大司馬 은순殷純, 편장군偏將軍 장예張裔, 소부少府 왕심王謀, 소문박사昭文博士 이적, 종사랑從事郎 진밀秦宓 등 많은 신하들이 있었다.

한중왕이 놀란다.

"과인을 불의에 빠뜨리는 자는 경들이로다."

공명이 모든 관원들에게,

"주상께서 이미 허락하셨으니, 곧 대를 쌓고 좋은 날을 택하여 공손히 대례를 행하시오."

하고 즉시 한중왕을 궁으로 전송하고, 한편으로 박사 허자許慈, 간의랑諫議郎 맹광孟光에게 성도의 무담武擔 남쪽에 대를 쌓도록 지시했다.

모든 준비가 다되자, 문무 관원들은 한중왕을 난가安駕에 모시고 가서, 단에 올라 제사를 지내시도록 청했다.

　이윽고 초주가 단 위에서 높은 소리로 제문을 읽는다.

　유세차維歲次 건안 26년 4월 병오삭丙午朔 12일 정사丁巳에 황제 비備(유비)는 감히 황천 후토皇天后土께 고하노니, 한은 천하를 두어 국운國運이 무궁한지라. 옛날에 왕망王莽이 역모逆謀함에 광무 황제光武皇帝께서 진노하여 죽이고, 사직을 돌이키시더니, 근자에는 잔인한 조조가 군사를 거느리고 황후를 살해하여 그 죄가 하늘에 가득 찼으며, 조조의 아들인 흉악한 조비는 마침내 찬역簒逆하여 신기神器를 빼앗음이라. 이에 모든 장수들과 선비들이 유비에게 무너지는 한나라 종묘를 붙들어 일으켜 전하고, 고조와 광무의 업적을 이어 몸소 하늘을 대신하여 역적에게 벌을 내리라고 청하는지라. 그러나 유비는 황제의 자리에 오를 만한 덕이 없어서, 모든 백성과 먼 변방의 군장君長들에게 의논했더니, 그들이 모두 말하기를, '마땅히 천명天命에 보답해야 하며 조업祖業을 바꿀 수 없으며 세상에 주인이 하루라도 없을 수 없다' 하여 유비 한 사람에게 모든 것을 기대하는지라. 이에 유비는 하늘의 분부를 두려워하고, 고조와 광무의 대업이 장차 무너질까 두려워서, 삼가 길일을 택하여 단에 올라 제사지내어 고하고, 황제의 옥새를 받아 세상을 다스리노니, 천신天神은 한나라에 복을 주고 길이 평화롭게 하소서.

　제문을 읽는 소리가 끝나자, 공명이 모든 관원들을 데리고 공손히 옥새를 바친다. 한중왕이 받아 단 위에 받들어놓고 재삼 사양한다.

　"유비는 재주와 덕이 없으니, 청컨대 재주와 덕 있는 분에게 드리도록 하시오."

공명이 아뢴다.

"주상께서는 세상을 평정하시고 천하에 공덕을 밝히시고 더구나 대한大漢의 종파宗派시니, 마땅히 대위大位에 오르소서. 이미 제사를 지내어 하늘에 고했는데, 어찌 다시 사양할 수 있습니까."

문무 백관은 일제히 '만세'를 부르며 절하고 춤추는 의식을 마치자, 연호를 장무章武 원년(위魏는 황초黃初 2년)으로 개원하고, 왕비王妃 오吳씨를 황후로 삼고, 장자 유선劉禪을 태자로 책봉, 차자 유영劉永을 노왕魯王, 셋째 유리劉理를 양왕梁王으로 봉하고, 제갈양을 승상丞相으로, 허정을 사도司徒로 삼았다. 그리고 대소 관원들을 일일이 승진시켜 상을 주고, 천하에 대사령을 내리니, 동천과 서천의 군사와 백성들은 모두 환호성을 올리며 기뻐했다.

이튿날 조회를 베푸는데, 문무 관원들은 절이 끝나자 두 반열로 늘어섰다.

선주先主(유현덕)가 칙명한다.

"짐은 도원에서 관운장, 장비와 생사를 함께하기로 맹세했더니, 불행하여 둘째 아우 관운장이 동오의 손권에게 살해됐음이라. 이 원수를 갚지 않으면, 이는 맹세를 저버림이라. 짐은 군사를 총동원시켜 동오를 쳐부수고 역적을 사로잡아 원한을 갚겠노라."

말이 끝나기도 전에 반열 가운데서 한 사람이 나와 계단 아래에 꿇어엎드린다.

"그건 안 될 말씀입니다."

선주가 보니, 그는 바로 호위장군虎威將軍 조운趙雲(조자룡)이었다.

임금은 하늘을 대신해서 토벌하기도 전에

신하로부터 직언을 듣는다.

君王未及行天討

臣下曾聞進直言

조자룡이 어떻게 간하려는지.

제81회

형의 원수를 갚으려고 서두르다가 장비는 살해되고
아우의 원한을 갚고자 선주는 군사를 일으키다

선주(유현덕)가 군사를 일으켜 동오를 칠 작정인데 조자룡이 간한다.

"국가의 역적은 조조며 손권이 아닙니다. 이제 조비가 한나라를 뺏음에 천하가 함께 분노하니, 폐하는 속히 관중關中(오늘날 섬서성陝西省) 쪽을 도모하여 위하渭河 상류에다 군사를 주둔하고 흉악한 역적을 치시면, 관동關東 일대의 의사義士들이 곡식을 싣고 말을 달려와서 호응할 것입니다. 만일 이와 반대로 위魏는 내버려두고 오吳를 쳐서 일단 전투가 벌어진다면, 싸움이란 쉽사리 끝나는 것도 아니니 일이 어찌 될지 모릅니다. 바라건대 폐하는 깊이 통촉하소서."

선주는 대답한다.

"손권은 짐의 아우를 살해했고 겸하여 부사인, 미방, 반장, 마충 등은 우리를 배반한 놈들이다. 그들의 살을 씹고 그 집안을 멸족해야만 비로소 짐의 원한을 풀 수 있는데, 경은 어째서 막는가?"

조자룡이 계속 아뢴다.

"천하를 위해서 한나라의 원수는 갚아야 하지만, 형제의 원수는 결국

개인 문제에 불과합니다. 바라건대 천하를 소중히 여기소서."

"짐이 아우의 원수를 갚지 못한다면 만리 강산萬里江山을 차지한대도 무슨 귀중할 것이 있으리요?"

선주는 끝내 조자룡이 간하는 말을 듣지 않고,

"군사를 일으켜 오를 치라."

는 명령을 내리고, 사자를 오계五谿(오랑캐들이 사는 곳. 오늘날 호남湖南·귀주성貴州省 일대)로 보내어 오랑캐에게 군사 5만 명의 원조를 청하고, 한편 사자를 낭중郞中 땅으로 보내어 장비를 거기장군車騎將軍·사례교위司隷校尉로 발령하는 동시에 서향후西鄕侯로 봉하고 겸하여 낭중 땅을 다스리게 했다.

한편, 낭중의 장비는 관운장이 동오에게 살해당했다는 소식을 들은 후로 아침저녁으로 통곡하여 옷깃이 피눈물로 젖었다. 모든 장수들이 술을 권하여 진정시켰는데, 장비는 술이 취하면 노기가 더하여 장상 장하 할 것 없이 조금이라도 과오를 범하는 자가 있으면 매질을 했기 때문에 매를 맞고 죽는 자가 많았다. 날마다 장비는 남쪽을 노려보고 이를 갈고 눈을 부릅뜨고 분노하고 저주하며 방성통곡하였다.

그러던 차에 사자가 왔다는 말을 듣고, 장비는 황망히 나아가 영접해 들였다. 그리고 엎드려 조서를 들으며 벼슬을 받고 멀리 북쪽을 향하여 절하고, 술상을 내오라고 하여 사자를 대접하며 묻는다.

"나의 형님이 살해됐으니, 그 원한은 바다보다 깊소. 묘당 신하들은 어째서 군사를 일으키도록 폐하께 권하지 않소?"

사자는 대답한다.

"대신들은 먼저 위부터 무찔러 없애고, 다음에 오를 치자는 의견이 많습니다."

장비는 노한다.

"그게 무슨 말이오! 옛날에 우리 세 사람은 도원에서 결의하여 생사를 함께하기로 맹세했는데 이제 불행하여 둘째 형님이 중간에 세상을 떠나셨으니, 내 어찌 홀로 부귀를 누리리요! 내 직접 가서 천자(유비)를 뵙고 전부前部 선봉으로 자원하여 나서되 상복喪服하고 오를 쳐서 역적놈들을 사로잡아 둘째 형님께 제사지내고 옛 맹세를 실천하리라."

말을 마치자 장비는 사자를 독촉하여 함께 성도로 출발했다.

한편, 선주는 매일 친히 교련장에 나와 군사와 말을 조련하고 군사를 되도록 빨리 일으켜 친히 오를 치려고 서둘렀다.

이에 대관들은 함께 승상부丞相府로 가서 공명에게 말한다.

"천자께서 즉위하시자마자 친히 군사를 통솔하시는 것은 국가 사직을 위하는 길이 아니오. 승상은 막중한 책임을 맡고 있으면서 어째서 폐하를 간하지 않으시오."

공명이 대답한다.

"내 힘써 누차 간했으나 도무지 듣지 않으시니 오늘 대감들은 나를 따라 교련장으로 갑시다."

공명이 대신들을 거느리고 가서 선주께 아뢴다.

"폐하께서 처음으로 대위에 올라 북쪽의 한나라 역적을 치고 대의를 천하에 펴시기 위해서 친히 6군軍을 거느리신다면 마땅한 일이지만, 만일 오를 치기 위해서라면 한 장군에게 군사를 맡겨 토벌해도 되는데, 반드시 폐하께서 친히 나서실 것은 없지 않습니까."

선주는 공명이 간곡히 간하는 말을 듣고 겨우 마음을 돌리려 하는데, 문득 낭중에서 장비가 왔음을 아뢴다.

선주가 급히 데려오라 분부한다. 장비는 연무청演武廳으로 들어와 땅에 엎드려 절하고, 선주의 다리를 끌어안고 통곡하니 선주가 또한 통곡한다.

장비가 묻는다.

"폐하는 오늘날 임금이 되시더니 옛 도원에서 맹세한 일을 벌써 잊으셨나이까. 둘째 형님 원수를 어째서 갚지 않습니까?"

"많은 관원들이 간하고 막아서 경솔히 거사를 못하고 있다."

"그들이 어찌 우리 옛 맹세를 알겠습니까. 폐하가 가지 않으시면 신은 이 몸을 버릴지라도 둘째 형님의 원수를 갚고야 말겠으며, 만일 원수를 갚지 못할 경우에는 차라리 죽을지언정 다시는 폐하를 뵙지 않겠습니다."

"짐은 경과 함께 가리니, 경은 낭중의 본부 군사를 거느리고 나오라. 짐은 씩씩한 군사를 통솔하고 강주江州에서 함께 만나 경과 함께 동오를 치고 이 원한을 씻으리라."

장비가 즉시 낭중으로 돌아가는데, 선주가 부탁한다.

"짐은 평소 경이 술에 취하면 곧 분노하여 부하들을 매질하고 그들을 다시 좌우에 두는 것을 아노니, 이는 재앙을 초래하는 길이니라. 이후에는 힘써 모든 일을 너그러이 용납하고 전처럼 하지 마라."

장비는 절하며 하직하고 돌아갔다.

이튿날, 선주는 군사를 정돈하고 출군할 준비를 시키는데, 학사學士 진밀이 아뢴다.

"폐하께서 만승萬乘(천자)의 책임을 돌보지 않으시고 조그만 의리를 따르려 하시니 이런 일은 옛사람도 옳다고 아니했습니다. 바라건대 폐하는 깊이 생각하소서."

선주는 대답한다.

"관운장과 짐은 한 몸과 같아 대의명분이 분명한데 어찌 잊으란 말이냐."

진밀은 땅에 엎드린 채 일어나지 않고 계속 아뢴다.

"폐하가 신의 말을 듣지 않으시면 진실로 손실이 있을까 두렵습니다."

선주가 격노하여,

"짐이 군사를 일으키려는데 너는 어찌하여 이렇듯 이롭지 못한 말만 하는 거냐?"

하고 무사들에게 호령한다.

"속히 진밀을 끌어내 참하여라."

그러나 진밀은 안색도 변하지 않고 선주를 돌아보며 말한다.

"신은 죽어도 아무 여한이 없지만, 새로 세운 창업이 장차 무너질까 애석합니다."

모든 관원들이 나서서 진밀을 죽이지 맙소사고 간한다.

선주는 어쩔 수 없이 분부한다.

"잠시 옥에 가두어둬라. 짐이 원수를 갚고 돌아와서 처결하리라."

공명이 이 일을 전해 듣자, 즉시 표문을 올려 진밀을 구해낸다.

　신 제갈양 등은 생각건대, 오가 간특한 계책을 써서 형주를 함락하고 큰 재앙을 저질렀으므로, 우리 장성이 두우지간斗牛之間에 떨어졌고 하늘을 버티던 기둥이 초楚(남방南方) 땅에서 꺾였으니, 그 슬프고 아픈 심정은 이루 다 말할 수 없습니다. 그러나 보다 중요한 일이 있으니, 한나라를 침식浸蝕한 죄는 조조에서부터 시작되었고 유씨의 제위를 빼앗은 자는 손권이 아닙니다. 그러니 먼저 역적 위를 쳐서 거꾸러뜨리면, 오는 저절로 항복할 것입니다. 바라건대 폐하는 진밀의 금석 같은 말을 용납하시고 군사의 힘을 길러 따로 좋은 계책을 세우시면 곧 사직의 복이옵고 만천하의 다행이로소이다.

선주가 다 보고서, 표문을 땅에 던진다.

"짐은 이미 결심했으니 아무도 다시 간하지 말라!"

선주는 마침내 승상 제갈양에겐 태자를 보호하며 양천을 지키도록 분부하고, 표기장군驃騎將軍 마초와 그 종제從弟 마대馬岱에겐 진북장군鎭北將軍 위연을 도와 한중 땅을 지키면서 위군이 쳐들어오면 막게 했다. 호위장군虎威將軍 조운으로 후군을 삼고 겸하여 군량, 마초를 감독하게 하고, 황권黃權 · 정기程畿로 참모를 삼고, 마양馬良 · 진진陳震으로 문서를 다스리게 하고, 황충黃忠으로 전부前部 선봉을, 풍습馮習 · 장남張南으로 부장을, 부동傅彤 · 장익張翼으로 중군호위中軍護衛를 삼고, 조융趙融 · 요순廖淳으로 뒤를 거느리게 하니, 장수만도 수백 명이요, 오계五谿에서 온 오랑캐 장수와 그 병력까지 합치면 모두가 75만 명이었다.

이에 장무章武 원년 7월 병인일丙寅日에 일제히 출발하기로 했다.

한편, 장비는 낭중에 돌아와서 군사들에게 명령을 내렸다.

"3일 안으로 흰 기와 흰 갑옷을 마련하여라. 우리 삼군은 모두 상복으로 무장하고 오를 치리라!"

이튿날, 장하의 말장末將인 범강范疆과 장달張達이 장막에 들어와서 고한다.

"흰 기와 흰 갑옷을 갑자기 모두 마련할 수 없으니 기한을 좀 넉넉히 주셔야겠습니다."

장비가 버럭 화를 내며,

"내가 속히 원수를 갚고 싶기로는 내일이라도 역적의 경계에 당도하지 못하는 것이 한이다. 네 놈들이 어찌 감히 나의 명령을 어기려 드는 거냐!"

하고 무사를 시켜 범강과 장달을 나무에 비끄러매고 친히 매를 들어 그들의 등을 각각 50번씩 후려갈겼다.

장비는 매질을 끝내자 손가락을 들이밀며 호령한다.

"내일까지 다 마련해라. 만일 못하면 즉시 네 두 놈을 죽여 모든 사람들에게 본보기로 보일 테니 그런 줄 알아라!"

두 사람은 입에서 피를 흘리며 병영으로 업혀와 서로 상의한다.

범강이 말한다.

"오늘 형벌을 받고 내일까지 어떻게 마련한단 말인가. 장비는 성미가 불 같으니 시킨 대로 못하면 우리를 죽일 걸세."

장달이 혼자말하듯 한다.

"그가 우리를 죽이기 전에 우리가 그를 죽여야지!"

"하지만 가까이 갈 수 없으니 어쩔꼬."

"우리가 살 운수면 그는 술에 취해서 잘 것이요, 우리가 죽을 운수면 그는 술을 마시지 않을 걸세."

두 사람은 의논하고 결심했다.

그날 밤, 장비는 정신이 어수선해서 부장에게 묻는다.

"가슴이 울렁거리고 살이 떨려, 앉아도 누워도 진정이 안 되니 이 웬일일까?"

부장이 대답한다.

"아마 군후께서 관운장을 너무 생각하시기 때문에 그럴 것입니다."

장비는 수하 사람에게 술을 가지고 오라 하여 부장과 함께 마시고, 크게 취하여 장중에 누웠다.

이때 범강과 장달은 수소문하여 장비가 크게 취하여 잔다는 사실을 탐지하고, 각기 단도를 가슴에 품고 몰래 장중으로 가서,

"은밀히 아뢰야 할 중대사가 있어 왔소."

거짓말을 하고 침실로 들어갔다.

잠자고 있는 장비의 목을 베려는 범강과 장달

　원래 장비는 눈을 뜨고 자기 때문에, 그날 밤도 두 놈이 보니 수염이 모두 빳빳이 서 있고 둥근 눈을 부릅뜨고 있는지라. 감히 손을 쓰지 못하는데, 장비의 코고는 소리가 우레 같았다.

　그제야 두 놈은 침상 가까이 가서 일제히 칼로 장비의 배를 찔렀다. 장비가 크게 외마디소리를 지르고 죽으니, 이때 그의 나이 55세였다.

　후세 사람이 이 일을 탄식한 시가 있다.

　들건대 일찍이 안희 땅에서 독우를 매질하고
　황건적을 소탕하여 한나라를 도왔도다.
　호뢰관에서 용맹을 먼저 떨치고
　장판교 가에서 크게 외치니 물이 거꾸로 흘렀도다.

의리로써 엄안을 풀어주어 촉 땅이 편안하고
지혜로써 장합을 속여 중주를 안정시켰도다.
오를 쳐서 이기기도 전에 몸이 먼저 죽으니
가을 풀은 낭중 땅에 수심만 길이 남겼구나.

安喜曾聞鞭督郵

黃巾掃盡佐炎劉

虎牢關上聲先震

長板橋邊水逆流

義釋嚴顏安蜀境

智欺張慶定中州

伐吳未克身先死

秋草長遺閬地愁

두 놈은 그날 밤으로 장비의 목을 베어 부하 수십 명을 거느리고 밤낮없이 도망쳐 동오로 들어갔다.

이튿날에야 낭중에서는 장비가 죽은 것을 알고 군사를 일으켜 뒤쫓았으나 결국 두 놈을 잡지 못했다.

전자에 장비의 부장인 오반吳班(제73회에 나오는 호반胡班을 잘못 쓴 것이다)이 형주에서 유현덕을 뵈러 왔을 때였다. 유현덕은 그를 아문장牙門將으로 삼아, 낭중으로 보내어 다시 장비를 보좌하게 했었다.

이에 오반은 먼저 표문을 천자께로 발송하고 장비의 맏아들 장포張苞에게 시체를 성대히 관 안에 모시게 하고, 둘째 아들 장소張紹에게 낭중을 지키게 했다.

오반은 그 후에 선주에게 직접 보고하도록 또 장포를 보냈다.

한편, 선주는 택일한 날 군사를 거느리고 출발했기 때문에, 대소 관원들은 공명을 따라 10리 밖까지 전송하였다.

이날 선주를 전송하고 성도로 돌아온 공명은 모든 관원들을 돌아보며,

"법정이 살아 있었으면 동쪽을 치러 가시지 못하도록 했을 텐데……"

하고 매우 탄식하였다.

선주는 행군하던 그날 밤에 갑자기 가슴이 울렁거리고 살이 저절로 떨려 잠을 이룰 수 없었다. 장막을 나와 하늘을 우러러보니 서북쪽에 크기가 말[斗]만한 별이 홀연 땅으로 떨어진다.

선주는 크게 의심이 나서 그날 밤으로 사람을 공명에게 보내어 무슨 징조인지 알아오라 했다.

그 사람이 성도에 갔다가 돌아와서 공명의 대답을 아뢴다.

"한 대장을 잃을 징조니, 3일 안에 반드시 놀라운 소식이 있을 것이라고 하옵니다."

이튿날부터 군사를 정지시키고 초조해하는데, 시신侍臣이 들어와서 아뢴다.

"낭중에서 장거기장군張車騎將軍의 부장 오반이 보낸 사람이 표문을 가지고 왔나이다."

선주가 발을 구르며 외친다.

"슬프다! 셋째 아우가 끝났도다!"

표문을 받아보니, 과연 장비가 죽었다는 기막힌 내용이었다.

선주는 방성통곡하다가 그 자리에 쓰러져 기절하니, 모든 관리들이 급히 약을 써서 깨어났다.

이튿날, 시신이 들어와서 아뢴다.

"1대의 기병들이 풍우처럼 달려오고 있습니다."

선주가 영채에서 나와 바라보니, 이윽고 그들 중에서 흰 전포를 입고 은銀으로 만든 갑옷을 입은 한 젊은 장수가 앞을 다투듯 달려와 말에서 굴러 떨어지듯 내리더니 땅바닥에 엎드려 통곡한다.

바로 장비의 큰아들 장포였다.

"범강과 장달이 신의 부친을 살해하고 머리를 베어서 동오로 달아났습니다."

이때부터 선주는 너무 애통하여 음식을 먹지 못하니 신하들이 괴로이 간한다.

"폐하는 두 동생의 원수를 갚고자 하시면서 어찌 먼저 용체龍體를 스스로 손상하십니까."

그제야 선주는 음식을 먹고 장포에게 묻는다.

"경은 오반과 함께 본부군을 거느리고 선봉이 되어 부친의 원수를 갚겠는가?"

"나라를 위하고 부친을 위해서라면 만 번 죽는다 해도 사양하지 않겠습니다."

선주는 장포를 보내어 낭중 군사를 일으키려 하는데, 또 한 떼의 군사가 바람을 끊듯이 달려온다는 보고가 들어왔다. 시신에게 알아오라 하니, 잠시 후에 흰 전포와 은으로 만든 갑옷을 입은 젊은 장군이 시신을 따라 들어와 땅바닥에 엎드려 통곡한다.

바로 관흥이었다. 선주는 관흥을 보자 관운장이 생각나서 또 방성통곡한다. 여러 관원이 힘써 말리니 선주는 푸념한다.

"짐이 시골 백성으로 있을 때 관운장과 장비와 의형제를 맺고 생사를 함께하기로 맹세했다. 이제 짐은 천자가 되어 두 아우와 더불어 부귀를 함께하려 했더니, 불행히도 둘 다 비명非命에 세상을 떠났구나. 두 조카를 보니 어찌 애간장이 끊어지지 않으리요."

하고 계속 통곡한다.

여러 관원들이 보다못해,

"두 젊은 장군은 어서 물러가시오. 성상께서 좀 쉬셔야 하오."

하고, 모시는 신하가 아뢴다.

"폐하는 연세가 예순이 넘으셨으니, 과도히 애통하시면 용체에 해롭습니다."

"두 아우가 다 죽었으니 짐이 어찌 혼자 살리요."

하고 선주는 머리를 땅에 짓찧으며 통곡한다.

여러 관원들이 상의한다.

"이제 천자께서 이렇듯 괴로워하시니, 어떻게 하면 슬픔을 풀어드릴 수 있겠소?"

마양이 근심한다.

"주상께서 친히 대군을 거느리고 오를 칠 참인데, 종일 통곡하시니 군사들에게도 이롭지 못하오."

진진陳震이 말한다.

"내 듣건대 성도 청성산靑城山 서쪽에 한 은자가 있으니, 성명은 이의李意라. 세상 사람들이 전하는 말로는 그 노인은 나이 이미 3백여 세며 능히 사람의 생사와 길흉을 환히 아는 당세 신선이라고 하니, 천자께 아뢰어 그 노인을 데려다가 길흉을 물어봅시다. 그러면 우리가 아뢰는 말보다도 효과가 있을 것이오."

마침내 들어가서 아뢰니, 선주는 허락하고 진진에게 조서를 주어 청성산으로 보냈다.

진진이 밤새워 청성에 이르러, 그곳 사람을 길잡이로 삼아 깊은 산골짜기로 들어갔다. 멀리 그 신선의 집을 바라보니, 맑은 구름은 은은하고 상서로운 기운이 어리어 비범하였다.

문득 보니, 한 조그만 동자가 와서 영접한다.

"오시는 어른은 진진 대감이 아니시오니까?"

진진이 크게 놀라,

"선동仙童은 어찌 나의 이름을 아는가?"

"우리 스승님께서 어제 말씀하시기를, '내일은 반드시 황제께서 나를 부르실 것이며, 분부를 받들고 올 사람은 아마 진진일 것'이라고 하셨습니다."

"참으로 신선이로다. 사람들의 말이 거짓이 아니었구나."

진진은 동자와 함께 초당으로 들어가서 이의에게 절하고 천자의 부르심을 전했다. 그러나 이의는 늙었음을 핑계 대고 나서려 하지 않는다.

"천자께서 신선을 한번 보고자 하시니 사양 마시오."

하고 진진이 재삼 간청하자, 이의는 마지못해 따라 나섰다.

이의는 진진을 따라 어영에 이르자 안으로 들어갔다.

선주가 보니 이의는 학발鶴髮 동안童顔이요, 푸른 눈동자가 빛나는데다가 몸이 옛 측백나무[栢] 같은지라, 보통 사람이 아님을 알고 정중히 대우한다.

이의가 묻는다.

"노부老夫는 거친 산, 촌 늙은이로 배운 바도 아는 바도 없는데, 폐하께서 부르셨으니 무슨 분부라도 계십니까?"

"짐은 관운장, 장비 두 아우와 생사를 함께하기로 결의한 지가 30여 년인데, 오늘날 그들은 다 살해됐소. 때문에 친히 대군을 거느리고 원수를 갚을 작정이나 앞날의 길흉을 모르겠구려. 오래 전부터 들은즉 신선은 천지 이치를 다 안다 하니, 바라건대 앞날을 말해주시오."

이의가 대답한다.

"이는 다 하늘의 운수니 노부는 모르옵니다."

군사를 일으켜 오를 공격하는 유비

　선주가 거듭거듭 물으니, 이윽고 이의는 종이와 붓을 달라고 하여 군
사와 말과 무기를 40여 장 그린 후, 곧 그것들을 일일이 찢어버리고(훗
날에 영채 40여 개소가 다 불타고 무너진 것을 예언한 것이다), 또 큰 사
람 하나가 땅에 반듯이 누워 있고 그 곁에서 한 사람이 땅을 파고 묻는
광경을 그림으로 그리고, 그 위에 크게 흰 백白 자 하나를 쓰더니(백제白
帝에서 뒷일을 부탁하는 것을 예언한 것이다) 절하고 떠나가버렸다.
　선주는 불쾌해서 여러 신하를 돌아보며,
　"미친 늙은이니 족히 믿을 것이 못 된다."
하고 곧 그 그림을 태워버리게 하고(훗날 불로 태워버리는 것을 암시한
것이다) 군사들에게 출발을 명령하는데 장포가 들어와서 아뢴다.
　"낭중 땅에서 오반의 군사가 당도했으니, 바라건대 소신이 선봉이 되

고자 하나이다."

선주는 그 뜻이 장하다 하고, 곧 선봉인先鋒印을 장포에게 하사했다. 장포가 선봉인을 허리에 차려 하는데, 한 소년 장수가 분연히 나오며 외친다.

"그 선봉인을 나에게 내놔라!"

보니, 바로 관흥이었다.

장포가 대답한다.

"나는 천자의 분부를 받고 왔노라."

"네가 무슨 능력이 있기에 감히 막중한 책임을 맡느냐?"

"나는 어릴 때부터 무예를 배우고 익혔기 때문에 활을 쏘면 빗나가는 일이 없노라."

선주가 말한다.

"짐은 어진 조카들의 무예를 보고 나서 우열을 정하리라."

이에 장포는 군사를 시켜 백 보 밖에 기를 세우게 한 다음, 그 기폭에 붉은 과녁을 그리게 하고, 활을 당겨 화살 세 대를 계속 쏘니, 하나도 빗나가지 않고 과녁을 꿰뚫는다. 모두가 환호성을 지르며 찬탄한다.

이에 관흥도 활을 잡고,

"과녁을 맞히는 것쯤이야 무슨 기이할 것 있으리요."

말하는데, 이때 마침 머리 위로 기러기 떼가 행렬을 지어 날아간다.

관흥이 쳐다보고 손가락으로 가리키며,

"내 저 세 번째 기러기를 쏘리라."

하고 활을 쏘니, 바로 그 기러기가 화살 한 대에 떨어진다. 문무 관료들이 일제히 박수 갈채를 보낸다.

이를 보고 장포가 성이 머리 끝까지 나서 몸을 날려 말을 타고 장팔점강모丈八點鋼矛를 휘두르며 크게 외친다.

"네가 감히 나와 무예를 겨루겠느냐!"

관흥이 또한 말에 올라 큰 칼을 높이 들고 달려 나오며 대답한다.

"네가 능히 장팔모를 쓴다면, 내 어찌 큰 칼을 쓰지 못하랴!"

두 장수가 서로 맞붙어 싸우려 하는데, 선주가 꾸짖는다.

"너희들은 무례한 짓을 말라."

관흥과 장포 두 장수는 황망히 말에서 내려 각기 무기를 버리고 엎드려 사죄한다.

선주가 타이른다.

"짐이 탁군에서 경들의 부친과 함께 비록 성은 다르나, 결의한 후로 친형제와 다름없이 지냈으니, 이제 너희들 두 사람도 또한 형제간이 아니냐. 한마음으로 힘을 합쳐 함께 부친의 원수를 갚아야 하거늘, 어찌 서로 다투어 대의를 잃으리요. 부친이 세상을 떠난 지 얼마 안 되었는데도 이러니, 장차 뒷날에는 무슨 짓을 할지 모르겠구나!"

두 사람은 일어나 두 번 절하고 죄를 청하니, 선주가 묻는다.

"경들 두 사람 중에 누가 더 나이가 많으냐!"

장포가 대답한다.

"신이 관흥보다 한 살 위로소이다."

선주는 관흥에게 명하여 장포에게 절하라 하고, 앞으로는 '형님'으로 섬기라 했다. 두 사람은 장전帳前에서 화살을 꺾어 서로 맹세하고 길이 돕기로 했다.

선주는 분부를 내려 오반을 선봉으로 삼고 장포와 관흥에게 어가를 호위하게 하여 수륙으로 동시에 출발했다. 배를 탄 군사와 말을 탄 군사가 나란히 행군하며 호호탕탕히 오나라로 쳐들어간다.

한편 범강과 장달은 장비의 머리를 가지고 가서 오후에게 바치고 서촉의 동태를 자세히 일러바쳤다.

손권은 다 듣자 두 사람을 거두고, 문무 백관에게 말한다.

"이제 유현덕이 황제가 되어 강한 군사 70여만 명을 거느리고 친히 우리 나라로 쳐들어온다 하니, 그 형세가 매우 큰지라. 장차 어찌하면 좋을꼬?"

문무 백관이 다 대경 실색하여 서로 쳐다만 보는데, 제갈근이 나서서 아뢴다.

"제가 군후의 녹을 받은 지 오래나 한 번도 은혜에 보답하지 못했으니, 바라건대 남은 목숨을 버릴지라도 몸소 가서 촉주蜀主(유현덕)를 만나보고 이해로써 타일러, 두 나라가 화평을 맺는 동시에 함께 조비의 죄를 치자고 교섭하겠나이다."

손권이 안도하고 즉시 제갈근을 떠나 보내어 선주와 교섭하게 한다.

　두 나라가 싸우게 되니, 사자를 보내는데
　한마디 말로 난국을 타개하겠다며 떠나는 그 사람만 믿는다.
　兩國相爭通使命
　一言解難賴行人

알 수 없구나. 제갈근이 가서 어찌할 것인지.

제82회

손권은 위에 항복하고 벼슬을 받는가 하면
선주는 오를 치고 6군軍에게 상을 주다

장무 원년 가을 8월에 선주는 대군을 일으키고 기관夔關에 이르자 백
제성白帝城에 어가를 주둔했다. 앞서간 전방 부대는 이미 천구川口에 당
도했다.

가까이 모시는 신하가 들어와서 아뢴다.

"오에서 제갈근이 사명을 띠고 왔습니다."

선주는 만나볼 것 없으니 돌려보내라고 한다.

황권이 아뢴다.

"제갈근의 동생이 우리 촉에서 승상으로 있기 때문에 필시 무슨 일이
있어서 왔을 텐데, 폐하는 왜 만나보려 하지 않으십니까? 그를 데리고
오라 하여 그 말하는 것을 들어보시고, 들을 만한 일이면 들으시고 그렇
지 못할 경우엔 오의 죄를 분명히 따져, 그가 돌아가서 직접 손권에게
전하도록 하십시오."

선주는 머리를 끄덕이고 제갈근을 데려오라 했다. 이에 제갈근이 성
안으로 들어와서 땅에 엎드려 절한다.

선주가 묻는다.

"자유子瑜(제갈근의 자)가 먼 곳을 왔으니 무슨 일이냐?"

제갈근이 말한다.

"신의 동생이 폐하를 오래 섬기기 때문에 신이 죽음을 무릅쓰고 특히 형주 일을 아뢰러 왔나이다. 지난날 관운장이 형주에 있었을 때 우리 오후께서는 누차 친선하려고 혼인까지 청한 일이 있었으나, 관운장은 끝내 거절했습니다. 뿐만 아니라 그 후 관운장이 양양을 칠 때만 해도 조조는 우리 오후께 여러 번 서신을 보내어 '이 기회에 형주를 습격하라'고 압력을 가해왔지만, 우리 오후는 끝내 듣지 않았습니다. 그러던 중 결국은 여몽이 관운장과 서로 사이가 좋지 않아서 제 맘대로 군사를 일으켜 마침내 큰일을 잘못 저지르고야 말았습니다. 지금도 우리 오후는 그때 사태를 미연에 막지 못했던 것을 후회하고 계시니, 이는 바로 여몽이 저지른 죄며 오후의 잘못은 아닙니다. 여몽도 이미 죽었으니 원수도 끝났습니다. 더구나 손부인께서 늘 폐하께로 돌아갈 생각이 간절하시기 때문에, 이제 오후께선 신을 시켜 부인을 보내드릴 작정이오며, 항복해왔던 장수들을 모조리 결박지어 폐하께 돌려드리고, 아울러 형주도 지난날 그대로 반환하여 길이 우호를 맺고, 함께 조비를 쳐서 역적의 죄를 밝히고자 하십니다."

선주가 진노한다.

"너희들 동오가 짐의 동생을 살해하고서, 오늘날 교묘한 말로 꾸며대려 왔느냐!"

제갈근이 대답한다.

"신은 청컨대 일의 경중과 대소를 따져 폐하와 논하겠습니다. 폐하는 바로 한나라 황숙으로서 한나라를 빼앗은 역적 조비를 무찔러 없애버릴 생각은 아니하시고, 도리어 성도 다른 동생을 위하여 만승萬乘(천자)

의 귀하신 몸을 수고롭게 하시니, 이는 대의를 버리고 소의를 취함입니다. 또 중원은 천하의 중심지며 양도兩都(허창과 낙양)는 다 대한大漢이 창업한 땅인데, 폐하는 그곳을 취하지 않으시고 다만 형주를 두고 다투시니, 이는 중대한 것을 버리고 가벼운 것을 취함입니다. 천하 사람은 모두 폐하께서 대위에 즉위하시면 반드시 한 황실을 일으키고 잃었던 강산을 다시 찾을 줄로 믿었는데, 이제 폐하는 위의 큰 죄는 묻지 않으시고, 도리어 오를 치려 하시니 참으로 알 수 없는 일입니다."

선주가 버럭 화를 내며 말한다.

"나의 동생을 죽인 원수와는 한 하늘 아래 살 수 없다. 짐은 원수를 갚지 않고는 돌아가지 않으리라. 먼저 너부터 참할 것이로되 승상丞相(공명)의 안면을 보아 살려 보내니, 손권에게 목이나 씻고 죽음을 받도록 일러라."

제갈근은 어쩔 도리가 없어서 강남으로 돌아간다.

한편, 오에서는 장소가 손권에게 말한다.

"제갈근이 촉군의 형세가 큰 것을 알고, 그래서 화평을 교섭해보겠다 핑계를 대고, 실은 우리 오를 배반하여 촉으로 간 것이니 두고 보십시오. 그는 반드시 돌아오지 않을 것입니다."

손권이 대답한다.

"과인과 제갈근은 서로 맹세한 바가 있다. 과인이 그를 저버리지 않았으니 그도 또한 과인을 저버리지 않으리라. 옛날에 제갈근이 시상柴桑 땅에 있을 때 공명이 우리 오에 온 적이 있었다. 과인이 제갈근에게 공명을 붙들어두라고 일렀더니, 제갈근은 '동생이 이미 유현덕을 섬기니 의리로도 변절할 리가 없습니다. 아우가 우리 오에 머물지 아니할 것은 마치 이 제갈근이 다른 나라로 가지 않는 것과 마찬가지입니다' 하고 대답했다. 그때의 그의 말에 신명도 감동하였을 것이다. 그러한 그가 오늘날 어찌 촉에게 투항하겠는가. 과인과 제갈근은 정신으로 사귄 사이다. 아무도 우리를 이간할 수는 없다."

이렇게 말하는데, 제갈근이 돌아왔다고 한다.

손권이 말한다.

"과인의 말이 맞지 않았는가."

장소는 부끄러워서 얼굴을 붉히고 물러갔다.

조금 뒤에 제갈근은 들어와서 유현덕과 교섭했으나, 뜻이 통하지 않았다는 경과를 보고한다.

손권이 깜짝 놀란다.

"그렇다면 우리 강남이 낭패로다."

계단 아래에서 한 사람이 나와 아뢴다.

"한 가지 계책이 있으니 이 위기를 해소하리다."

모든 사람이 보니 그는 바로 중대부 조자趙咨였다.

손권이 묻는다.

"조자는 무슨 좋은 계책이 있소?"

"주공은 표문을 지어주십시오. 제가 위제魏帝 조비에게 가서 이해로써 타이르고 한중 땅을 습격하게 하리다. 그러면 우리보다도 먼저 촉이 스스로 위태하리다."

손권이 머리를 끄덕인다.

"그 계책이 가장 좋다. 경은 이번에 가더라도 우리 동오의 씩씩한 기상을 잃지 말라."

"가서 비굴하게 굴려면 차라리 강물에 몸을 던져 죽을지언정, 무슨 면목으로 강남에 다시 돌아오겠습니까."

손권은 크게 만족하고 즉시 표문을 짓는데, 스스로 신이라 낮추어 쓰고, 조자에게 주어 떠나 보냈다. 조자는 밤낮을 가리지 않고 가서 허도에 당도하자, 우선 태위太尉 가후 등과 대소 관료들부터 만나봤다.

이튿날, 아침 조회 때 가후가 반열에서 나서며 아뢴다.

"동오에서 중대부 조자가 폐하께 표문을 바치러 왔습니다."

조비가 웃으며,

"촉의 군사를 물리치기 위해서 온 것이로다."

하고 곧 불러들이라 한다.

조자가 붉게 칠한 계단 아래에서 절하고 엎드리자, 조비는 손권이 보낸 표문을 읽고 묻는다.

"오후는 사람이 어떠한가?"

조자가 대답한다.

"총명하고 명철하고 인자하고 지혜로우며 영웅의 계략을 품은 주인이올시다."

조비는 웃는다.

"경은 칭찬이 너무 심하도다."

"신은 지나친 칭찬은 하지 않습니다. 우리 오후는 초야에 묻혀 있던 노숙을 등용했으니 이는 총명한 때문이며, 특히 여몽에게 군사를 주어 작전하게 했으니 이는 명철한 때문이며, 우금을 살해할 수 있었으나 죽이지 않았으니 이는 인자한 때문이며, 칼에 피를 묻히지 않고 형주를 취했으니 이는 지혜로운 때문이며, 삼강三江을 의지하고 범처럼 천하를 굽어보니 이는 영웅의 기상인데, 이제 폐하에게 몸을 굽히고 신臣이라 자칭하니 이는 계략이 출중한 때문입니다. 이러하니 어찌 총명과 명철과 인자와 지혜와 영웅의 계략을 겸비한 주인이 아니겠습니까."

조비가 또 묻는다.

"오후는 학문도 잘 아느냐?"

片時魏帝嘻嘻歡動九重顔

一介吳臣欵欵慢搖三寸舌

吳臣趙咨說曹丕

조비를 설복하는 조자

　"오후는 장강에 만 척의 배들과 무장한 백만 대군을 능력 있는 어진 사람들에게 맡기고, 항상 경략經略에 뜻을 두며, 조금만 여가가 있어도 널리 서적을 보고 역사책을 두루 읽어 그 요점만 취하니, 서생들처럼 문장이나 따지고 구절이나 외는 그런 짓은 않습니다."

　"짐이 오를 칠 수 있을까?"

　"큰 나라가 쳐들어오면 조그만 나라는 막아낼 계책이 있을 뿐입니다."

　"오는 우리 위를 두려워하는가?"

　"장강과 한수漢水를 연못처럼 생각하는 백만 대군이 있으니, 어찌 두려워할 리 있습니까."

　"동오에는 대부와 같은 사람이 몇 명이나 있느냐."

　"총명하고 뛰어난 자는 한 8, 90명 되며, 신과 같은 무리는 수레로 실어 나르고 말[斗]로 되어도 그 수효를 다 헤아리지 못할 정도입니다."

조비가 탄식한다.

"어느 나라에 가도 자기 임금을 욕되게 않는다(『논어論語』에 있는 구절)는 옛말이 있으니, 바로 그대를 두고 한 말 같도다."

이에 조비는 어명을 내려 태상경太常卿 형정邢貞에게 조서를 쓰게 하고, 손권을 오왕吳王으로 책봉하여 구석九錫을 내렸다. 황제가 공 있는 제후에게 주는 상을 석錫이라 하는데, 아홉 가지에는 거마車馬, 의복衣服, 주호朱戶, 악칙樂則, 납폐納陛, 호분虎賁(군사軍士), 궁시弓矢, 부월斧鉞, 거창秬鬯(제주祭酒)이 있다.

이에 조자는 사은하고 궁중에서 물러나왔다.

대부 유엽이 간한다.

"이번에 손권은 촉군이 두려워서 항복해온 것입니다. 신의 어리석은 소견으로는 촉과 오가 싸우기만 하면 이는 하늘이 그들을 없애버리는 것입니다. 이제 뛰어난 장수에게 군사 수만 명을 주어 장강을 건너가서 오를 습격하라 분부하십시오. 오는 밖으로 촉군의 공격을 받고 안으로 우리 위군의 습격을 받으면 불과 열흘 이내에 망하고 맙니다. 오만 망하면 촉은 혼자 외로이 남게 됩니다. 그런데 폐하는 어째서 이런 일을 도모하려 하지 않으십니까?"

"손권이 예를 갖추어 짐에게 복종하겠다는데, 짐이 그를 친다면 이는 짐에게 항복하려는 천하의 인심을 막는 결과가 된다. 그러니 손권을 용납하는 것이 옳으니라."

유엽이 계속 간한다.

"손권은 씩씩한 재주가 있으나 한나라 밑에서 표기장군 남창후南昌侯라는 미미한 직분을 받았습니다. 벼슬이 낮으면 형세도 미약해서 우리 중원을 두려워하지만, 이제 왕이 되면 바로 폐하보다 한 계급 밑입니다.

이제 폐하는 그가 거짓 항복한 것을 곧이 믿으시고, 더구나 그 지위까지 높여주어 세력을 펴게 하니 이는 범에게 날개를 달아주는 격입니다."

조비는 대답한다.

"그렇지 않다. 짐은 오도 돕지 않고 촉도 돕지 않으리라. 오와 촉이 서로 싸워 그 중 하나가 망하고 하나만 남게 되면, 그때에 남은 하나를 쳐 없애버리는 데 무슨 어려울 것이 있으리요. 짐은 결심했으니 경은 다시 여러 말 말라."

조비는 드디어 태상경 형정에게 손권을 왕으로 봉한다는 책문과 구석을 하사한다는 조서를 주어 조자와 함께 동오로 보냈다.

한편, 손권은 모든 관원들을 모으고 촉군을 막을 계책을 상의하는데,

"위제가 주공을 왕으로 봉했으니 예의상 나오셔서 영접하시라."

하는 통지가 왔다.

고옹이 간한다.

"주공은 전처럼 상장군上將軍 구주백九州伯이라 자칭하시고, 위제 조비가 주는 벼슬을 받지 마십시오."

"옛날에 패공沛公(한 고조)도 항우項羽가 주는 벼슬(한왕漢王이란 왕호)을 받았으니, 매사는 형편 따라 하는 것이다. 거절할 것 없다."

손권은 마침내 문무 백관을 거느리고 성에서 나와 영접했다.

형정은 자기가 큰 나라 천자의 사신이라고 뽐내며, 손권이 영접하는데도 수레에서 내려오지 않았다.

이를 본 장소가 분노를 감추지 못하고 소리를 버럭 지른다.

"예의는 공경하는 것이고 법은 엄숙한 것이다. 그런데 그대가 감히 철없이 거만을 부리니, 그래 우리 강남엔 한치의 칼도 없는 줄 아느냐!"

그 말에 형정은 황망히 수레에서 내려와 손권과 직접 대하고, 함께 수

레를 타고서 성안으로 들어가는데, 뒤에서 또 한 사람이 방성통곡한다.

"우리가 목숨을 버리고 충성을 다하여 위를 무찌르고 촉을 차지하지 못했기 때문에, 오늘날 우리 주공께서 다른 사람에게 벼슬을 받으시는구나! 어찌 우리의 수치가 아니리요!"

모든 사람들이 보니, 그는 바로 서성이었다.

형정은 그 울부짖는 소리를 듣고서,

'강동의 장수와 신하들이 저러하니, 끝내 남의 압제를 받을 사람들이 아니구나!'

하고 속으로 찬탄했다.

손권이 벼슬을 받고, 모든 문무 관원들은 절하고 축하를 끝내자, 아름다운 옥과 좋은 구슬 등을 모아 위나라 조비에게 보내고 감사했다.

첩자가 돌아와서 손권에게 보고한다.

"촉의 유비는 본국의 대군大軍과 만왕蠻王 사마가沙摩柯의 오랑캐 군사 수만 명까지 거느리고, 또 동계洞溪의 한장漢將인 두로杜路, 유영劉寧의 양로군兩路軍과 긴밀한 연락을 취하면서 수로水路, 육로로 동시에 진격해오는데, 그 형세는 하늘을 진동하며, 더구나 수로군水路軍은 이미 무구巫口를 지났고, 육로군陸路軍은 자귀坊歸까지 왔습니다."

이때 손권은 비록 왕위에 올랐으나 위왕 조비가 끝내 도와주지 않으므로 어쩔 수가 없었다.

그래서 문무 관원들에게 묻는다.

"촉군의 형세가 크니 이 일을 어찌하면 좋을꼬."

"……"

아무도 대답하는 사람이 없다.

손권이 탄식한다.

"주유의 후임으론 노숙이 있었고, 노숙의 후임으론 여몽이 있었다. 여몽이 죽고 나니 이제는 과인과 함께 근심을 나눌 사람도 없구나."

말이 끝나기도 전에 반열 가운데서 한 소년 장군이 분연히 나와 엎드린다.

"신이 비록 나이는 어리나 일찍부터 병서를 익혔습니다. 바라건대 군사 수만 명만 주시면 촉군을 격파하겠습니다."

손권이 보니, 그는 바로 손환孫桓이었다.

손환의 자는 숙무叔武다. 그의 아버지 이름은 하河며, 원래 성은 유兪 씨였는데, 손책孫策이 그를 총애해서 손孫씨 성을 하사했기 때문에 그때부터 오왕의 종족이 된 사람이었다. 이리하여 손씨가 된 손하孫河에게는 아들 넷이 있었는데, 손환은 바로 맏아들로서 활 쏘고 말 타는 솜씨가 특히 출중하여 항상 손권을 따라 싸움에 나아가 여러 번 놀라운 공을 세웠으므로 벼슬이 무위도위武衛都尉에 올랐고, 이때 나이 25세였다.

손권이 묻는다.

"네게 이길 만한 무슨 계책이라도 있느냐?"

손환이 대답한다.

"신에게 대장 두 사람이 있습니다. 한 명은 이이李異며 또 한 명은 사정謝旌입니다. 그들은 모두 만 명도 대적할 만한 용맹이 있으니, 바라건대 군사 수만 명만 주시면 유비를 사로잡으러 가겠습니다."

손권이 분부한다.

"조카가 영용하지만 아직 나이가 어리니, 누구든 돕는 사람이 하나 있어야 할 것이다."

호위장군虎威將軍 주연이 나서며 아뢴다.

"바라건대 신이 소장군小將軍과 함께 가서 유비를 사로잡겠습니다."

손권이 머리를 끄덕이며 손환을 좌도독左都督으로 봉하고, 주연을 우도독으로 봉했다. 즉시 수군 육군 5만 명을 일으키도록 명령하는데, 파발꾼이 급히 말을 달려와서 보고한다.

"촉군은 이미 의도宜都 땅에 이르러 영채를 세웠습니다."

이에 손환은 말 탄 군사 2만 5천 명을 거느리고 급히 떠나, 의도 땅 접경에 가서 영채 셋을 앞뒤로 나눠 세우고 촉군과 서로 대치했다.

이보다 앞서 촉나라 장수 오반吳班은 선봉이 되어 성도를 떠나온 이래로, 이르는 곳마다 기세에 눌린 적이 항복하는지라, 군사들은 칼에 피한 방울 묻히지 않고 바로 의도 땅까지 들어왔다. 그리고 알아보니 손환이 와서 접경에다 영채를 세웠다고 한다.

오반은 즉시 사람을 보내어 그 실정을 선주에게 보고했다. 이때 선주는 이미 자귀 땅에 와 있었다.

보고를 듣자 선주가 발끈 화를 낸다.

"그런 어린아이를 장수로 삼아 감히 짐에게 대항한단 말이냐!"

관흥이 아뢴다.

"손권이 그런 아이를 장수로 삼아 보냈다면, 폐하는 수고로이 대장을 보내실 것 없습니다. 바라건대 신이 가서 잡겠습니다."

"그럼 짐이 너의 씩씩한 기상을 보리라."

선주가 허락했다.

관흥은 선주께 절하고 떠나려 하는데, 장포가 썩 나서며 아뢴다.

"관흥이 싸우러 가니 신도 함께 보내주소서."

선주가 대답한다.

"두 조카가 함께 가는 것도 묘하리라. 그러나 매사에 삼가고 무리하지 말라."

관흥과 장포는 선주께 하직하고 가서, 선봉인 오반과 합동하여 일제히 군사를 거느리고 진영을 벌였다.

이때 손환은 많은 촉군이 와서 여러 영채를 세우는 걸 바라보고 역시 둥글게 진영을 벌였다.

손환이 이이와 사정 두 장수를 거느리고 말을 타고 문기 아래로 나선다. 촉의 진영에서도 두 대장이 나오는데, 다 같이 은 투구를 쓰고 은으로 만든 갑옷을 입고 흰말을 타고 흰 기를 꽂았으니, 오른 쪽 장수 장포는 장팔점강모를 잡고, 왼쪽 관흥은 큰 칼을 비껴 들었다.

장포가 크게 꾸짖는다.

"이 어린 손환 놈아! 죽음이 눈앞에 닥쳤는데도 감히 천자의 군사에 항거할 테냐!"

손환이 역시 꾸짖는다.

"너의 부친은 벌써 머리 없는 귀신이 됐는데, 이제 너까지 죽고 싶어서 왔느냐. 참 어리석은 놈이로다."

장포가 버럭 화를 내며 창을 잡고 손환에게 달려드니, 손환의 뒤에 있던 사정이 말을 달려 나와서 가로맡아 접전한다. 싸운 지 30여 합에 사정이 패하여 달아나니 장포가 이긴 김에 뒤쫓는다.

이이는 사정이 패한 것을 보고 황망히 박차를 가하여 말을 달려가서 잠금부戕金斧를 휘두르며, 추격해오는 장포를 가로맡아 20여 합을 싸웠으나 승부가 나지 않는다.

이때 오나라 군사들 가운데 비장裨將 담웅譚雄은 이이가 영특한 장포에게 몰리는 것을 바라보고 몰래 활을 쏘아, 바로 장포가 탄 말을 맞혔다. 화살을 맞은 말은 괴로이 울부짖으며 본진을 향해 돌아가다가 미처 문기 앞까지 못 가고 도중에서 쓰러지는 바람에, 타고 있던 장포는 저만큼 땅바닥에 나동그라졌다.

순간 이이는 나는 듯이 말을 달려와 큰 도끼로 장포의 머리를 내려치는데, 갑자기 붉은빛이 번쩍하면서, 도리어 이이의 머리가 땅바닥에 떨어져 구른다.

이이를 베고 장포(오른쪽 위)를 구하는 관흥

관흥이 멀리서 장포가 탄 말이 돌아오는 것을 보고 영접하러 달려나갔다가, 장포의 말이 쓰러지는 틈을 타서 이이가 덤벼드는 것을 보고, 쏜살같이 마주 달려들어 크게 외치면서 한칼에 이이의 목을 쳐 날렸던 것이다.

관흥은 장포를 구출하고 이긴 김에 무찌르니, 손환은 크게 패하여 달아나고, 각기 징을 울려 각기 군사를 거두었다.

이튿날, 손환이 또 군사를 거느리고 오자, 장포와 관흥은 일제히 나갔다. 관흥이 진영 앞에 말을 세우고 크게 꾸짖으니, 손환이 크게 노하여 칼을 휘두르며 말을 달려온다. 관흥이 역시 달려나가 서로 어우러져 싸운 지 30여 합에, 손환은 힘이 부족해서 싸움에서 패한 채 본진으로 달아난다. 관흥과 장포 두 장수는 뒤쫓아 적의 진영으로 쳐들어가고, 때를 함께하여 오반도 장남張南, 풍습馮習을 데리고 군사를 휘몰아 오나라 군사를 엄습한다.

장포가 용기를 분발하여 맨 앞에 서서 오나라 군사를 마구 무찌르다가 마침 사정을 만나자 창으로 단번에 찔러 죽이니, 그제야 오나라 군사는 사방으로 흩어져 달아난다. 촉나라 장수들은 싸움에 이기고 군사를 거두는데, 관흥이 보이지 않는다.

장포가 매우 놀라,

"관흥을 잃으면 나 혼자 살 수 없다."

하고 창을 고쳐 들고 말에 뛰어올라 몇 리를 달려 찾아가는데, 왼손에 칼을 들고 오른손에 오나라 장수 한 명을 사로잡아오는 관흥을 만났다.

장포가 급히 묻는다.

"그게 누구냐?"

관흥이 웃으며 대답한다.

"한참 싸우다가 마침 원수를 만났기에 사로잡아오는 길이오."

장포가 보니, 바로 어제 몰래 활을 쏘아 자기 말을 맞혔던 담웅이었다. 장포는 매우 만족하고 관흥과 함께 본영으로 돌아가서, 담웅의 목을 참하여 그 피를 뿌려 죽은 말을 제사지내고, 선주에게 사람을 보내어 승전을 보고했다.

한편, 손환은 이이·사정·담웅 등 허다한 장수와 군사를 잃고 기세가 꺾이고 힘이 다했다. 능히 촉나라 군사를 대적할 수 없어 손권에게 사람을 보내어 구원을 청했다.

이때 촉나라 장수 장남과 풍습이 선봉장 오반에게 말한다.

"이제 오의 군사가 패했으니, 이 기회에 적의 영채를 무찔러야 하오."

오반이 대답한다.

"손환이 비록 많은 장수와 군사를 잃었지만 주연의 수군이 지금 강에

결진結陣하고 있소. 우리가 적군의 영채를 무찌르는 동안에 만일 적의 수군이 상륙하여 우리가 돌아갈 길을 끊는다면, 그때는 어찌하려오?"

장남이 말한다.

"그건 걱정 마시오. 관흥과 장포 두 장수에게 각기 군사 5천 명씩을 거느리고 산골짜기에 매복하게 했다가, 주연의 수군이 상륙하여 길을 끊으러 오거든, 그때에 좌우에서 일제히 내달아 나가 협공하면 반드시 이길 것이오."

오반이 말한다.

"그러려면 먼저 졸개들을 적의 주연에게로 보내어 거짓 항복하게 하고, 우리가 손환의 영채를 습격하기로 작정한 일을 밀고하게 하는 것이 차라리 유리하오. 그런 뒤에 불을 올리면 그들이 반드시 구원 올 것이니, 그때 우리 복병들이 나가서 협공하면 크게 성공하리라."

풍습 등은 이에 동의하고 그 계책대로 착수했다.

한편, 주연은 손환이 많은 장수와 군사를 잃었다는 기별을 듣고 곧 가서 도와주려는데, 마침 망을 보러 나갔던 군사들이 촉나라 졸개 몇 사람을 데리고 왔다.

주연이 그들에게 묻는다.

"너희들은 어떻게 왔느냐?"

촉나라 졸개들이 고한다.

"저희는 원래 풍습의 수하에 있던 졸개들인데 상벌이 분명하지 않아서 불평을 품고 장군께 항복하러 왔습니다. 그리고 특히 한 가지 기밀을 알려드리려 합니다."

"그 기밀이란 뭐냐?"

"오늘 밤에 풍습은 손환 장군의 영채를 습격할 작정인데, 미리 불을 올려 신호를 삼을 것이라 합니다."

주연은 이 일을 손환에게 알리려고 즉시 사람을 보냈다. 그러나 그 사람은 가는 도중에서 관흥에게 붙들려 죽음을 당했다.

그런 줄도 모르고 주연은 상의 끝에 군사를 거느리고 손환을 구원하러 가려 하는데 부장 최우崔禹가 말린다.

"항복해온 졸개들의 말을 깊이 믿었다가 일단 속는 날이면, 우리 수륙 양군은 다 전멸합니다. 그러니 장군은 그냥 수채를 지키고 계십시오. 내가 장군을 대신해서 군사를 거느리고 가겠습니다."

주연은 머리를 끄덕이며 마침내 최우에게 군사 만 명을 주어 보냈다.

이날 밤에 풍습, 장남, 오반은 세 길로 나뉘어 군사를 거느리고 떠나 일제히 손환의 영채로 쳐들어가서 사방에 불을 지르니, 오나라 군사는 크게 혼란하여 길을 찾아 달아난다.

한편 최우는 손환의 영채가 있는 쪽에서 불이 치솟는 것을 보고 급히 군사를 몰아 산밑을 돌아 나가는데, 문득 산골짜기에서 북소리가 크게 진동하면서 왼편에서는 관흥이, 오른편에서는 장포가 내달아와 협공한다. 최우는 대경 실색하고 달아나다가 바로 장포를 만나 서로 어우러져 싸운 지 단 1합에 사로잡혀 끌려갔다.

한편, 주연은 사태가 위급하다는 보고를 받고 배를 몰아 5, 60리 하류로 후퇴했다.

이때, 손환은 패잔병을 거느리고 열심히 달아나며 부장部將에게 묻는다.

"이제 어느 성이 견고하고 곡식이 많으냐?"

부장이 대답한다.

"여기서 북쪽으로 곧장 가면 이릉성醒陵城이 있으니 군사를 가히 주둔시킬 만합니다."

손환은 패잔병을 거느리고 나아가 겨우 이릉성에 들어가서 숨을 돌리려는데, 어느새 오반 등이 추격해와서 성을 사방으로 에워쌌다.

한편, 관흥과 장포 등은 최우를 결박지어 자귀 땅으로 돌아갔다. 선주는 크게 환영하며 최우를 참하라 분부한 후 삼군에게 큰 상을 하사하니, 이때부터 촉나라 위풍이 강남에 진동하고 오나라의 모든 장수들은 겁을 먹었다.

한편, 손환은 사람을 보내어 오왕(손권)에게 구원을 청했다.

오왕은 크게 놀라 문무 백관을 모으고 상의한다.

"이제 손환은 이릉성에서 포위를 당하고 주연은 강에서 크게 패하여, 촉군의 형세가 매우 크니, 이 일을 어찌하면 좋을꼬?"

장소가 아뢴다.

"지난날의 장수들은 많이 작고作故했으나(이때 정보 · 황개 · 장흠 등은 이미 병사하고 없었다) 아직도 천여 명의 장수가 있으니, 유비는 염려 마십시오. 즉시 한당을 대장으로, 주태를 부장으로, 반장을 선봉으로, 능통을 후군으로, 감영甘寧을 구원군으로 삼아, 군사 10만 명을 일으켜 적을 막도록 하소서."

손권은 그 말을 좇아 즉시 모든 장수들에게 명령을 내리고 속히 실행하도록 했다. 이때 감영은 이질을 앓는 몸이건만 출전을 마다하지 않았다.

한편, 선주는 무협巫峽, 건평建平 땅에서부터 이릉 경계까지의 70여 리 사이에 40여 개소의 영채를 늘어세우고, 관흥과 장포가 큰 공을 계속 세우는 것을 보고서 찬탄한다.

"옛날에 짐을 따르던 모든 장수들은 이제 다 늙어서 쓸 데가 없는데, 두 조카가 계속 저처럼 영용하니, 짐이 손권을 염려할 것 있으리요."

이렇게 말하는데, 오나라 한당과 주태가 군사를 거느리고 온다는 보고가 들어왔다.

선주는 장수를 보내어 적군을 맞이하여 싸우게 하려는데, 가까이 모시는 신하가 아뢴다.

"노장 황충이 군사 5, 6명을 거느리고 방금 동오에 항복하러 갔다 합니다."

선주는 웃으며,

"황충은 반역할 사람이 아니다. 짐이 늙은 장수는 쓸 곳이 없다고 실언한 것을 그는 긍정하지 않고, 그래서 분연히 적군과 싸우러 간 것이다."

하고 즉시 관흥과 장포를 불러들여 분부한다.

"황충을 잃을까 두렵다. 두 조카는 수고롭다 말고 가서 돕되, 노인 장수가 약간의 공을 세우거든 즉시 돌려보내라. 노인 장수가 전사하지 않도록 적극 보호해야 한다."

관흥과 장포 두 장수는 선주께 하직하고 본부 군사를 거느리고 황충을 도우러 달려간다.

늙은 신하는 본시 임금께 충성하려는 뜻이 철석 같고
젊은 장수는 능히 국가에 보답하는 공을 이룬다.
老臣素矢忠君志
年少能成報國功

알 수 없구나. 황충이 가서 어찌할 것인지.

제83회

선주는 효정에서 싸워 원수를 잡고
강구를 지키던 서생은 대장이 되다

장무 2년 봄 정월에, 무위후장武威後將 황충은 선주를 따라 오나라를 치는데, 선주가 늙은 장수는 쓸데없다고 말하는 것을 듣고서, 즉시 칼을 잡고 말을 달려 친히 군사 5, 6명만 거느리고 바로 이릉醱陵 땅 영채로 갔다.

오반은 장남, 풍습과 함께 나와서 황충을 영접하고 묻는다.

"노장군은 이곳에 무슨 일로 오셨습니까?"

"나는 장사에서 천자(유현덕)를 모신 이래로 오늘에 이르기까지 많은 일을 했소. 이제 비록 나이는 일흔이 넘었지만 오히려 고기 열 근을 거뜬히 먹어치우고, 무거운 활을 맘껏 잡아당기고, 능히 말을 타고 천리를 달릴 수 있으니, 아직 늙었다고는 못하리라. 그런데 어제 주상께서 말씀하시기를 우리 늙은 장수들은 쓸 데가 없다고 하시기에 그래서 내 동오 군사들과 직접 싸우러 왔소. 반드시 적의 장수를 참하여 과연 늙었는지 아닌지를 보이리라."

이렇게 말하는데, 오나라 군사 선발대가 도착하고 적의 척후병이 이곳 진영 가까이 나타났다는 보고가 들어왔다.

황충이 분연히 일어나 장막을 나가 말에 올라타는데, 풍습 등이 말린다.

"노장군은 경솔히 행동 마십시오."

황충이 듣지 않고 말을 달려가니, 오반은 풍습에게 군사를 주어 노장군을 돕도록 보냈다.

황충이 오나라 군사 진영 앞에 이르러 칼을 비껴 들고 혼자서 적의 선봉인 반장에게 싸움을 걸자, 반장은 부장인 사적史蹟을 내보냈다. 사적은 늙은 황충을 얕보고 달려 나와 창을 휘두르며 싸운 지 3합에 칼을 맞고 두 조각이 나서 말 아래로 떨어진다.

이를 바라본 반장은 화가 치밀어 지난날 관운장이 쓰던 청룡도를 휘두르며 달려 나와 황충과 어우러져 싸운 지 수합에 승부가 나지 않는다. 이에 황충이 힘을 분발하여 싸우니, 반장은 대적할 수가 없어 말을 돌려 달아난다. 황충이 이긴 김에 뒤쫓아가서 적을 완전히 무찔러 이기고 돌아오다가, 도중에서 관흥과 장포를 만났다.

관흥이 말한다.

"우리는 천자의 어명을 받고 노장군을 도우러 왔습니다. 장군은 이미 공을 세웠으니, 속히 천자께로 돌아가십시오."

황충은 조용히 머리를 흔들 뿐 듣지 않았다.

이튿날, 반장이 다시 와서 싸움을 거니, 황충은 분연히 말에 올라탄다. 관흥과 장포가 돕겠다고 나서는 걸 황충은 거절했다. 오반이 돕겠다고 청하는 것도 거절한 다음, 황충이 친히 군사 5천 명을 거느리고 나가서 싸운 지 수합에, 반장이 말을 돌려 달아난다.

황충이 뒤쫓으며,

"적장은 게 섰거라. 내가 관운장의 원수를 갚으리라."

큰소리로 외치고 30리 가량 뒤쫓아갔을 때였다. 갑자기 사방에서 함성이 크게 진동하며 적의 복병이 일제히 쏟아져 나오니, 오른쪽은 주태요, 왼쪽은 한당, 앞은 반장, 뒤에선 능통이 달려와 황충을 포위하는데, 홀연 광풍이 크게 일어난다.

황충이 급히 물러가려고 하는데, 언덕에서 마충이 1대의 군사를 거느리고 나타나 활을 쏘아 황충의 어깨를 맞혔다. 화살을 맞고 황충은 하마터면 말에서 떨어질 뻔했다.

오나라 군사는 황충의 어깨에 화살이 꽂힌 것을 보자 일제히 쳐들어오는데, 문득 뒤에서 함성이 크게 일어나며 한 떼의 군사가 두 방면으로부터 무찌르고 들어와, 오나라 군사를 마구 죽여 흩어버리고 황충을 구출하니 바로 관흥과 장포였다. 관흥과 장포는 황충을 호위하여 어전御前 대영大營에 이르렀다. 황충은 늙어서 혈기가 쇠한데다 화살 맞은 상처가 터지는 통에 몹시 아파서 병세가 위중하였다.

선주가 친히 납시어 보고 황충의 어깨를 쓰다듬으며 말한다.

"노장군에게 이렇듯 상처를 입게 한 것은 다 짐의 허물이로다."

황충이 아뢴다.

"신은 한낱 무부武夫입니다. 다행히 폐하를 만났고 신의 나이 이제 75세라, 수도 충분히 누렸으니, 바라건대 폐하는 용체를 보중하여 중원을 도모하소서."

말을 마치자 황충은 이내 정신을 잃고, 이날 밤 어영에서 세상을 떠났다.

후세 사람이 황충을 찬탄한 시가 있다.

노인 장수 황충으로 말하면
서천을 정할 때 큰 공을 세웠도다.

거듭 금 쇠사슬의 갑옷을 입고

철궁을 좌우로 당겼도다.

그의 담력은 하북을 놀라게 하고

그의 위엄은 촉 땅을 진압했도다.

세상을 떠날 때 모발이 흰 눈 같았으니

아아! 스스로 영웅임을 나타냈도다.

老將說黃忠

收川立大功

重披金鎖甲

雙挽鐵胎弓

膽氣驚河北

威名鎭蜀中

臨亡頭似雪

猶自顯英雄

선주는 황충이 죽자 매우 슬퍼하며 좋은 관을 마련하고, 성도로 운구하여 장사지내게 하고 탄식한다.

"오호대장 중에 세 사람이 죽었건만, 짐은 아직도 원수를 갚지 못했으니, 참으로 원통하다."

이에 어림군御林軍(친위군)을 거느리고 바로 효정淆亭으로 나아가 모든 장수들을 불러모으고, 군사를 8로로 나눴다. 이리하여 황권은 군사를 거느리고 수로로 나아가고 선주는 친히 대군을 거느리고 육로로 나아가니, 때는 장무 2년 2월 중순이었다.

한편 오나라 장수 한당과 주태는 선주가 친히 쳐들어온다는 보고를 받자, 군사를 거느리고 나아가서 서로 진영을 벌이며 전투 태세를 갖추었다.

한당과 주태가 말을 타고 나가며 바라보니, 촉나라 진영의 문기^{門旗}가 젖혀지면서 선주가 친히 나오는데, 황라쇄금산黃羅鎖金傘의 좌우로 백모_{白旄} 황월黃鉞이 따르고 금은 정절金銀旌節이 호위하고 있었다.

한당이 목청껏 외친다.

"폐하는 이제 촉나라 주인인데, 어찌 경솔히 나오시오? 일단 패하면, 후회해도 소용없으리다."

선주가 손가락으로 가리키며 꾸짖는다.

"너희들 동오의 개가 짐의 수족 같은 신하들을 살해했으니, 맹세코 너희들과 함께는 이 세상에 살지 않으리라!"

한당이 모든 장수들을 돌아보며 묻는다.

"누가 촉군을 쳐 무찌르겠느냐?"

부장 하순夏恂이 창을 높이 들고 말을 달려 나가니, 선주의 뒤에서는 장포가 장팔모를 잡고 말을 달려 나오는 동시에, 대갈일성하면서 바로 하순에게 달려든다.

하순은 장포의 우레 같은 소리에 기겁을 하고 달아나려 한다. 주태의 동생 주평周平은 하순이 장포를 대적하지 못하는 것을 보고 칼을 휘두르며 말을 달려 나가니, 관흥이 이를 보고 칼을 들고 말을 달려 나온다. 이때 장포가 벼락치듯 외치며 단번에 하순을 장팔모로 찔러 말 아래로 거꾸러뜨린다. 무참히 죽는 하순을 본 주평이 깜짝 놀라 미처 손을 쓰지 못하는 사이에, 관흥은 쏜살같이 달려들어 한칼에 주평마저 두 동강으로 베어 죽인다.

관흥과 장포가 동시에 쳐들어가니, 한당과 주태는 황망히 진영 안으로 도망쳐 들어갔다.

선주가 바라보고 찬탄한다.

효정에서 하순을 쓰러뜨리는 장포. 왼쪽 위는 유비

"범 같은 부친에 과연 범 같은 아들이로다!"

이어서 선주가 말채찍을 들어 진격을 지시하니, 군사들은 쳐들어가며 마구 무찌르고, 오나라 군사는 크게 패하여 달아난다.

이에 촉나라 8로의 군사는 여덟 방면으로 적군을 포위하고, 마치 큰 파도처럼 비벼 뭉개니, 오나라 군사의 시체는 들에 가득히 깔렸고, 피가 흘러 때아닌 냇물을 이루었다.

이때 오나라 장수 감영은 이질이 낫지 않아 배 안에서 조섭을 하다가, 적군이 크게 쳐들어온다는 보고를 듣고 황급히 말에 올라타고 가는데, 정면에서 1대의 오랑캐 군사들이 머리를 풀어헤치고 맨발로 진격해 온다.

그들 오랑캐 군사는 모두 활과 노와 긴 창과 당패蔣牌(무기 이름)와

칼과 도끼를 쓰니, 선두에 선 자는 만왕蠻王 사마가였다. 그는 나면서부터 얼굴이 피를 바른 듯 붉고 푸른 눈은 튀어나오고, 늘 철질려골타鐵丁蔾骨朶(무기 이름)를 쓰며, 허리 좌우에는 활을 달았는데, 그 위풍이 대단했다.

감영은 떼를 지어 오는 오랑캐 군사를 보자, 그만 기가 질려 말을 돌려 달아나다가, 사마가가 쏜 화살에 머리를 맞고, 화살을 뽑을 사이도 없이 도망쳐 부지구富池口에 이르러 큰 나무 밑에 앉아 죽으니, 나무 위의 수백 마리 까마귀 떼가 내려와 시체를 에워싸고 울었다.

오왕 손권은 이 소식을 듣자 매우 슬퍼하며 감영을 성대히 장사지내 주게 하고, 그곳에 사당을 지으니, 그런 후로 해마다 제사가 끊이지 않았다. 홍치본弘治本『삼국지』원주原註에 의하면 지금도 부지구에는 감영묘甘寧廟가 있다 한다. 그곳을 지나는 나그네는 반드시 참배하는데, 매우 영험이 놀라운 수가 있어 까마귀 떼들이 나그네를 다음 숙소까지 전송해준다는 것이다. 『요재지이聊齋志異』권3 제9화「죽청竹青」은 감영묘의 전설에서 취재한 것이다.

후세 사람이 감영을 찬탄한 시가 있다.

> 오군의 감영으로 말하면
> 그는 원래가 장강의 해적으로서 세칭 금범적錦帆賊이었다.
> 그에게 '동오를 섬기라'고 권한 소비蘇飛가 동오에 붙잡혔을
> 때 그는 소비를 살려주어 옛 친구의 은혜에 보답하였고
> 또 그는 능통의 부친 능조凌操를 죽였으므로 능통의 원수가 됐
> 으나, 뒤에 위기에 빠진 그를 구출하여 친교를 맺었도다.
> 그는 겨우 기병 백 명을 거느리고 밤에 조조의 진영을 기습하
> 고 전원 무사히 돌아온 일도 있으며
> 항상 군사를 휘몰아 큰 공을 세웠도다.

영특하구나! 까마귀도 능히 그의 신령을 나타내니

천추에 그를 제사지내는 향불이 끊이지 않도다.

吳郡甘興覇

長江錦寅舟

酬君重知己

報友化仇讐

劫寨將輕騎

驅兵飮巨遼

神鴉能顯聖

香火永千秋

38회, 67회, 68회에 감영에 관한 이야기가 있다.

한편 선주는 계속 추격하여 마침내 효정 땅을 점령하고, 살아 남은 오나라 군사는 사방으로 흩어져 달아났다.

이윽고 선주는 군사를 거두었으나, 다만 관흥이 보이지 않았다. 선주는 황망히 장포 등에게 관흥을 찾아오라 명령했다.

원래 관흥은 오나라 진영에 쳐들어가서 적군을 마구 죽이다가, 바로 부친의 원수인 반장을 보고 급히 말을 달려 뒤쫓아갔다. 크게 놀란 반장은 허둥지둥 말을 달려 산속으로 자취를 감추었다. 관흥은 그놈이 이 산속에 있지 가면 어디로 가랴 하고, 이리저리 찾아다니다가 끝내 발견하지 못했는데, 어느덧 해는 저물고 길마저 잃었다. 다행히 별이 많이 뜨고 달빛이 밝아서, 산속 궁벽한 곳까지 찾아 들어갔을 때는 밤 2경이었다.

산속에 집이 한 채 있기에 말에서 내려 문을 두드리니, 한 노인이 나와 보고 묻는다.

"그대는 누구시오?"

관흥이 청한다.

"나는 전장에 온 장수인데, 길을 잃고 이곳에 이르렀소이다. 한끼 식사로 주린 배를 채워주면 감사하겠소."

노인이 들어오라 한다. 관흥이 따라 들어가 본즉 촛불이 밝혀 있고 방안에 관공의 신상神像을 그린 그림이 모셔져 있다.

관흥이 크게 통곡하며 부친 초상 앞에 절하니, 노인이 묻는다.

"장군은 왜 그리 슬피 울며 절하시오?"

"이 어른은 바로 나의 부친이로소이다."

이 말을 듣자 노인이 관흥에게 절한다.

관흥이 묻는다.

"노인은 어째서 우리 부친을 모시오?"

"이 지방은 다 신을 존경하오. 관운장께서 살아 계셨을 때도 이 일대는 집집마다 관운장을 모셨소. 더구나 세상을 떠나 신이 되셨는데, 어찌 모시지 않을 수 있습니까. 이 늙은 사람은 촉나라 군사가 속히 와서 관운장 장군의 원수를 갚기를 고대했더니, 이제 장군이 왔은즉 백성들의 복인가 합니다."

노인은 관흥에게 술과 음식을 대접하며, 말 안장을 내리고 말에게 말죽을 쑤어 먹인다.

3경이 지났을 때였다. 어떤 사람이 말을 타고 와서 문을 두드린다.

노인이 나가서 묻는다.

"누구요?"

"산속에서 길을 잃었으니 하룻밤 재워주시오. 나는 오나라 장수 반장이오."

반장이 노인을 따라 초당으로 들어서는데, 관흥과 서로 시선이 마주

쳤다.

관흥이 칼을 덥석 잡고 크게 외친다.

"이놈, 꼼짝 마라!"

반장은 기겁 초풍을 하고 몸을 획 돌려 밖으로 뛰어나가는데, 문밖에서 얼굴빛은 검붉은 대추 같고, 눈은 단봉안丹鳳眼이요, 눈썹은 와잠미臥蠶眉며, 세 가닥의 길고 아름다운 수염을 드리우고, 녹포 위에 황금 갑옷을 입은 사람이 칼을 잡고 들어온다. 반장은 신령으로 나타난 관운장을 보자 혼비백산하여 크게 외마디소리를 지르고 급히 몸을 피하려다가, 뒤쫓아 나온 관흥의 칼에 목이 떨어져 구른다.

관흥은 반장의 염통을 도려내어 그 피를 뿌려 관운장의 신상에 제사지내고, 부친이 평생 쓰던 청룡언월도를 되찾고, 반장의 머리를 말 목에 달고, 노인에게 하직한 다음 반장의 말을 타고 본영本營으로 돌아간다.

노인은 머리 없는 반장의 시체를 끌어내다가 불에 태워버렸다.

관흥이 몇 리쯤 갔을 때였다. 사람들 소리, 말 발굽 소리가 들리더니, 한 떼의 군사가 오는데, 맨 앞에 오는 장수는 다름 아닌 반장의 부장 마충이었다. 마충은 관흥이 반장의 머리를 말 목에 걸고 청룡도까지 되찾아가지고 오는 것을 보자, 버럭 화를 내며 말을 달려 덤벼든다.

마충도 관운장을 살해한 자였다. 관흥은 또 한 명의 부친 원수를 보자, 분한 기운이 하늘을 찌를 듯 치솟아 청룡도를 들어 마충을 치는데, 마충의 부하 3백여 명 군사들이 함성을 지르며 일제히 관흥을 포위한다.

포위당한 관흥이 위기에 빠졌는데, 문득 서북쪽에서 한 떼의 군사가 달려오니, 그들을 거느린 장수는 바로 장포였다. 마충은 촉나라 구원군이 오는 것을 보자, 황망히 군사를 거느리고 달아나니, 관흥과 장포는 함께 그 뒤를 쫓아간다. 관흥과 장포가 몇 리쯤 뒤쫓아갔을 때, 군사를 거느리고 마충을 찾아오는 미방과 부사인을 만나니 촉군과 오군 사이에 접전이 벌어졌다.

그러나 장포와 관흥은 거느린 군사가 적어서 더 싸우지 못하고 황급히 후퇴하여 효정에 돌아와서 선주께 반장의 머리를 바치고, 그 경과를 소상히 보고했다. 선주는 한편으론 놀라면서도 한편으론 기이하게 여기고, 삼군을 호궤하고 상을 하사했다.

한편 마충은 돌아가서 반장이 죽었음을 한당과 주태에게 말하고, 패잔병을 수습하여 각기 나뉘어 요충지를 지키는데, 군사들 중에는 부상당한 자가 무수했다.

마충은 부사인, 미방과 함께 강변을 지켰다.

그날 밤 3경이었다. 군중에서 곡성이 끊이지 않는다. 미방이 일어나 가만히 가서 엿들으니, 한 무리의 군사들이 말한다.

"우리는 원래가 형주 군사다. 우리는 여몽의 속임수에 속아서 우리 주공(관운장)을 살해당하게 했지만, 이제 유황숙劉皇叔(유현덕)께서 대군을 거느리시고 친히 쳐들어오셨으니 동오도 조만간에 망하리라. 밉고 미운 놈은 우리를 배신하게 한 배반자 미방과 부사인이다. 우리가 두 역적 놈을 죽이고 촉군 진영에 투항하면 공로가 적지 않으리라."

또 한 무리의 군사들이 말한다.

"급히 서두르면 실수한다. 두 역적 놈을 안심시켜놓고서, 기회를 보아 죽여야 한다."

미방은 너무 놀라 즉시 부사인에게 갔다.

"군사들의 마음이 변했으니, 우리는 목숨을 유지하기 어렵소. 오늘날 선주께서 없애려는 자는 마충이오. 그러니 우리가 마충의 머리를 베어 가지고 가서 선주께 바치고, '지난날 우리는 하는 수 없어서 동오에 항복했습니다. 이번에 천자께서 친히 오셨으므로 죄를 청하러 왔습니다' 하고 솔직히 아뢰면 어떻겠소?"

부사인이 대답한다.

"그런 생각 마시오. 우리는 가면 죽소."

미방이 타이른다.

"선주는 천성이 너그럽고 후덕한 어른이오. 더구나 아두阿斗 태자太子(유현덕의 큰아들)는 바로 나의 생질甥姪뻘이니 국척國戚간의 정리로도 죽이기야 하겠소? 그러니, 그 점은 안심하시오." 미방의 여동생이 유현덕의 부인이다. 그녀는 건안 23년 당양에서 죽었지만, 아두는 감부인 소생이다.

두 사람은 서로 의논을 정하자, 먼저 말부터 준비한 다음, 한밤중에 장중으로 들어가 마충을 칼로 찔러 죽이고 머리를 베어가지고, 각기 기병 10여 명씩을 거느리고 효정으로 달렸다. 그들은 도중에서 망보는 촉나라 군사들에게 불심 검문을 받아, 우선 장남과 풍습에게 끌려가서 솔직히 심정을 고백했다.

이튿날, 미방과 부사인은 어영에 이르러 선주를 뵙고, 마충의 머리를 바치고 통곡하며 고한다.

"신들은 참으로 배반할 생각이 없었는데, 간특한 여몽이 와서 관장군은 이미 죽었으니 성문을 열라는 거짓말에 속아 부득이 항복했던 것입니다. 이번에 폐하께서 친히 오셨다는 말을 듣고 특히 원수 마충을 죽여 폐하의 원한을 씻었사오니, 엎드려 바라건대 폐하는 신들의 죄를 용서하소서."

선주가 크게 노한다.

"짐이 성도를 떠난 지도 이미 오래됐는데, 그간 너희들은 어째서 오지 않고 있다가 형세가 위급해지자 이제 와서 교묘한 말로 둘러대고 살기를 바라느냐. 짐이 너희들을 살려주면 내 구천(저승)에 갔을 때 무슨 면목으로 관운장을 대하리요!"

말을 마치자, 관흥에게 어영 안에다 관운장의 신위를 차리게 했다. 그리고 선주는 친히 관운장의 신위 앞 제상에다 마충의 머리를 갖다 놓고, 또 관흥에게 분부한다.

"미방과 부사인의 옷을 벗기고 영전에 꿇어앉혀라."

하고, 친히 칼을 뽑아 미방과 부사인을 참하여 관운장에게 제사를 지내는데, 홀연 장포가 올라와 통곡하며 절하고 말한다.

"둘째 아버님 원수는 다 갚았습니다만, 신은 아버님 원수를 언제나 갚겠습니까."

선주는 위로한다.

"조카는 걱정 말라. 짐은 강남을 평정하고 개 같은 오를 모조리 죽이고, 원수 두 놈을 사로잡아줄 테니, 너는 그놈들로 젓을 담가 부친에게 제사지내도록 하여라."

장포는 울며 감사하고 물러갔다. 이때부터 선주는 위엄을 크게 떨쳤다.

그리하여 강남 사람들은 다 겁을 먹고 밤낮으로 울부짖으니, 한당과 주태는 크게 당황하여 급히 오왕에게 아뢴다.

"미방과 부사인이 마충을 죽이고 촉나라 임금에게 돌아갔으나, 결국 죽음을 당했습니다."

손권은 겁이 나서 문무 관원들을 불러모으고 상의한다.

보즐이 나와서 아뢴다.

"촉나라 임금이 미워한 자는 여몽·반장·마충·미방·부사인이더니, 이제 그들은 다 죽고 다만 범강과 장달 두 사람만 우리 동오에 있습니다. 왜 그 두 사람을 사로잡아 장비의 머리와 함께 돌려보내지 않습니까. 동시에 형주 땅을 다시 돌려주고, 부인夫人(손권의 여동생이며 유현덕의 아내)을 보내시고, 표문을 올려 화평을 청하고, 다시 만나 지난날의 정리를 말하고, 함께 힘을 합하여 위를 쳐서 없애버리자고 하면 촉나라 군사는 스스로 물러갈 것입니다."

손권은 그 말대로, 마침내 침향목沈香木으로 짠 나무 갑에다 장비의 머리를 비단으로 싸서 넣고, 범강과 장달을 단단히 결박지어 함거檻車 안에 감금하고, 정병程秉에게 사신이 되어 국서를 가지고 떠나 효정 땅으로 떠나게 한다.

한편, 선주는 군사를 거느리고 전진할 준비를 하는데, 가까이 모시는 신하가 들어와서 고한다.

"동오의 사자가 장비 장군 머리와 범강과 장달 두 놈을 압송해옵니다."

선주가 두 손을 이마에 대며,

"이는 하늘이 주신 바며 또한 둘째 아우(장비)의 영혼이 도운 바로다."

하고 즉시 장포에게 장비의 신위와 제상을 차리라 분부했다.

이윽고 동오의 사자 정병이 바치는 침향목 나무 갑을 선주가 열어보니, 장비의 머리가 살아 있던 때와 조금도 다름없었다. 선주가 방성통곡한다.

장포는 손수 날카로운 칼로 범강과 장달을 난도질하여 죽이고, 부친의 신위에 제사를 지냈다.

제사가 끝나자, 선주는 분노를 참지 못하여,

"반드시 오를 멸망시키리라."

하니, 마양이 아뢴다.

"이제 모든 원수를 갚았으니 원한을 푸십시오. 동오의 대부 정병이 형주 땅을 반환하고 부인을 다시 모셔오겠다 하고 길이 우호를 맺어 함께 위를 쳐서 없애버리겠다면서, 엎드려 성지聖旨가 내리시기를 기다리고 있습니다."

선주가 노하여,

"짐의 불구대천의 원수는 바로 손권이다. 손권과 우호를 맺는다면, 이는 옛날에 짐이 두 동생과 도원에서 맹세한 취지를 저버리는 것이다. 먼저 오를 무찔러 없애버리고, 그 후에 위를 무찔러 없애리라."

하고 사신으로 온 정병을 참하여 오에 대한 정을 끊으려 하는데, 모든 관원들이 말리는 통에 그만두었다. 하마터면 죽을 뻔했다가 겨우 살아난 정병은 머리를 감싸안고 오나라로 돌아갔다.

정병이 다녀온 경과를 오왕에게 보고한다.

"촉은 우리의 화평을 거절하고 맹세코 우리 동오부터 쳐 없애고 그 후에 위를 치겠다고 합니다. 모든 관원들이 간해도 듣지 않는 걸 보고 왔으니, 장차 어쩌면 좋겠습니까?"

손권이 깜짝 놀라 어찌할 바를 모르는데 감택傑澤이 나서며 아뢴다.

"현재 하늘을 떠받칠 만한 큰 인재가 있는데, 왜 불러 쓰지 않습니까?"

손권이 급히 묻는다.

"그런 사람이 있다니 누구냐?"

감택이 대답한다.

"옛날엔 우리 동오의 큰일을 주유가 도맡아 처리했고, 그 뒤에는 노숙이 맡아 처리했고, 노숙이 죽은 뒤에는 여몽이 맡아 결단을 내리다가 이제 여몽도 죽었지만 현재 육손陸遜이 형주에 있습니다. 그는 비록 명색은 유생이지만 실로 웅대한 재주와 지략을 품고 있으니, 신이 보건대 그는 결코 주유만 못하지 않으며, 뿐만 아니라 지난날에 관운장을 격파한 것도 실은 육손이 계책을 말해줬기 때문에 성공한 것입니다. 주상께서 그를 불러 쓰기만 하면 반드시 촉나라를 격파할 것이며, 만일 실수거든 신도 함께 처벌하소서."

손권이 반색하며 말한다.

"감택이 일러주지 않았더라면, 과인은 큰일을 그르칠 뻔했도다."

장소가 말한다.

"육손은 한낱 서생입니다. 유비의 적수가 아니니, 불러 쓸 생각을 마십시오.”

고옹도 또한 반대한다.

“육손은 아직 어리고 경솔하기 때문에 모든 인물이 복종하지 않을 것이며, 만일 복종하지 않으면 곧 변란이 일어나 큰일을 망칩니다.”

보즐도 반대한다.

“육손은 한 군郡이나 다스릴 정도의 재주밖에 없습니다. 만일 그에게 큰일을 맡겼다가는 낭패합니다.”

감택이 큰소리로 말한다.

“육손을 쓰지 않으면 우리 동오는 볼장 다 봤습니다. 신은 바라건대 신의 집안 식구를 다 볼모로 내놓고라도 천거하겠습니다.”

손권이 결정한다.

“과인은 전부터 육손의 기이한 재주를 잘 알고 있노라. 과인은 이미 결정했으니, 경들은 여러 말 말라.”

하고, 곧 형주에 가서 육손을 데려오라 분부했다.

육손의 본명은 육의陸義였는데 후에 이름을 손遜이라 고쳤고, 자는 백언伯言이다. 바로 오군吳郡 오현吳縣 땅 사람으로 한의 성문교위城門校尉 육우陸紆의 손자며, 구강도위九江都尉 육준陸駿의 아들이었다. 그는 키가 8척이요 얼굴은 아름다운 옥 같고, 이때 벼슬은 진서장군鎭西將軍이었다.

육손은 왕명을 받고 형주에서 바로 올라와 손권을 뵙는다.

손권이 분부한다.

“이제 촉나라 군사가 접경에 들이닥쳤소. 과인은 특히 경에게 모든 지휘권을 맡기겠으니 유비를 격파하기 바라오.”

육손이 대답한다.

“우리 강동의 모든 문무 백관은 대왕이 오래 전부터 사귀었던 신하들입니다. 신은 나이 어리고 재주가 없으니, 그들을 어찌 부리겠습니까."

"감택이 온 집안 식구를 볼모로 내놓고서 경을 천거했고, 과인도 또한 평소 경의 재주를 잘 알고 있노라. 이제 경을 대도독으로 삼노니, 사양하지 말라."

육손이 묻는다.

"만일 문무 관원들이 신의 명령에 복종하지 않으면 어찌하리까?"

손권은 허리에 차고 있던 칼을 끌러주며 말한다.

"만일 호령을 듣지 않는 자가 있거든, 먼저 참하고 나중에 아뢰라."

육손이 청한다.

"무거운 부탁을 내리시니, 신이 어찌 감히 받들지 않으리까. 다만 바라건대 대왕은 내일 모든 관원들을 불러모으시고, 그 자리에서 신에게 다시 왕명을 내려주십시오."

감택이 아뢴다.

"옛날에는 대장을 임명할 때 반드시 대를 쌓고 모든 관원들을 모으고 백모白旄·황월黃鉞과 인수印綬·병부兵符를 하사했으니, 그런 후라야만 대장의 위엄이 행해지고 명령이 엄숙히 시행되었던 것입니다. 이제 대왕께서는 마땅히 옛 예법을 따라 택일하여 대를 쌓고, 육손을 대도독으로 삼아 절과 월을 하사하시면 모든 사람이 복종할 것입니다."

손권은 그 말대로, 밤을 새워 단을 쌓고 준비를 완료하도록 분부했다.

이튿날, 손권은 문무 백관을 모두 모으고, 육손에게 단에 오르기를 청하여 대도독 우호군右護軍 진서장군을 제수하며, 나아가 누후婁侯로 봉하고 보검과 인수를 하사하면서 6군 81주와 형·초 방면의 모든 군사를 지휘하도록 위촉한다.

"국내는 과인이 다스리리니, 국외의 일은 장군이 맡아서 처리하라."

육손은 왕명을 받고 단에서 내려와 서성, 정봉으로 호위를 삼고 당일로 출군할새 각 방면의 군사에게 명령을 보내어 일제히 수로, 육로로 나아간다.

명령 문서가 효정 땅에 이르자, 한당과 주태는 받아보고 크게 놀란다.

"주상께서는 어쩌자고 한낱 서생에게 모든 군사를 통솔하도록 맡기셨는가!"

이윽고 육손이 당도했으나 모든 사람들은 마음으로 복종하지 않았다. 육손은 장중에 높이 앉아 앞일을 의논하려는데 모든 사람들이 들어와서 하기 싫은 치레뿐인 인사를 한다.

육손이 그들의 속맘을 모를 리 없다.

"주상께서 나를 대장으로 삼아 군사를 지휘하여 촉군을 격파하라 하셨으니, 군에는 항상 군법이 있은즉 그대들은 어김없이 지키라. 만일 어기는 자가 있으면 법에는 사정私情이 없으니 후회 없도록 하라."

모든 사람들은 아무 말도 못한다.

이윽고 주태가 청한다.

"안동장군安東將軍 손환은 바로 주상의 조카뻘로서 현재 이릉성에서 곤경에 빠져, 안으로는 곡식과 마초가 없고 밖으로는 구원병이 오지 않아 어쩔 줄을 모르고 있소. 청컨대 도독은 속히 좋은 계책을 써서 손환을 구출하고 주상의 걱정을 풀어드리도록 하시오."

육손이 대답한다.

"안동장군 손환은 평소 군사들의 존경을 받는 장군이니, 반드시 이릉성을 잘 지킬 것인즉, 굳이 군사를 보내어 구출할 필요는 없소. 내가 촉나라 군사를 격파하면, 그때 손환은 저절로 풀려나올 것이오."

모든 사람들은 육손의 말을 속으로 비웃으며 물러갔다.

한당이 주태에게 묻는다.

"이제 그 젖내 나는 것이 대장이 됐으니, 우리 동오도 볼장 다 봤소. 그대 생각은 어떠하오?"

"내가 슬쩍 수작을 걸어봤더니, 과연 아무 계책도 없지 않습디까. 그런 자가 어찌 촉나라 군사를 격파하겠소."

하고 주태는 대답했다.

이튿날, 육손은 각처의 요충지에 명령을 내린다.

"맡은바 요충지를 굳게 지키기만 하고 경솔히 적군과 싸우지 말라."

각처의 장수들은 명령을 받자, 육손을 나약한 자라며 코웃음 치고, 굳게 지키려고도 하지 않았다.

이튿날, 육손은 장중에 올라 모든 장수들을 불러들였다.

"내 왕명을 공손히 받들고 모든 장수들을 통솔함에 있어, 어제 충분히 알아듣도록 명령을 내려 모든 요충지를 굳게 지키라 했는데도 너희들이 명령을 잘 따르지 않는 까닭은 뭐냐?"

한당이 대답한다.

"나는 손장군孫將軍을 모시고 하남河南 땅을 평정한 이래로 수백 번의 싸움을 겪었소. 나머지 모든 장수들도 혹은 토역장군討逆將軍(손책)을 따르기도 하고, 혹은 오늘날 대왕 손권을 따라 갑옷을 입고 무기를 들고 수많은 사선死線을 드나든 역전의 장수들이오. 이번에 주상께서 귀공을 대도독으로 삼고 촉나라 군사를 격파하라 하셨으니, 그렇다면 속히 계책을 정하고 군사를 징발하고 길을 나눠 전진해서 큰일을 도모해야 하는데, 어쩌자고 굳게 지키기만 하고 싸우지 말라 하시오? 그래 하늘이 적군을 죽일 때까지 기다리자는 속셈이오? 우리는 살기 위해 죽음을 두려워하는 사람이 아니거늘, 어째서 우리의 용기를 짓누르시오?"

이에 장하帳下의 모든 장수들이 일제히 외친다.

"한당 장군의 말씀이 옳소! 우리는 바라건대 죽음을 각오하고 일대 결전을 하고 싶소."

촉군을 격파할 계책을 세우는 육손

　육손은 듣고 나서 칼을 죽 뽑아 들며 호령한다.

　"나는 한낱 서생이지만, 이번에 주상께서 나에게 무거운 책임을 맡기신 것은, 나를 쓸모 있다고 믿으셨기 때문이니, 너희들은 각기 맡은바 요충지를 굳게 지키고 망령되이 행동하지 말라. 만일 나의 명령을 어기는 자가 있다면 가차없이 참하리라!"

　모든 장수들은 분연히 물러나갔다.

　한편, 선주는 효정 땅에서부터 천구川口 땅까지 군사를 배치하니, 그 사이가 7백 리요 앞뒤로 40여 개소의 영채가 늘어섰다. 낮이면 정기가 하늘을 덮고 밤이면 불빛이 하늘에 반짝이는데, 문득 첩자가 돌아와서 보고한다.

　"동오는 육손을 대도독으로 삼아 총지휘하게 했습니다. 육손은 모든 장수들에게 각기 험준한 요충지를 지키기만 하고 나아가지 말라 명령했습니다."

선주가 묻는다.

"육손은 어떤 사람이냐?"

마양이 아뢴다.

"육손은 동오의 한낱 서생입니다만, 그러나 나이 어리면서도 재주가 많고 깊은 꾀와 지략이 있으니, 전번에 동오가 형주를 습격한 것도 실은 다 육손의 계책에 의해서 이루어졌던 것입니다."

선주가 분노를 이기지 못하여,

"어린 놈의 속임수에 짐이 두 동생을 잃었으니, 이제 그놈을 사로잡으리라."

하고 군사들에게 전진할 것을 명령하는데, 마양이 간한다.

"육손의 재주는 주유만 못하지 않으니, 경솔히 상대할 수 없습니다."

"짐은 싸움 속에서 늙었거늘, 어찌 그 젖내 나는 어린 놈만 못하리요!"

선주는 친히 전군前軍을 거느리고 나아가 모든 관소와 나루와 요충지를 일제히 공격한다.

동오의 장수 한당은 선주의 군대가 오는 것을 보고, 즉시 사람을 보내어 육손에게 보고했다. 육손은 혹 한당이 제멋대로 행동할까 걱정이 되어 급히 말을 달려와보니, 바로 한당이 산 위에 말을 세우고 멀리 촉나라 군사가 산과 들을 뒤덮듯이 오는 광경을 바라보는 중이었다. 그들 촉나라 군사들 중에 선주를 호위하는 황라개산이 은은히 나타난다.

한당은 육손을 영접하여 말을 나란히 세우고 바라보다가, 손가락으로 가리키며 말한다.

"저기 적군 속에 유비가 있으니, 내가 가서 치고 싶소."

"유비는 군사를 일으켜 동쪽으로 내려오면서 연달아 10여 진을 싸워 이기고 날카로운 기세가 한참이니, 이제 우리는 높고 험한 곳을 이용해서 지켜야지 경솔히 나가서는 안 되오. 나가면 이롭지 않으니, 다만 군사의 사기를 돋우고 널리 방비를 철저히 하여 새로운 변화가 있기를 기다리시오. 이제 그는 평원 광야를 맘대로 달려와 자못 의기 양양한지라. 우리가 굳게 지키고 나가지 않으면, 저들이 아무리 싸우고 싶어도 싸우지 못하고 지쳐서 반드시 산간 숲 속으로 군사를 옮길 것이니, 그때 계책을 써서 무찌르리라."

한당은 입으로 수긍하나, 마음으론 복종하지 않았다.

선주는 전대의 군사들을 시켜 싸움을 걸고 온갖 욕설을 퍼붓는데, 육손은 군사들의 귀를 틀어막게 하고 나가지 말도록 금하는 한편, 모든 요충지를 친히 둘러보며 군사들을 위로하고, 굳게 지키기만 하라 분부했다.

선주는 동오의 군사가 나오지 않는 걸 보고서 점점 초조해졌다.

마양이 아뢴다.

"육손은 깊은 계책이 있을 것입니다. 이제 폐하가 멀리 와서 싸운 후로 어느덧 봄은 지나가고 여름을 겪게 됐는데도 적군이 싸우러 나오지 않는 것은, 우리에게 어떤 변화가 생기기를 기다리자는 배짱입니다. 바라건대 폐하는 이 점을 유의하십시오."

선주가 대답한다.

"그에게 무슨 깊은 계책이 있으리요. 우리를 무서워하는 것뿐이다. 지금까지 그들은 여러 번 싸워서 패했으니, 이제 어찌 감히 나오리요."

선봉인 풍습이 아뢴다.

"날씨가 몹시 더워서 군사들은 불속에 있는 것과 같습니다. 물을 길어오는 데도 매우 불편합니다."

선주는 마침내 모든 영채를 산과 숲이 무성한 곳으로 옮기되 시냇물 가까운 곳에 주둔했다가, 여름이 지나고 가을이 오면 그때 힘을 합쳐 일제히 공격하도록 분부했다.

풍습은 명령을 받들어 드디어 모든 영채를 수목이 울창한 그늘 짙은 곳으로 옮기는데, 마양이 선주께 아뢴다.

"우리 군사가 옮기는 동안에, 동오의 군사가 내달아오면 어찌합니까?"

"짐은 오반을 시켜 약한 군사 만여 명을 거느리고, 동오의 영채 가까운 평지에 주둔하라 했다. 그리고 짐은 용맹한 군사 8천 명을 친히 거느리고 산골 속에 매복하고 있을 것이다. 만일 육손이 짐이 영채를 옮긴 것을 알고 공격해오거든, 오반은 패한 체하고 달아나면서 육손을 유인해올 것이니, 그때에 짐이 복병을 거느리고 내달아 나가서 적군이 돌아갈 길을 끊으면, 그 어린 놈을 사로잡을 수 있으리라."

문무 신하들이 모두 감탄한다.

"폐하의 신기 묘산神機妙算은 우리 신하들이 따르지 못할 바로소이다."

마양이 고한다.

"요즘 들으니, 제갈승상諸葛丞相이 동천에 와서 모든 요충지를 점검한다 하니, 이는 위의 군사가 쳐들어오는 경우를 생각하고 미리 염려한 때문입니다. 그러니 폐하는 우리가 영채를 옮긴 지형을 그림으로 그려서 보내고, 승상의 의견을 들어보도록 하십시오."

선주가 대답한다.

"짐도 또한 병법을 자못 아니, 굳이 승상에게 물어볼 것 있으리요."

"옛말에 이르기를 '여러 말을 들으면 총명하고, 한 쪽 말만 들으면 편협하다'고 했습니다. 바라건대 폐하는 거듭 생각하십시오."

"그렇다면 경은 각 진영을 둘러보고 사지 팔도四趾八道를 그려, 도본을 만들어서 직접 동천에 가서 승상에게 보이라. 만일 잘못된 점이 있거든, 급히 짐에게 와서 보고하라."

마양은 명령을 받들어 도본을 만들어서 떠났다. 이에 선주는 군사를 수목이 무성한 그늘 짙은 곳으로 옮기고 더위를 피하는 중이었다.

이러한 변동은 동오의 첩자에 의해서 즉시 한당과 주태에게 보고됐다.

한당과 주태는 쾌재를 부르며 곧 육손에게 가서,

"이제 촉군의 40여 영채를 모두 산림이 울창한 곳으로 옮기고 시냇물 가까운 곳에서 목을 축이며 피서한다 하니, 이 기회에 쳐들어가서 무찔러야 하오!"

하니,

유현덕은 지혜가 있어 능히 군사를 매복시켰고
동오의 군사는 싸우기를 좋아하니 필시 패하리라.
蜀主有謀能設伏
吳兵好勇定遭擒

육손은 뭐라고 대답할 것인가.

【8권에서 계속】

三國志
演義 부록
7

◉ ― 일러두기

1.「나오는 사람들」은 역자가 직접 작성한 것이다.
2.「간추린 사전」은 『삼국지연의』 전문 연구가 정원기 교수의 자문을 토대로 구
  성하였다.

가규賈逵 | ?-228 | 자는 양도梁道. 위의 문신. 조비가 즉위할 때 적극적으로 도왔다. 오장 주방의 계략에 빠져 대패한 조휴를 위기에서 구하는 등 많은 공을 세운다.

고옹顧雍 | 168-243 | 자는 원탄元嘆. 오의 중신. 채옹의 제자로 몸가짐이 바르고, 말수가 적으며, 매사에 공명 정대하였다. 손권을 도와 많은 공을 세운다.

관평關平 | ?-219 | 촉의 장수. 관우의 양자. 관정의 둘째 아들이었으나 관우의 양자가 되었다. 평생 관우를 따라다니며 많은 공을 세웠으며, 형주에서 관우와 함께 오군에게 사로잡혀 죽는다.

관흥關興 자는 흥국興國. 촉의 장수. 관우의 아들로 부친이 형주를 지키다 죽자, 유비를 따라 오를 쳤다. 이때 장비의 아들 장포와 의형제를 맺고 함께 출전하여 크게 활약한다. 후일 제갈양을 따라 위를 칠 때도 여러 번 큰 공을 세운다.

마충馬忠 | ?-249 | 자는 덕신德信. 오의 장수. 오장 반장의 부장으로 관우를 생포했고, 그 후 촉이 오를 칠 때 노장 황충을 활로 쏘아 맞혔다. 그러나 촉의 항장 부사인과 미방이 다시 촉에 항복할 때 죽음을 당한다.

문빙文聘 자는 중업仲業. 조조의 장수. 원래 유표의 장수였으나, 유표가 죽은 후 조조에게 항복한다. 오래 조조를 섬기면서 많은 전공을 세워 벼슬이 후장군까지 오른다.

방덕龐德 | ?-219 | 자는 영명令明. 조조의 장수. 원래 마초의 부장이었으나, 마초가 유비를 섬기자, 그를 떠나 조조에게 항복한다. 무예가 뛰어나고 강직하여 조조가 총애하였다. 형주에서 관우와 싸우다가 사로잡혀 죽는다.

법정法正 | 176-220 | 자는 효직孝直. 촉군 태수. 유장의 수하였으나 장송, 맹달 등과 함께 유비를 끌어들여 그를 섬겼다. 유비가 촉에서 기반을 닦을 때 많은 공을

세웠으며, 제갈양도 그의 의견을 존중하였다.

부동傅彤 | **?-222** | 촉의 장수. 관우의 원수를 갚고자 유비가 군사를 일으켜 오를 칠 때 출전하였다. 그러나 오의 반격으로 촉군이 크게 패하여 물러갈 때 길이 끊기자 스스로 목숨을 끊는다.

부사인傅士仁 촉의 장수. 형주에서 관우가 위를 칠 때 도왔으나, 관우가 패하자, 미방을 꾀어 오에 항복한다. 그 후 유비가 군사를 일으켜 오를 치자 마충의 목을 베어 미방과 다시 유비에게 갔으나 전죄를 씻을 수 없어 죽음을 당한다.

사마가沙摩柯 | **?-222** | 오계 지역의 만왕. 유비를 도와 오를 친 남만왕으로, 오의 장수 감영을 활로 쏘아 죽였으나 주태와 싸우다 죽는다.

서황徐晃 | **?-227** | 자는 공명公明. 위의 맹장. 원래 양봉의 수하에 있었으나, 조조가 그를 흠모하여 자신의 장수로 삼는다. 무예가 출중하며 병서에도 밝아 마초, 관우 등도 한때 그에게 크게 패한 일이 있다.

손권孫權 | **182-252** | 자는 중모仲謀. 오의 초대 황제. 시호는 대황제. 일찍이 영웅의 기상이 있어 부형의 대업을 이어받아 강동에 웅거한다. 촉과 우호를 맺으면서 위의 침입에 전력하였다. 수하의 뛰어난 문무 신하들이 보좌하여 위·촉에 이어 황제로 즉위한다.

손환孫桓 자는 숙무叔武. 오의 장수. 손권의 부마. 촉이 관우의 원수를 갚으려 군사를 일으키자 자원하여 촉군을 막았다. 그러나 나이 어리고 경험이 없어 크게 패하였다. 뒤에 육손의 반격으로 촉군이 물러가자 겨우 위기를 면한다.

여몽呂蒙 | **178-219** | 자는 자명子明. 오의 대장. 주유, 노숙의 뒤를 이어 병권을 위임받는다. 형주를 계교로 격파하여 점령하고 이어 패주하는 관우 부자를 사로잡아 처형한다. 그러나 잔치 자리에서 관우의 영혼이 그의 몸에 붙어 온몸에서 피를 토하고 죽는다.

오반吳班 촉의 장수. 촉이 오를 칠 때 출전하여 수차례 공을 세웠으며, 뒷날 제갈양을 따라 위를 치다가 위수 싸움에서 사마의의 계책으로 죽는다. 본문에 호반의 잘못된 표기라고 되어 있다.

우번虞飜 | **164-233** | 손권의 모사. 관우가 형주를 잃고 패하자, 미방·부사인 등을 이해로써 설득시켜 항복받는 등 손권을 도와 많은 공을 세운다. 그 후 벼슬에서 물러나 오직 학문에만 전력한다.

이의李意 도사. 성도 청성산에 은거하고

있었는데, 유비가 오를 치기 전에 그를 불러 점을 치게 하였다. 그가 그림으로 유비가 패하여 죽을 것을 예언하였으나, 유비는 믿지 않는다.

장포張苞 촉의 장수. 장비의 아들. 부친이 죽은 후 관우의 아들 관흥과 더불어 제갈 양의 지극한 총애를 받는다.

정의丁儀 | ?-220 | 자는 정례正禮. 위의 문신. 비록 용모는 괴이하였으나, 총명 하고 특히 글을 잘하였다. 조식을 가까이 하다가 조비의 눈 밖에 나서 마침내 죽음 을 당한다.

제갈근諸葛瑾 | 174-234 | 자는 자유子瑜. 오의 문신. 제갈양의 형. 노숙의 천거로 손권을 섬겼는데, 평생 신의를 저버리지 않는다. 손권을 극진히 보좌하여 공로가 많다.

제갈양諸葛亮 | 181-234 | 자는 공명孔明. 촉의 승상. 유비의 삼고초려 이후 세상에 나와 유비와 유선을 받들어 죽는 날까지 한의 중흥에 혼신을 다한다. 당대의 기 재로서 천문, 지리, 병법 등에 능통하다.

조누趙累 | ?-219 | 유비의 장수. 사람됨 이 충성스럽고 성실하여 관우를 잘 보좌 하였다. 관우가 여몽에게 패할 때 끝까 지 그를 따르다가 의롭게 죽는다.

조식曹植 | 192-232 | 자는 자건子建. 조조 의 셋째 아들. 특히 문장에 뛰어났다. 조 비가 조조의 뒤를 이을 때, 여러 사람이 그를 죽이라 하였으나 조비는 그의 재주 를 아껴 살려준다.

조창曹彰 | ?-223 | 자는 자문子文. 조조 의 둘째 아들. 아들 중에 그만이 어려서 부터 무예를 익혀 장수가 된다. 싸움에 임해서는 늘 앞장섰으며, 여러 전장에서 많은 공을 세운다.

조필祖弼 한의 부보랑(옥새 관리인). 조 비가 제위를 찬탈할 때 옥새를 지키다 의 롭게 죽는다.

채염蔡琰 자는 문희文姬. 후한의 학자 채 옹의 딸. 동탁의 반란 이후 흉노에게 납 치되어 흉노의 아내로 살며 호가 곡조 18곡을 짓는다. 후에 조조가 큰돈을 주 고 데려와 동사에게 재가시킨다.

하후연夏侯淵 | ?-219 | 자는 묘재妙才. 조 조의 맹장. 일찍부터 조조를 도와 큰 공 을 세웠다. 후일 한중을 지키다가 황충 에게 허무하게 죽는다.

화타華佗 | ?-208 | 자는 원화元化. 당대 의 뛰어난 명의. 오의 장수 주태와 촉의 장수 관우의 상처를 치료하여 이름을 한 층 빛낸다. 후일 조조의 의심을 받고 죽 음을 당한다.

간추린 사전

● ― 지수사괘地水師卦

손권이 관우 칠 계책을 물었을 때 여범이 점을 쳐 괘의 상을 보니, 지수사괘에 현무가 겹친 것으로서 '적이 멀리 달아난다'는 징조였다.(71회)

『주역周易』64괘의 하나. 위는 곤괘坤卦, 아래는 감괘坎卦로 조성되었다. 곤坤은 땅을 대표하고 감坎은 물을 대표한다. 『주역』사괘師卦에 이르기를, "상象에서 이르기를, '땅속에 물이 있다地中有水'"고 하였다. 이 때문에 『삼국지연의』에서는 '지수사괘'라 하였다

● ― 한신배수위진韓信背水爲陣

조조의 부장 서황과 왕평이 한수에 이르렀을 때, 서황은 이 병법을 사용하려 하였다.(71회)

어느 날, 한신韓信이 조군趙軍과 전쟁을 하면서 만 명의 군사들로 하여금 강물을 등지고 진을 치게 하였다. 그는 이렇게 후퇴할 길이 없다는 사실을 보임으로써, 군사들을 격려하고 분발시켜 죽음 가운데에서 삶을 구하게 하였다. 전쟁이 시작되자, 앞에는 적들이 진을 치고 있고 뒤에는 물러날 길이 없는 처지를 당한 한군漢軍은 목숨을 다하여 싸워 대승을 거두었다.

● ― 주아부周亞夫

조조는 서황군의 대오가 정연하고 추호도 산란한 데가 없음을 보고 서황을 주아부에 비유하였다.(76회)

전한의 명장으로 군사를 다스리는 데 엄격한 것으로 이름이 났다. 그는 세류細柳 땅에 주둔하며 흉노의 침입을 방비하였는데 군령이 엄격하고 분명하였다. 한 문제가 가서 군사들을 위로할 때, 그는 황제를 선도하는 이가 영채로 들어가는 것을 허락하

지 않았다. 황제를 배알할 때도 몸에 병기를 차고 그냥 허리만 구부리고, 엎드려 절하지 않았다. 문제는 이를 보고 그를 칭찬하여 '진장군眞將軍'이라 하였다.

● ─ 편작창공지류扁鵲倉公之流

화흠이 조조에게 화타를 소개하며, 화타를 편작과 창공에 비유하였다.(78회)

이는 편작扁鵲·창공倉公 등과 같은 부류의 사람임을 뜻한다. 편작은 전국 시대의 유명한 의학가로 성은 진秦이요 이름은 월인越人이며 제齊나라 사람이다. 창공은 서한西漢의 유명한 의학가로 성은 순우淳于이고 이름은 의意이다.

● ─ 청낭서靑囊書

화타는 죽기 전에 평생 의술을 행한 경험을 적어놓은 청낭서를 옥졸 오압옥에게 주었는데, 오압옥의 아내가 그것을 태워버렸다.(78회)

화타가 지은 의서를 말한다. 청낭靑囊은 고대에 의술을 행하던 사람들이 사용하던 약 주머니인데, 후세 사람들은 그것을 의술의 대명사로 칭하였다.

● ─ 고조환패高祖還沛

위왕이 된 조비는 이 고사를 본받아 고향 패국 초현을 순시하였다.(79회)

유방劉邦은 한漢을 건립하고 황제가 된 뒤, 금의환향하여 고향 패현沛縣(지금의 강소성江蘇省 패현)에 이르러 마을 어른들과 친척들을 모아 10여 일 동안 잔치를 벌였다.

● ─ 패공수항우지봉沛公受項羽之封

위의 황제가 된 조비가 손권을 오나라 왕에 봉한다는 조서를 보냈을 때, 고옹이 받지 말 것을 간하였으나, 손권은 유방의 옛일을 예로 들어 조비의 명을 수락했다.(82회)

유방과 항우는 연이어 군사를 일으켜 진秦나라에 반기를 들었다. 진나라를 멸한 뒤, 유방은 항우보다 세력이 약하여 항우가 내리는 한왕漢王의 봉호封號를 받고 물러나 힘을 기를 수밖에 없었다. 패공沛公은 패현 사람이었던 유방을 가리킨다. 유방이 패현에서 군사를 일으켰을 때, 그의 부하 장수들이 그를 패현의 현령으로 세웠다. 당시에는 현령을 공公이라 불렀다.

전투 형세도

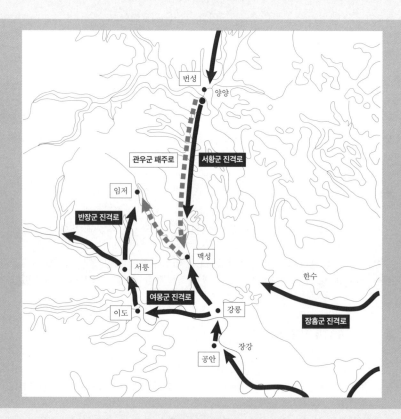

[형주 전투]

건안 24년(219), 형주荊州의 강릉江陵에 주둔하고 있던 관우가 남하하는 위의 조인을 공격하기 위해 번성樊城을 급습 포위하자, 조조는 조인을 구원하기 위해 우금, 방덕을 파견했다. 그러나 큰 비로 진영이 물에 잠겨 패배하자 우금은 관우에게 항복했고, 방덕은 죽음을 당했다. 그러나 조인은 번성을 사수했고, 위는 오와 연합하여 관우를 협공할 계책을 논의하였다. 위·오 동맹을 미처 예상하지 못한 관우는 오나라 장수 여몽이 병들었다는 소식을 믿고 번성 공략에 병력을 집중시켰다. 위나라는 서황을 원군으로 파견하여 번성 포위를 풀고 관우를 패주시켰다. 한편 오는 여몽을 대장군으로 하는 관우 토벌군을 파견하여 공안公安과 강릉을 제압, 관우의 퇴로를 차단했다. 진퇴를 거듭하던 관우는 남하하여 맥성麥城으로 들어갔으나, 역시 공격을 받았다. 이를 피해 도주하던 중 아들 관평과 함께 오나라 군에 사로잡혀 참형을 당했다.(76회)

주요 참전 인물
촉군 — 관우, 관평.
위군 — 조인, 우금, 방덕, 서황.
오군 — 여몽, 육손, 장흠, 반장.

三國志演義 ⑦

구판 1쇄 발행 2000년 7월 20일
개정신판 1쇄 발행 2003년 7월 8일
개정신판 7쇄 발행 2024년 6월 3일

지 은 이 | 나관중
옮 긴 이 | 김구용
펴 낸 이 | 임양묵
펴 낸 곳 | 솔출판사

주   소 | 서울시 마포구 와우산로29가길 80(서교동)
전   화 | 02-332-1526
팩   스 | 02-332-1529
이 메 일 | solbook@solbook.co.kr
블 로 그 | blog.naver.com/sol_book
출판등록 | 1990년 9월 15일 제10-420호

ISBN 978-89-8133-654-7 (04820)
ISBN 979-11-6020-016-4 (세트)